中國古典文學基本叢書

黄庭堅全集

第三册

〔宋〕黄庭堅 著
劉 琳
李勇先 點校
王蓉貴

中華書局

第三册目録

宋黄文節公全集・正集卷第二十七

題跋

宋黄文節公全集·正集卷第二十八

題跋

宋黄文節公全集·正集卷第二十九

雜著

祭文

宋黄文節公全集·正集卷第三十

墓誌銘

宋黄文節公全集·正集卷第三十一

墓誌銘

宋黄文節公全集·正集卷第三十二

墓誌銘

墓碣

宋黄文節公全集·外集卷第一

詩

宋黃文節公全集・外集卷第二

詩

宋黄文節公全集·外集卷第三

詩

宋黄文節公全集·外集卷第四

詩

宋黄文節公全集·外集卷第五

詩

宋黃文節公全集·外集卷第六

詩

宋黃文節公全集・外集卷第七

詩

七言古

宋黄文節公全集·外集卷第八

詩

宋黃文節公全集·外集卷第九

詩

宋黄文節公全集·正集卷第二十七

題跋

1 題太宗皇帝御書

熙陵以武定四方，載櫜弓矢。文治之餘，垂意翰墨，妙盡八法，當時士大夫皆親承指畫。嘗稱獎忠懿王筆法入神品，中外書學不能出其右。仰觀英鑒，大不可誣。

2 跋蘭亭

王右軍《禊飲序》草，號稱最得意書，宋齊以來，似藏在秘府，士大夫間未聞稱述，豈未經大盜兵火時，蓋有墨蹟在《蘭亭》右者？及蕭氏、宇文焚蕩之餘，千不存一。永師晚出，所見妙迹唯有《蘭亭》，故爲虞、褚輩道之。所以太宗求之百方，期於必得。其後公私相盜，今竟失之。書家晚得定武石本，蓋髣髴存古人筆意耳。

3　又

《蘭亭序》草，王右軍平生得意書也。反復觀之，略無一字一筆不可人意。摹寫或失之肥瘦，亦自成妍。要各存之以心，會其妙處爾。

4　又

《蘭亭》雖是真行書之宗，然不必一筆一畫以爲準。譬如周公、孔子不能無小過，過而不害其聰明睿聖，所以爲聖人。不善學者，即聖人之過處而學之，故蔽於一曲。今世學《蘭亭》者多此色。魯之閉門者曰：「吾將以吾之不可，學柳下惠之可。」可以學書矣。

5　書右軍帖後

曹蜍、李志輩，書字政與右軍父子争衡，然不足傳也。所謂敗筆片紙，皆傳數百歲，特存乎其人耳。

6　書右軍文賦後

余在黔南，未甚覺書字緜弱。及移戎州，見舊書多可憎，大概十字中有三四差可耳。

今方悟古人沈著痛快之語，但難爲知音爾。李翹叟出褚遂良臨右軍書《文賦》，豪勁清潤，真天下之奇書也。山谷題〔一〕。

〔一〕山谷題：原無，據《式古堂書畫彙考》卷七補。

7 題瘞鶴銘後

右軍嘗戲爲龍爪書，今不復見。余觀《瘞鶴銘》，勢若飛動，豈其遺法邪？歐陽公以魯公書《宋文真碑》得《瘞鶴銘》法，詳觀其用筆意，審如公説。

8 題樂毅論後

予嘗戲爲人評書云：「小字莫作癡凍蠅，《樂毅論》勝《遺教經》。大字無過《瘞鶴銘》，隨人作計終後人，自成一家始逼真。」然適作小楷，亦不能擺脱規矩。客曰：「子何捨子之凍蠅，而謂人凍蠅？」予無以應之。固知書雖棋鞠等技，非得不傳之妙，未易工也。

9 題東方朔畫贊後

予嘗觀《東方畫贊》墨跡，疑是吴通微兄弟書，然不敢質也。遺筆結字，極似通微書

《黄庭外景》也。如《佛頂》石刻，止是經生書，不可引與同列矣。

10 題洛神賦後

予嘗疑《洛神賦》非子敬書，然以字學筆力去之甚遠，不敢立此論。及今觀之，宋宣獻公、周膳部少加筆力，亦可及此。

11 跋法帖

書孔明對劉玄德語，章草法甚妙，不知與王中令書先後，要皆爲妙墨，蓋融會張芝、索靖兩家，骨肉豐殺，略相宜爾。

12 又

蔡琰《胡笳引》自書十八章，極可觀，不謂流落，僅餘兩句，亦似斯人身世邪！

13 又

鍾繇書，大小世有數種，余特喜此小字，筆法清勁，殆欲不可攀也。觀史孝岑《出師頌》數頁，頗得草法。蓋陶冶草法，悉自小篆中來。

14 又

山公啓論人，其言誠有味哉！

15 又

余觀凝之字法最密，恨不多見。

16 又

庾公所作支髮枕，蓋今俗謂山枕。

17 又

索征西筆短意長，誠不可及。長沙古帖中有《急就章》數十字，劣於此帖。今人作字，大概筆多而意不足。

18　又

智果善學書，合處不減古人。然時有僧氣，可恨。羊欣書舉止羞澀。蕭衍老翁亦善評書也。

19　又

宋儋筆墨精勁，但文詞蕪穢，不足發其書。子瞻嘗云：「其人不解此狡獪，書便不足觀。」至如儋書畫，不可棄也。

20　又

王僧虔書畫既佳，論薦謝憲極有理。

21　又

王侍中學鍾繇絶近，真行皆妙，如此書乃可臨學。謝太傅墨蹟，聞駙馬都尉李公照有之，不作姿媚態度，恨不見爾。若但如此卷中帖，去右軍父子間可著數人。

22 又

衛中令《闕音敬帖》，近世草書不復敢望其藩也，此一章語亦佳。

23 又

「郗方回書初不減王氏父子」，誠不浪語。

24 又

謝太傅所稱「道民安」，蓋事五斗米道邪？右軍爲獻之女王潤請罪，亦稱「民」也。

25 又

「知足下故羸疾，而冒暑遠涉」，「而」失一筆，「冒」多一筆。古帖或不可讀，類皆如此。

26 又

「蔡公遂委篤〔一〕，又加癖鬲下，日數十行」，觀此語，初和父所論疾證似是也。「當今人物眇然，而艱疾如此，令人短氣」，今年每讀此語，便復意寒〔二〕。「足下時事少，可數來，主人相尋」以下十一行，語鄙，字畫亦不韻，非右軍簡札灼然〔三〕，不知那得濫吹阿堵中。此卷中「伯趙鳴而載陰，爽鳩習而揚武」，與「儻因行李，願存故舊」，皆鄙語，非右軍意，書札亦相去遠甚。

〔一〕遂：原作「送」，據叢刊本改。

〔二〕寒：叢刊本作「塞」。

〔三〕札：原作「禮」，據叢刊本改。

27 又

「癰不即潰藥法」，書家疑非右軍。余愛其自成一體。其間有可恨，或是傳摹失真爾。

28 又

此字與《東方朔畫贊》相似，而子瞻謂《畫贊》亦非右軍書。人間愛憎，常自不合，如退之、柳子厚論《鶡冠子》可知也。

29 又

《昨遂不奉恨深》帖，有秦漢篆筆。中令自言「故應不同」，真不虛爾。中令書中有「相勞苦」語，極佳，讀之了不可解者，當是殘素敗、逸字多爾，觀其可讀者，知其爾耳。

30 又

米芾元章專治中令書，皆以意附會，解説成理，故似杜元凱《春秋》癖邪？

31 又

「因夜行，忽復下，如欲作癖。」古方論無此疾名〔一〕。膠東初虞世和父云：「癖讀爲滯，滯下若今人下利而更衣難者也。」此卷中尤作妙墨〔二〕，右軍父子真行略相當相抗爾。余嘗評書云「字中有筆，如禪家句中有眼」，直須具此眼者，乃能知之。

〔一〕論：原作「小」，據叢刊本改。

〔二〕自「此卷中」以下叢刊本另作一則。

32 又

余嘗論近世三家書云：「王著如小僧縛律，李建中如講僧參禪，楊凝式如散僧入聖。當以右軍父子書爲標準。」觀予此言，乃知其遠近。

33 又

大令草法殊迫伯英，淳古少可恨，彌覺成就爾。所以中間論書者，以右軍草入能品，而大令草入神品也。余嘗以右軍父子草書比之文章，右軍似左氏，大令似莊周也。由晉以來，難得脱然都無風塵氣似二王者，惟顔魯公、楊少師髣髴大令爾。魯公書，今人隨俗，多尊尚之。少師書，口稱善而腹非也。欲深曉楊氏書，當如九方臯相馬，遺其玄黄牝牡乃得之。

34 書王荆公贈俞秀老詩後

秀老蓋金華俞紫芝，道意淳熟。然建隆昭慶道人謂秀老百事過人，病在好説俗禪，秀老以爲知言也。秀老作《唱道歌》十篇，欲把手牽一切人同入涅槃場。雖未見策名釋迦之室，然林下水邊，幽人衲子，往往歌之，以遣意於萬物之表，厭而飫之，使自趨之，功亦過半矣。來者未知秀老，觀荆公所贈六詩，可知其人品高下也。初，僧仁擇刻六詩於揚州禪智寺真覺堂，而秀老弟紫琳清老又欲刻之東陽涵碧亭。嘉其伯仲清尚，故書。

35　書玄真子漁父贈俞秀老

金華俞秀老，物外人也。嘗作《唱道歌》十章，極言萬事如浮雲，世間膏火煎熬可厭，語意高勝，荆公樂之，每使人歌。秀老又有與荆公往反游戲歌曲，皆可傳。長干白下，舟人蘆子或能記憶也。此《漁父》計秀老必喜之，輒因清老遠寄，幸可同作。

36　跋贈俞清老詩

俞清老舊與庭堅同學，才性警敏，無所不能。喜事而多聞，白頭不倦。詼諧戲弄，則似優孟、東方朔之爲人。然資亦辯急，少不當其意，使酒呵駡，又似灌夫、蓋寬饒。以是忿愠，欲祝髮著浮圖人衣，曰：「免與俗子浮沈。」予曰：「公能少自寬，俗子安能爲輕重？去而與祝髮者游，其中雖有道人，亦如沅江九肋鼈爾，與俗子爲伍，方自此始。」清老蓋疑之至今云。

37 跋俞秀老清老詩頌

秀老、清老，皆江湖扁舟，不能受流俗人拘忌束縛者也。往者金陵見與荆公往來詩頌，言皆入微，道人喜傳之。清老往與予共學於漣水，其傲睨萬物，滑稽以玩世，白首不衰。荆公之門蓋晚多佳士云。

38 跋二蘇送梁子熙聯句

景祐元年仲春，子美於蜀綾紙上楷寫，字極端勁可愛。叔才蓋才翁舊字。此篇不見於家集，略計雄文妙墨，流落人間者，必千數百紙。二蘇文章，豪健痛快如此，潘、陸不足吞也。

〔附〕聯句

大榮大辱，能生死人。叔才二物不並，以撓厥真。子美之子疾悶，腸如車輪。叔才憂勞到母，飢寒著身。子美世俗鹵莽，輒置莫親。叔才文殺光艷，伏不得伸。子美悽吟哀號，酸入四鄰。叔才夜計破午，若燕作秦。子美腹憤軋軋，胸奇陳陳。叔才淮國晚嶺，吴渠春津。子美去謝夙藴，歸逢故辛。子美雌火相丑，刮鑿遯屯。叔才駕風鞭霆，以脱凡鱗。子美

39 書秦覯詩卷後

少章别來踰年，文字亹亹日新。不惟助秦氏父兄驩喜，予與晁、張諸友亦喜交游間當復得一國士。然力行所聞，是此物之根本，冀少章深根固蔕，令此枝葉暢茂也。

40 書陳亞之詩後

岷山之發江，僅若甕口，淮出桐柏，力能泛觴，卒之成川注海，以其所從來遠也。學問文章，震耀一世，考其祖曾，發源必有自。陳氏昆仲多賢，是中將有名世者，觀吏部公之詩，可謂源清矣。

41 書鮮洪範長江詩後

余昔聞蜀人有魯三江者，號稱能詩，士大夫多宗之。今觀閬州鮮長江詩，不甚愧之也。雖切磋琢磨之功少，而渾厚之氣幾度其前矣。昔方士袁天罡，見閬州錦屏山，題其石曰：「此山磨滅，英靈乃絶。」然予在中朝，唯聞陳文忠公家世出才士，嘗疑山水之秀，豈獨鍾於陳氏邪？其沈淪草萊，困頓州縣，抱才器而與麋鹿共盡者可勝道哉！今觀鮮長江之才，所謂困頓州縣者也。使之學不盡其才，名不聞於世，亦其鄉之先達士大夫之罪也。蓋道不明於天下，則士不知擇術；道不行於天下，則民之毁譽不公。豈獨士大夫之罪哉，其所從來遠矣。鮮氏唯以閬中爲族姓，其散漫於兩蜀者，皆以閬中爲祖。今試問鮮氏所自出，皆不能自言，或云「出於鮮于後，去于而爲鮮」。以予考之，非是。蜀李壽時司徒鮮思明用事〔一〕，專廢立，其鮮氏之祖歟？

〔一〕鮮思明：原脱「思」字，據鄧名世《古今姓氏書辯證》卷九補。按今本《華陽國志》卷九訛作「解思明」。

42 跋元聖庚清水巖記

彼險而我易，則傅説熙然於版築之間，無驚世不顧之譏。彼易而我險，則虞芮二子釋然於岐山之下，得遷善不争之美。由是觀之，險易之實在人心，不在山川。夫奇與常相倚也，險與易相乘也，古之人正心誠意，而游於萬物之表，故六經我之陳迹也，山林冠冕吾又何擇焉？因聖庚論好奇履險，故發予之狂言。

43 題王子飛所編文後

建中靖國元年冬，觀此書於沙市舟中。鄙文不足傳，世既多傳者。因欲取所作詩文爲《内篇》，其不合周孔者爲《外篇》，然未暇也。他日合平生雜草，蒐獮去半，而别爲二篇，乃能終此意云。

44 題校書圖後

唐右相閻君粉本《北齊校書圖》，士大夫十二員，執事者十三人，坐榻胡牀四，書卷筆研二十二，投壺一，琴二，懶几三，搘頤一，酒榼果櫑十五。一人坐胡牀脱帽，方落筆，左右侍者六人，似書省中官長。四人共一榻，陳飲具：其一下筆疾書；其一把筆，若有所營構〔一〕；其一欲逃酒，爲一同舍挽留之，且使侍者著鞾。兩榻對設，坐者七人：其一開卷；其一捉筆顧視，若有所訪問；其一以手拄頰，顧侍者行酒；其一抱膝坐酒旁；其一右手執卷，左手據搘頤；其一右手捉筆拄頰，左手開半卷；其一仰負懶几，左右手開書。筆法簡者不缺，煩者不亂，天下奇筆也。右，故奉議郎知富順監京兆宋元壽所藏，初得之滎陽盛孟適，蓋文肅公家舊物也。建中靖國元年二月甲午，江西黄庭堅自戎州來，將下荆州，泊舟漢東市，始識富順君之子兆吉長。觀此畫，歎賞彌日。吉長舉以見惠，余不忍取，爲書其大概，使并藏之。此筆墨之妙，必待精鑑，乃出示之，廉者必不取，貪者必不與也。趙潤甫家燭下書。

〔二〕構：原無，據四庫本補。叢刊本「誉」字下有「太上御名」四小字。

45　題渡水羅漢畫

右摹寫唐人畫《行腳僧渡水》。已渡而休，與泛濟而未及濟者，涉深水者，老憊極、少者扶持，幾欲不濟者，有臨流未涉者，有見險在前依石坐卧者，頗極其情狀。明窗浄几，散髮解衣而縱觀之，亦是幻法中無真假。往在都時，馮當世有此畫本，是古人創業縑素也，題云王右丞畫《渡水羅漢》。余爲題云：「阿羅漢皆具神通，何至拖泥帶水如此？使王右丞作羅漢畫如此，何處有王右丞邪？」當世不悦，爲余題破渠好畫。余曰：「顧畫何如，豈因譽而完、因毁而破也？」

46　跋浴室院畫六祖師

浴室院有蜀僧令宗畫達摩西來六祖師，人物皆妙絶。其山川草木、毛羽衣盂諸物，畫工能知之。至於人有懷道之容，投機接物，目擊而百體從之者，未易爲俗人言也。此壁列於冠蓋之會，而湮伏不聞者數十年。得蜀人蘇子瞻乃發之，物不系於世道興衰，亦有數如此。此寺井泉甘寒，汝師硍建溪茶常不落第二。故人陳季常，林下士也，寓棋簟於此，蘇子瞻、范子功數來從之，故余過門，必稅駕焉。元祐三年魯直題〔一〕。

〔一〕「元祐三年」句原無，據明茅維編《蘇文忠公全集》卷七一補。

47 題七才子畫

眉山老書生作此《七才子入關圖》，作人物亦各有意態。余以爲趙子雲之苗裔，摹寫物象漸密，而放浪閑遠則不逮也。或謂七人者皆詩人，此筆乃少丘壑邪？山谷曰：一丘一壑，自須其人胸次有之，但筆間那可得？

48 題濟南伏勝圖

御史晁大夫號爲峭直刻深，觀所寫形質似未至也。然作伏勝，宛然故齊之老書生耳。又作勝女子，鬱然是儒家子，此亦丹青之妙。

49 題趙公佑畫

黟川呂太淵藏此畫，以爲趙公佑畫也。以余觀之，誠妙於筆，非俗工所能辨也。余初未嘗識畫，然參禪而知無功之功，學道而知至道不煩，於是觀圖畫悉知其巧拙工俗，造微入妙，然此豈可爲單見寡聞者道哉！

50 題摹鎖諫圖

陳元達，千載人也，惜乎創業作畫者，胸中無千載韻耳。吾友馬中玉云：「《鎖諫圖》規摹病俗人物，非不足也。」以余考之，中玉英鑒也，使元達作此蝟鼻，豈能死諫不悔哉！然畫筆亦入能品，不易得也。

51 題摹燕郭尚父圖

凡書畫當觀韻。往時李伯時爲余作李廣奪胡兒馬，挾兒南馳，取大黄弓引滿以擬追騎〔一〕，觀箭鋒所直發之，人馬皆應弦也。伯時笑曰：「使俗子爲之，當作中箭追騎矣。」余因此深悟畫格，此與文章同一關紐，但難得人入神會耳。

〔一〕大黄：叢刊本作「胡兒」。

52 題明皇真妃圖

此圖是名畫，言少時摹取關中舊畫人物相配合作之。故人物雖有佳處，而行布無韻，此畫之沈痾也。

53 題輞川圖

王摩詰自作《輞川圖》，筆墨可謂造微入妙。然世有兩本，一本用矮紙，一本用高紙，意皆出摩詰不疑，臨摹得人，猶可見其得意於林泉之髣髴。

54 題洪駒父家江干秋老圖

此軸不必問畫手之工拙，開之廓然見漁父家風，使人已在塵埃之外矣。固知金華俞秀老一篇政在阿堵中，因書其左。

55 書文湖州山水後

吴君惠示文湖州《晚靄》横卷，觀之歎息彌日。瀟灑大似王摩詰，而工夫不減關同。東坡先生稱與可下筆，能兼衆妙，而不言其善山水，豈東坡亦未嘗見邪？此畫初入手，心欲留玩數月乃歸之。會予遠竄宜州，亟遣光山之僕，自此往來予夢寐中耳。山谷老人題〔一〕。

〔一〕山谷老人題：原無，據《式古堂書畫彙考》卷四一補。

56 跋東坡論畫

子瞻論畫語甚妙。比聞一僧藏蘇翰林十數帖，因病目，盡爲緑林君子以其摹本易去，故以予家兩古印款紙斷處。

57 又

陸平原之「圖形於影，未盡捧心之妍；察火於灰，不覩燎原之實。故問道存乎其人，觀物必造其質」，此論與東坡照壁語，託類不同而實契也。又曰：「情見於物，雖近猶疏；神藏於形，雖遠則密。是以儀天步晷而修短可量，臨淵揆水而淺深可測。」此論則如語密而意疏，不如東坡得之濠上也。雖然，筆墨之妙，至於心手不能相爲南北，而有數存焉於其間，則意之所在者，猶是國師天津橋南看弄胡孫，西川觀競渡處耳。予嘗見吴生《佛入涅槃畫》，波旬皆作舞，而大波旬醞藉徐行，喜氣滿於眉宇之間，此亦得之筆墨之外。或有益於程氏，故并書之。

58 跋晉世家後〔一〕

以富貴有人易，以貧賤有人難。夫晉文公出走，周流天下，窮矣貧矣賤矣，而介子推不去，有以有之也；反國有萬乘，而介子推去之，無以有之也。能其難，不能其易，此文公之所以不王也。晉文公反國，介子推不肯受賞，自爲詩曰：「有龍于飛，周遍天下。五蛇從之，爲之丞輔。龍反其鄉，得其處所。四蛇從之，得其露雨。一蛇羞之，槁死於中野。」懸書公門，而伏于山下。文公聞之，曰：「嘻，是子推也。」辟舍變服，令國中曰：「有能得介子推者，爵上卿，田百萬。」或遇之山中，負釜蓋簦，問焉，曰：「請問介子推安在？」曰：「夫子推之不欲見而欲隱，吾獨焉知之？」遂背而行，終身不見。人心之不同，豈不甚哉！今世之逐利者，蚤朝晏退，焦脣乾嗌，日夜思之，猶未之能得；今得之，而務疾逃之，介子推之離俗遠矣！黄庭堅曰：晉文公能其難，不能其易，何也？困窮則士能其難，安樂則士辭其易故也。介子推豈故得之而務疾逃之，必有謂者耶？

〔一〕按原題誤作《跋東坡畫石》，然其文與畫石無涉，據《國朝二百家名賢文粹》卷一九二改正。

59 書王荆公騎驢圖

荆公晚年删定《字説》，出入百家，語簡而意深，常自以爲平生精力盡於此書。好學者從之請問，口講手畫，終席或至千餘字。金華俞紫琳清老，嘗冠禿巾，衣掃塔服，抱《字説》，追逐荆公之驢，往來法雲、定林，過八功德水，逍遥游亭之上。龍眠李伯時曰：「此勝事，不可以無傳也。」

60 書劉壯輿漫浪圖

子劉子讀書數千卷，無不貫穿，能不以博爲美，而討求其言之從來，不可謂「漫」。未見古人，如將不得見，既見古人，曰「吾未能如古人也」，不可謂「浪」。年未四十，而其學日夜進，不可謂「翁」。

61 題李伯時憩寂圖

或言子瞻不當目伯時爲前身畫師，流俗人不領，便是語病。伯時一丘一壑，不減古人，誰當作此癡計，子瞻此語是真相知。

62 題李伯時畫天女

此天女者，意伯時作《華嚴》中善知識相爾。知命藏篋中數年，乃以贈金華俞清老。有所欲則富者取之，有所畏則貴者奪之。清老離此二病，則長有之。

63 題李漢舉墨竹

如蟲蝕木，偶爾成文。吾觀古人繪事，妙處類多如此。所以輪扁斲車，不能以教其子。近世崔白筆墨，幾到古人不用心處，世人雷同賞之，但恐白未肯耳。比來作文章，無出无咎之右者，便是窺見古人妙斲。試以此示无咎。

64 題文湖州竹上鸜鵒

建中靖國元年，發篋暴書畫，乃見文湖州之妻姪黄斌老所惠與可《竹上鸜鵒》，此所謂功刮造化窟者也。

65 又

文湖州《竹上鸜鵒》，曲折有思，觀者能言之，許渠具一隻眼。

66 題崔白畫風竹上鸜鵒

風枝調調，鸜鵒翛翛。遷枝未安，何有於巢。崔生丹墨，盜造物機。後有識者，恨不同時。

67 題東坡像

東坡先生天下士，嗟乎惜哉今蚤世，蠢蠢尚誚短人氣。

68 跋畫山水圖

江山寥落，居然有萬里勢。老夫髮白矣，對此使人慨然。古之得道者，以爲逃空虛無人之境，見似之者而喜矣。既自以心爲形役，奚惆悵而獨悲？會當摩挲雙井巖間苔石，告以此意。

69 題畫娘子軍胡騎後

神堯第三女，平陽柴氏主也。傾家貲招南山亡命，畫策授奴客，降知名賊四輩，勒兵七萬，與秦王會渭水上，開幕府，可謂天下健婦。吾觀伯時妙墨，想見清渭照其軍容，神堯父子皆爲動色時也。

70 跋仁上座橘洲圖

會稽仁上座作《橘洲圖》，余方自塵埃中來，觀此已有餘清。然古人作畫，若不作小李將軍真山真水，草木、樓臺、人物皆令如本，則須若荆浩、關同、李成，木石瘦硬，煙雲遠近，一以色取之，乃爲畢其能事。

71 題蕭規龍

此豈曹不興池上所見真龍者耶？

72 題惠崇九鹿圖

惠崇與寶覺同出於長沙，而覺妙於生物之情態，優於崇。至崇得意於荒寒平遠，亦翰墨之秀也。

73 題燕文貴山水

《風雨圖》本出於李成，超軼不可及也。近世郭熙時得一筆，亦自難得。

74 題陳自然畫

水意欲遠，鳬鴨閑暇，蘆葦風霜中，猶有能自持者乎！觀李營丘六幅《驟雨圖》，偶得此意。陳君以佛畫名京師，戲作《秋水寒禽》，便可觀，因書以遺之。

75 題徐巨魚

徐生作魚，庖中物耳，雖復妙於形似，亦何所賞，但令饞獠生涎耳。向若能作底柱析城，龍門岌嶪，驚濤險壯，使王鮪赤鯶之流，仰波而上泝，或其瑰怪雄傑，乘風霆而龍飛，彼或不自料其能薄，乘時射勢，不至乎中流折角點額，窮其變態，亦可以爲天下壯觀也。

76 書士星畫

國初有賣藥叟高益，涿州人，因緣南衙事太宗，作《搜山圖》極工，遂待詔翰林中，畫相國寺行廊及崇夏寺殿壁。是名大高待詔。後有蜀人高文進，以蜀俘至闕，亦待詔翰林中。時新作相國寺，命文進倣高益舊本，畫四廊佛變化相。大率都下佛宫道館，多文進筆，號爲兼備曹、吴采墨。是名小高待詔，今爲翰林畫工之宗。此畫多蜀人筆法，亦傳是小高所作，落筆高妙，名不虛得也。

77 題畫醉僧圖

醉李有狂僧，無日不飲酒。或戲與酒，令自作祭文，即應聲曰：「惟靈生在閻浮堤中，不貪不妒。愛喫酒子，倒街卧路。想汝直待生兜率陀天，爾時方斷得，故何以故？净土之中，無酒得酤。」

78 題宗室大年永年畫

調麝煤作花果殊難工，永年遂臻此，殊不易。然作朽蠹太多，是其小疵。

79　又

往時宗室或以隸篆知名，今大年兄弟精於小筆，亹亹似諸李矣。

80　又

大年學東坡先生作小山叢竹，殊有思致。但竹石皆覺筆意柔嫩，蓋年少喜奇故耳。使大年耆老，自當十倍於此。若更屏聲色裘馬，使胸中有數百卷書，便當不愧文與可矣。

81　又

大年兒戲，所謂書窗涴壁不能嗔者也，今其得意，遂與小李將軍争衡邪！

82　又

荒遠閑暇，亦有自得意處。比之古人，但少豪壯及餘味爾。

83　又

大年往時畜善舞錢娃於其家，而不沈於杯盎管絃。戲弄翰墨，亦是不爲富貴所埋没者邪！

84 又

永年作狗，意態甚逼。遣翰林工，訖其草石。

85 又

不敢畫虎，憂狗之似。故直作狗，人難我易。

86 評李德叟詩 秉彝

孫莘老嘗以德叟詩一軸示予曰：「子試爲我評之。」予對曰：「《再過普惠》七言、《石人道中》表字韻，國朝以來能者不過一二人而已。韓退之所謂『横空蟠硬語，妥帖力排奡』，唯此詩足以當此語。昔嘗見其汲汲浚源，今又見其金玉井榦矣。」莘老大以爲然。

87 書倦殼軒詩後 洪玉父軒名

潘邠老蚤得詩律於東坡〔一〕，蓋天下奇才也。予因邠老故識二何，二何嘗從吾友陳無己學問，此其淵源深遠矣。洪氏四甥，才器不同，要之皆能獨秀於林者也。師川亦予甥也，比之武事，萬人敵也。因五甥又得潘延之之孫子真，雖未識面，如觀虎皮，知其嘯於林而百獸伏也。夫九人者，皆可望以名世，予猶能閲世二十年，當見服周穆之箱絶塵萬里矣。

〔一〕蚤：原作「密」，據叢刊本改。

88 書吴無至筆

有吴無至者，豪士，晏叔原之酒客。二十年時，余屢嘗與之飲，飲間喜言士大夫能否，似酒俠也。今乃持筆刀行，賣筆於市。問其居，乃在晏丞相園東〔一〕。作無心散卓，小大皆可人意。然學書人喜用宣城諸葛筆，著臂就案，倚筆成字，故吴君筆亦少喜之者。使學書人試提筆，去紙數寸書，當左右如意，所欲肥瘠曲直皆無憾，然則諸葛筆敗矣。許雲封説笛竹，陰陽不備，遇知音必破，若解此處，當知吴葛之能否。元祐四年四月六日，門下後省食罷，胸中愊愊，須煮茶，試晁以道所作兖煤、吴君散卓，遂竟此紙〔二〕。

〔一〕在：原作「任」，據叢刊本改。

〔二〕竟：叢刊本作「記」。

89 書侍其瑛筆

南陽張乂祖喜用郎奇棗心散卓〔一〕，能作瘦勁字，他人所繫筆多不可意。今侍其瑛秀才，以紫毫作棗心筆，含墨圓健〔二〕，恐乂祖不得獨貴郎奇而捨侍其也。筆無心而可書小楷，此亦難工，要是心得妙處耳。

〔一〕乂：原作「義」，據叢刊本改。下同。

〔二〕含：原作「合」，據叢刊本改。

90 又

宣城諸葛高三副，筆鋒雖盡，而心故圓，此爲有輪扁斲輪之妙。弋陽李展鷄距，書蠅頭萬字而不頓，如庖丁發硎之刃。其餘雖得名於數州，有工輒有拙也。今都下筆師如蝟毛，作無心棗核筆，可作細書，宛轉左右，無倒毫破其鋒，可告以諸葛高、李展者，侍其瑛也。瑛有思致，尚能進於今日也。

91 書韋許扇

自重者能下人以求道，處静者不攘臂而勝躁。深道者當晚成，遠施者當厚報。以能問於不能，人之道；損有餘以補不足，天之道。

92 書小宗香

南陽宗少文嘉遯江湖之間，援琴作金石弄，遠山皆與之同聲，其文獻足以配古人。孫茂深亦有祖風。當時貴人欲與之游，不得，乃使陸探微畫像，掛壁觀之。聞茂深閉閤焚香，作此香饋之。時謂少文大宗，茂深小宗，故傳小宗香云。

93 書萍鄉縣廳壁

庭堅杭荆江，略洞庭，涉修水，經七十二渡，出萬載、宜春，來省伯氏元明於萍鄉。初，元明自陳留出尉氏、許昌，渡漢、江陵，上夔峽，過一百八盤，涉四十八渡，送余安置于摩圍山之下，淹留數月不忍别。士大夫共慰勉之，乃肯行，揜淚握手，爲萬里無相見期之别。蠻中九年，白頭來歸，而相見於此。訪舊撫新，悲喜兼懷，其情有不勝言者矣。余之入宜春之境，聞士大夫之論，以謂元明盡心盡政，視民有父母之心。然其民嚚訟異於他邦，病在慈仁太過，不用威猛耳。至則以問元明，元明嘆曰：「天子使宰百里，固欲安樂之，豈使操三尺法而與子弟仇敵哉！昔漢宣帝患北海多盜賊，起龔遂爲太守。及入見，見其老而悔之。遂進而問曰：『北海之盜，陛下將勝之邪，將安之邪？』然後宣帝喜見於色，曰：『張官置吏，固欲安之也。』余嘗許遂，以爲天下長者也。夫猛則玉石俱焚，寬則公私皆廢。吾不猛不寬，唯其是而已矣。故榜吾所居軒曰『唯是』而自警。」庭堅曰：「夫猛而不害善良，寬而不長姦宄，雖兩漢循良，不過如此。萍鄉邑里之間，鴟梟且爲鳳凰，稂莠皆化爲嘉穀矣。」因書之屏間，以慰别後懷思。庭堅之來以崇寧元年四月乙酉，而去以是月之己亥。

宋黄文節公全集·正集卷第二十八

題跋

1 題絳本法帖

心能轉腕，手能轉筆，書字便如人意。古人工書無他異〔一〕，但能用筆耳。元豐八年夏五月戊申，趙正夫出此書於平原官舍，會觀者三人：江南石庭簡、嘉興柳子文、豫章黄庭堅。

〔一〕工：原作「二」，據叢刊本改。

2 又

自高宗以上，皆有鍾王典刑，當其妙處，殆欲編之王家二令書中，略無愧也。

3 又

錢尚父書號稱當代入神品，比高宗翰墨，其中尚容十許人耳。

4　又

予嘗評書：「字中有筆，如禪家句中有眼。」至如右軍書，如《涅槃經》説伊字具三眼也。此事要須人自體會得，不可見立論便興諍也。

5　又

王會稽初學書於衛夫人，中年遂妙絶古今。今人見衛夫人遺墨，疑右軍不當北面，蓋不知九萬里則風斯在下耳。

6　又

右軍筆法，如孟子言性、莊周談自然，從説横説，無不如意，非復可以常理待之。

7　又

右軍真行章草稿，無不曲當其妙處。往時書家置論，以爲右軍真行皆入神品，稿書乃入能品，不知憑何便作此語。政如今日士大夫論禪師，某優某劣，吾了不解。古人言：

「坐無孔子，焉别顔回？」真知言者。

8 又

王氏書法以爲「如錐畫沙，如印印泥，蓋言鋒藏筆中，意在筆前耳。承學之人，更用《蘭亭》「永」字以開字中眼目，能使學家多拘忌，成一種俗氣。要之右軍二言，群言之長也。

9 又

王令翰墨了無俗氣，平原塵土中夜開此書，如臨深登高，脱棄䩭絡，魚鳥皆得人意妙處。

10 又

謝太傅嘗問獻之：「卿書何如君家尊？」獻之曰：「固應不同。」論者多不爲然，彼欲與乃翁抗行，大似不遜。余嘗評其書：右軍能父，中令能子，同時諸人，皆不能在此位也。

11 又

王中令人物高明，風流弘暢，不減謝安石；筆札佳處，濃纖剛柔，皆與人意會。貞觀書評，大似不公，去逸少不應如許遠也。

12 又

伯英書小紙，意氣極類章書，精神照人，此翰墨妙絶無品者。

13 又

鍾大理表章致佳，世間蓋有數本，肥瘠小大不同，蓋後來善臨榻本耳，要自皆有佳處。兩晉士大夫類能書，筆法皆成就，右軍父子拔其萃耳。觀魏晉間人論事，皆語少而意密，大都猶有古人風澤，略可想見。論人物要是韻勝爲尤難得，蓄書者能以韻觀之，當得髣髴。

14 又

宋、齊間士大夫翰墨頗工，合處便逼右軍父子，蓋其流風遺俗未遠，師友淵源，與今日俗學不同耳。

15 又

宋儋書姿媚，尤宜於簡札，惜不多見。

16 又

王、謝承家學，字畫皆佳，要是其人物不凡，各有風味耳。

17 又〔一〕

觀王濛書，想見其人秀整，幾所謂毫髮無遺恨者。王荆公嘗自言學濛書。世間有石刻《南澗樓詩》者，似其苗裔，但不解古人所長，乃爾難到。

〔一〕此條原與前一條接排，今據叢刊本分爲兩條。

18 又

觀唐人斷紙餘墨，皆有妙處。故知翰墨之勝，不獨在歐、虞、褚、薛也。惟恃耳而疑目者，蓋難與共談耳。

19 又

張長史《郎官廳壁記》，唐人正書無能出其右者，故草聖度越諸家，無輙迹可尋。懷素見顔尚書道張長史書意，故獨入筆墨三昧。

20 又

或傳顔公書得長史筆法。僧懷素見公，自矜得折釵股筆，顔公言：「折釵股何如屋漏法？」懷素起捉公手云：「老賊盡之矣！」觀魯公《乞米》《乞鹿脯帖》《與郭令書》《祭姪文》，皆當與王中令雁行耳。懷素草莫年乃不減長史，蓋張妙於肥，藏真妙於瘦，此兩人者，一代草書之冠冕也。

21 書遺教經後

《佛遺教經》一卷，不知何世何人書，或曰右軍羲之書。黄庭堅曰：「吾嘗評此書在楷法中小不及《樂毅論》爾，清勁方重，蓋度越蕭子雲數等。頃見京口斷崖中《瘞鶴銘》大字，右軍書，其勝處乃不可名貌。以此觀之，良非右軍筆畫也。若《瘞鶴碑》斷爲右軍書，端使人不疑。如歐、薛、顔、柳數公書，最爲端勁，然纔得《瘞鶴銘》髣髴爾。唯魯公《宋開府碑》，瘦健清拔，在四五間。

22 跋佛頂咒

《佛頂咒》筆畫似鄭預《洛祠志》及《般若心經注》。然此書自縛規矩，不能略見筆妙，止是經生絶藝爾。觀書者當用此意求之。

23 跋續法帖

往在館中，時於閣下一觀李懷琳臨右軍《絶交書》，大有奇特處。今觀此，十未得其二三。以此言之，十卷中大率皆如此。又智永十八行判作右軍書，蕭子雲臨索征西書便判作靖書，此等雖使鄭彰輩任其責。劉無言箋題便不類今人書，使之春秋高，江東又出一羊欣、薄紹之矣。

24 題滎咨道家廟堂碑 咨道名緝，號子雍。

今世有好書癖者滎咨道，嘗以二十萬錢買虞永興《孔子廟堂碑》。予初不信，以問滎，則果然。後求觀之，乃是未劖去「大周」字時墨本，字猶有鋒鍔，但墨紙有少腐敗處耳。

25 題張福夷家廟堂碑 福夷名威

頃見摹刻虞永興《孔子廟碑》，甚不厭人意，意亦疑石工失真太遠。今觀舊刻，雖姿媚，而造筆之勢甚遒，固知名下無虚士也。滎咨道嘗以二十萬錢買一碑，即此碑舊刻。其中缺字亦略相類，唯額書「大周孔子廟堂之碑」八字爲異耳。又碑末「長安三年太歲癸卯金四月壬辰水朔八日己亥」木書額，相王書也。又云：「朝議郎、行左豹衛長史、直鳳閣鍾紹京奉相王教楊勒碑額，雍州萬年縣光宅鐫字。」又卷尾昔人題云：「咸通七年七月七日於二十二姊處得，龍兄來認。」今福夷無大費，而甚愛之，雖無前後數十字，非竇藏是書之本意。

26 題蔡致君家廟堂碑 致君名寶臣

頃年觀《廟堂碑》摹本，竊怪虞永興名浮於實。及見舊刻，乃知永興得智永筆法爲多，又知蔡君謨真行簡札，能入永興之室也。元祐四年在中都，初見榮輯子雍家一本；紹聖元年在湖陰，又見張威福夷家一本；其十二月在陳留，又見蔡寶臣致君家一本。以石本未刓缺，不以摹本補綴，則榮本第一，張本第二，蔡本第三。亦嘗於它處見數本，新舊雜揉，所謂「海圖折波濤，舊綉移曲折。天吴及紫鳳，顛倒在裋褐」者也。然尚有典刑，亦不可廢也。陳留浄土院書。

27 題虞永興道場碑

草書妙處須學者自得，然學久乃當知之，墨池筆塚，非傳者妄也。虞永興常被中畫腹書，末年尤妙。貞觀間亦已耄矣，而是書之工，唐人未有逮者。元豐乙丑五月戊申，平原監郡趙正夫會食於西齋，出以示余，諦玩無斁。

28 題徐浩碑

唐自歐、虞後，能備八法者，獨徐會稽與顔太師耳。然會稽多肉，太師多骨，而此書尤姿媚可愛。時人快其書，以爲如怒猊抉石，渴驥奔泉，余以爲非是。

29 題楊凝式詩碑

余嘗評近世三家書：「楊少師如散僧入聖，李西臺如法師參禪，王著如小僧縛律。」恐來者不能易予此論也。少師此詩草，余二十五年前嘗得之，日臨數紙，未嘗不歎其妙。

30 題楊凝式書

俗書喜作《蘭亭》面，欲换凡骨無金丹。誰知洛陽楊風子〔一〕，下筆卻到烏絲闌〔二〕。

〔一〕洛陽楊風子：原作「落地之命矣」，據叢刊本改。

〔二〕原校：「舊本末句上有即字。」

31 跋張長史千字文

張長史書《郎官廳壁記》〔一〕，楷法妙天下，故作草能如此〔二〕。僧懷素草工瘦，而長史草工肥。瘦硬易作，肥勁難得也〔三〕。

〔一〕郎官：原作「智雍」，據叢刊本改。

〔三〕能如此：原作「草如寺」，據叢刊本改。

〔三〕得：叢刊本作「工」。

32 書張長史乾元帖後

余觀張長史與顏魯公論筆法〔一〕，嘗疑其用意處多。觀《乾元二年帖》與《琵琶詩》，乃知文不虛生，皆有落處。蚿使萬足〔二〕，固天機動爾。盧文紀叶清泰之卜，遂掌樞機，初亦有所建明，方事之棼，乃能留意翰墨邪！

〔一〕余：原作「察」，據叢刊本改。

〔二〕落處蚿使萬足：原作「落花之方易足」，據叢刊本改。

33 跋張長史草書

張長史作草，乃有超軼絶塵處。以意想作之，殊不能得其髣髴。嘗作得兩句云：「清鑑風流歸賀八，飛揚跋扈付朱三。」未知可贈誰，遂不能成章。

34 題顏魯公帖

觀魯公此帖，奇偉秀拔，奄有魏、晉、隋、唐以來風流氣骨。回視歐、虞、褚、薛、徐、沈輩，皆爲法度所窘，豈如魯公蕭然出於繩墨之外，而卒與之合哉！蓋自二王後，能臻書法之極者，惟張長史與魯公二人。其後楊少師頗得髣髴，但少規矩，復不善楷書，然亦自冠絶天下後世矣。

35 題顔魯公麻姑壇記

予嘗評題魯公書，體制百變，無不可人，真行草書隸皆得右軍父子筆勢。歐陽文忠公《集古録》頗以别書自喜〔一〕，自非精鑒，豈易辯真贋哉！

〔一〕録：原作「銘」，據叢刊本改。

36 跋顔魯公東西二林題名

予嘗評魯公書，獨得右軍父子超軼絶塵處。書家未必謂然，惟翰林蘇公見許。近觀郭忠恕序《字源》後云：「家君授以張、顔筆法。」乃知人中常自有精鑒耳。

37 書徐浩題經後

書家論徐會稽筆法「怒猊抉石，渴驥奔泉」，以余觀之，誠不虚語。如季海筆少令韻勝，則與穉恭並驅争先可也。季海長處，正是用筆勁正而心圓。若論工不論韻，則王著優於季海，季海不下子敬；若論韻勝，則右軍、大令之門誰不服膺！往時觀「怒猊抉石，渴驥奔泉」之論，茫然不知是何等語，老年乃於季海書中見之，如觀人眉目也，「三折肱知爲良醫」，誠然哉！季海暮年，乃更擺落王氏規摹，自成一家，所謂盧蒲嫳，其髮甚短，而心甚長，惜乎當時君子莫能以短兵伐此老賊也。前朝翰林侍書王著，筆法圓勁，今所藏《樂毅論》、周興嗣《千字文》，皆著書墨蹟，此其長處不減季海，所乏者韻爾。

38 跋翟公巽所藏石刻

《石鼓文》筆法，如圭璋特達，非後人所能贋作。熟觀此書，可得正書、行、草法，非老夫臆説，蓋王右軍亦云爾。

39 又

《瘞鶴銘》，大字之祖也，往有《故一切導師之碑》字可與之争長，今亡之矣。

40 又

《黄庭經》王氏父子書皆不可復見。小字殘缺者，云是永禪師書，既刓缺，亦難辯真贋。字差大者，是吴通微書，字形差長而瘦勁、筆圓，勝徐浩書也。

41 又

周秦古器銘皆科斗文字，其文章爾雅，朝夕玩之，可以披剥華僞，自見至情，雖戲弄翰墨，不爲無補。

42 又

《樂毅論》舊石刻斷軼其半者，字瘦勁，無俗氣。後有人復刻此斷石文，摹傳失真多矣。完書者，是國初翰林侍書王著寫，用筆圓熟，亦不易得，如富貴人家子，非無福氣，但病在韻耳。

43 又

《遺教經》譯於姚秦弘始四年，在王右軍没後數年。弘始中雖有譯本，不至江南。至陳氏時，有譯師出《遺教經論》，於是稍行。今長安雷氏家《遺教經》石上行書，貞觀中行《遺教經》，敕令擇善書經生書本頒焉，敕與經字是一手，但真行異耳。余平生疑《遺教》非右軍，比來攷尋，遂決定知非右軍書矣。

44 又

《蔡明遠帖》是魯公晚年書，與邵伯埭謝安石廟中題碑傍字相類，極力追之，不能得其髣髴。

45 又

魯公與郭令公書，論魚軍容坐席，凡七紙。而長安安氏兄弟異財時，以前四紙作一分，後三紙及《乞鹿脯帖》作一分，以故人間但傳至「不願與軍容爲佞柔之友」而止。元祐中，余在京師，始從安師文借得後三紙，遂合爲一。此書雖奇特，猶不及《祭濠州刺史文》

之妙，蓋一紙半書，而真行草法皆備也。

46 又

魯公《寒食問行期》《爲病妻乞鹿脯》《舉家食粥數月從李大夫乞米》，此三帖皆與王子敬可抗行也。

47 又

魯公《祭季明文》，文章字法，皆能動人。《與夫人書》迫切而有禮意。《與郭靈運書》《送劉太沖序》予未之見也。《顔惟貞》《蘭陵夫人告》，佳筆也。

48 又

《東方曼倩畫贊》筆圓浄而勁，肥瘦得中，但字身差長。蓋崔子玉字形如此，前輩或隨時用一人筆法耳。

49　又

張長史《千字》及蘇才翁所補，皆怪逸可喜，自成一家。然號爲長史者，實非張公筆墨。余中年來，稍悟作草，故知非張公書。後有人到余悟處，乃當信耳。

50　又

張長史行草帖，多出於贗作。人聞張顛，未嘗見其筆墨，遂妄作狂蹶之書，托之長史。其實張公姿性顛逸，其書字字入法度中也。楊次公家見長史真蹟兩帖，天下奇書，非世間隔簾聽琵琶之比也。

51　又

柳公權《謝紫絲靸鞋帖》，筆勢往來，如用鐵絲糾纏，誠得古人用筆意。

52　又

道林《嶽麓寺詩》，字勢豪逸，真復奇崛，所恨功巧太深耳。少令巧拙相半，使子敬復生，不過如此。

53　又[一]

禁中板刻古法帖十卷，當時皆用歙州貢墨，墨本賜群臣，今都下用錢萬二千便可購得。元祐中，親賢宅從禁中借版墨百本，分遺官僚，但用潘谷墨，光輝有餘而不甚黟黑，又多木横裂紋，士大夫不能盡别也，此本可當舊板價之半耳。

〔一〕此條原與前條連排，今據叢刊本分爲二條。

54　又[一]

《陰符經》出於唐李筌，熟讀其文，知非黄帝書也。蓋欲其文奇古，反詭譎不經。蓋糅雜兵家語作此言，又妄託子房、孔明諸賢訓注，尤可笑，惜不經柳子厚一掊擊也。

〔一〕此條原與前條連排，今據叢刊本分爲二條。

55　又

李翰林醉墨，是葛公叔忱贋作[一]，以嘗其婦翁，諸蘇果不能别。蓋叔忱翰墨亦自度越諸賢，可寶藏也。

〔一〕公：叢刊本作「八」。

56 又

文章歆敧而得韓退之，詩道敝而得杜子美，篆籀如畫而得李陽冰，皆千載人也。陳留有王壽卿，得陽冰筆意，非章友直、陳晞、畢仲荀、文勳所能管攝也〔一〕。

〔一〕畢仲荀：原作「畢仲笱」，據叢刊本改。

57 又

翟公巽所藏古石刻甚富，然有數種妙墨獨未入篋中，何邪？魯公《東西林題名》《宋開府神道》《永州磨崖》諸奇書，楊少師洛中十一碑，懷素《自叔》草書千餘字，當集爲一，他日可爲跋尾。禪家云：「法不孤起，仗境方生。」懸想而書，不得一二，又臂痛，才能用筆三四分耳。

58 跋王立之諸家書

昨見雍人安汾叟家所藏顔魯公書數卷：《祭濠州刺史文》《與郭英乂論魚開府坐席書》〔一〕《祭兄子泉明文》《峽州别駕與李勉太保書》《爲病妻乞鹿脯帖》。乃知翰墨之美，盡在安氏，藏古書於今爲第一。

〔一〕郭英乂：原作「郭英文」，據叢刊本改。

59 又

余曩時至洛師，遍觀僧壁間楊少師書，無一字不造微入妙。此書蓋當與吴生畫爲洛中二絶也。

60 又

見顔魯公書，則知歐、虞、褚、薛未入右軍之室。見楊少師書，然後知徐、沈有塵埃氣。雖然，此論不當察察言，蓋能不以己域進退者寡矣。

61 跋李後主書

觀江南李主手改表草，筆力不減柳誠懸，乃知今世石刻曾不得其髣髴。余嘗見李主《與徐鉉書》數紙，自論其文章筆法政如此，但步驟太露，精神不及此數字筆意深穩。蓋刻意與率爾爲之，工拙便相懸也。

62 跋李伯時所藏篆戟文

龍眠道人於市人處得金銅戟〔一〕，漢制也。泥金六字，字家不能讀。蟲書妙絶，於今諸家未見此一種。乃知唐玄度、僧夢英皆妄作耳。

〔一〕「龍眠」原作「龍眼」，又「金」作「全」，並據叢刊本改。

63 跋洪駒父諸家書

唐太宗英睿不群，所學輒便過人。計神堯初定四海，太宗年二十許爾，字畫已能如此，所以末年詔敕有魏晉之風，亦是富貴後能不廢學耳。崇寧元年閏月初六日，當塗江口折柳亭中書。

64 又

顔魯公書雖自成一家，然曲折求之，皆合右軍父子筆法，書家多不到此處，故尊尚徐浩、沈傳師爾。九方皋得千里馬於沙丘，衆相工猶笑之。今之論書者，多牡而驪者也。

65 又

《蔡明遠帖》筆意縱横，無一點塵埃氣。可使徐浩伏膺，沈傳師北面。

66 跋武德帖

武德中省曹符移字畫，猶有鍾元常筆法。蓋承周、隋之氣習，全學元常爾。如近世宋宣獻公書，號爲近古，猶未盡得此筆意也。

67 跋東坡字後

東坡居士極不惜書，然不可乞。有乞書者，正色詰責之，或終不與一字。元祐中，鎖試禮部，每來見過，案上紙不擇精粗，書徧乃已。性喜酒，然不能四五龠已爛醉，不辭謝而就臥，鼻鼾如雷。少焉蘇醒，落筆如風雨，雖謔弄皆有義味，真神仙中人，此豈與今世翰墨之士争衡哉！

68 又

東坡簡札，字形温潤，無一點俗氣。今世號能書者數家，雖規摹古人，自有長處，至於天然自工，筆圓而韻勝，所謂兼四子之有以易之不與也。建中靖國元年五月乙巳，觀於沙市舟中，同觀者劉觀國、王霖、家弟叔向〔一〕，小子相。

〔一〕叔向：原作「寂向」，據《别集》卷九《叔父給事行狀》改。

69 跋東坡水陸贊

東坡此書，圓勁成就，所謂「怒猊抉石，渴驥奔泉」，恐不在會稽之筆，而在東坡之手矣。此數十行又兼《董孝子碣》《禹廟詩》之妙處。士大夫多譏東坡用筆不合古法，彼蓋不知古法從何出爾。杜周云：「三尺安出哉？前王所是以爲律，後王所是以爲令。」予嘗以此論書，而東坡絶倒也。往時柳子厚、劉禹錫譏評韓退之《平淮西碑》，當時道聽途説者亦多以爲然，今日觀之，果何如邪？或云：「東坡作戈多成病筆，又腕著而筆臥，故左秀而右枯。」此又見其管中窺豹，不識大體。殊不知西施捧心而顰，雖其病處，乃自成妍。今人未解愛敬此書，遠付百年，公論自出，但恨封德彝輩無如許壽及見之耳。余書自不工，而喜論書。雖不能如經生輩左規右矩，形容王氏，獨得其義味，曠百世而與之友，故作決定論耳。

70 跋東坡敘英皇事帖

東坡此帖，甚似虞世南《公主墓銘》草。余嘗評東坡善書，乃其天性。往嘗於東坡見手澤二囊，中有似柳公權、褚遂良者數紙，絕勝平時所作徐浩體字。又嘗爲余臨一卷魯公帖，凡二十許紙，皆得六七，殆非學所能到。手澤袋蓋二十餘，皆平生作字，語意類小人不欲聞者，輒付諸郎入袋中，死而後可出示人者也。

71 跋東坡書

余嘗論右軍父子以來，筆法超逸絕塵，惟顏魯公、楊少師二人。立論者十餘年，聞者瞠若。晚識子瞻，獨謂爲然。士大夫乃云「蘇子瞻於黄魯直，愛而不知其惡，皆此類」，豈其然乎！比來作字，時時髣髴魯公筆勢，然終不似子瞻暗合孫吴耳。

72 又

東坡書真行相半，便覺去羊欣、薄紹之不遠。予與東坡俱學顔平原，然予手拙，終不近也。自平原以來，惟楊少師、蘇翰林可人意爾。不無有筆類王家父子者，然予不好也。

73 又

東坡書如華嶽三峰，卓立參昂，雖造物之鑪錘，不自知其妙也。中年書圓勁而有韻，大似徐會稽；晚年沈著痛快，乃似李北海。此公蓋天資解書，比之詩人，是李白之流。往時許昌節度使薛能能詩，號雄健，時得前人句法。然遂睥睨前輩，高自賢聖，乃云：「我生若在開元日，争遣名爲李翰林。」此所謂「蚍蜉撼大樹，可笑不自量」者也。

74 跋東坡墨迹

東坡道人少日學《蘭亭》，故其書姿媚似徐季海。至酒酣放浪，意忘工拙，字特瘦勁，迺似柳誠懸。中歲喜學顔魯公、楊風子書，其合處不減李北海。至於筆圓而韻勝，挾以文章妙天下，忠義貫日月之氣，本朝善書，自當推爲第一。數百年後，必有知余此論者。

75　題歐陽佃夫所收東坡大字卷尾

東坡先生嘗自比於顔魯公。以余考之，絶長補短，兩公皆一代偉人也。至於行草正書，風氣皆略相似。嘗爲余臨《與蔡明遠委曲》〔一〕《祭兄濠州刺史及姪季明文》《論魚軍容坐次書》《乞脯》《天氣殊未佳》帖，皆逼真也。此一卷字形如《東方朔畫贊》，俗子喜妄譏評，故具之。

〔一〕與：原作「興」，據叢刊本改。

76　題東坡小字兩軸卷尾

此一卷多東坡平時得意語，又是醉困已過後書，用李北海、徐季海法，雖有筆不到處，亦韻勝也。

77　又

軒轅彌明不解世俗書，而無一字。東坡先生不解世俗書，而翰墨滿世。此兩賢隱見雖不同，要是魁偉非常人也。王右軍書妙天下，而庾稺恭初不信，況單見淺聞，又未嘗承其言論風旨者乎！刺譏嗤黜，蓋其所也。崇寧四年五月丙午，觀於宜州南樓，佃夫自龍城攜來也。

78 跋東坡帖後

余嘗論右軍父子翰墨中逸氣，破壞於歐、虞、褚、薛，及徐浩、沈傳師，幾於掃地，惟顔尚書、楊少師尚有髣髴。比來蘇子瞻獨近顔、楊氣骨，如《牡丹帖》甚似《白家寺壁》，百餘年後，此論乃行爾。

79 跋東坡與李商老帖 彭

東坡晚年書，與李北海不同師而同妙，漢庭皆不能出其右。泰山其頽，吾將安仰，實同此歎。庭堅書。

〔附〕東坡帖

軾啓。昨日辱訪，且惠書教，適病未能讀，晨起乃得詳覽。閲味再三，悲喜兼懷，知德叟有子不亡也。未能往謝，但寫得墓蓋大小兩本，擇而用之可也。病倦裁謝，草草。

80　跋東坡書帖後

蘇翰林用宣城諸葛齊鋒筆作字，疏疏密密，隨意緩急，而字間妍媚百出。古來以文章名重天下，例不工書，所以子瞻翰墨尤爲世人所重，今日市人持之以得善價。百餘年後，想見其風流餘韻，當萬金購藏耳。盧州李伯時〔一〕，近作子瞻按藤杖坐盤石，極似其醉時意態。此紙妙天下，可乞伯時作一子瞻像，吾輩會聚時，開置席上，如見其人，亦一佳事。

〔一〕盧州：原作「盧州」，據叢刊本改。

宋黃文節公全集·正集卷第二十九

雜著

1 跛奚移文

女弟阿通歸李安詩，爲置婢，無所得，迺得跛奚。蹣跚離疏，不利走趨。頽出屋檐，足達户樞。三嫗挽不來，兩嫗推不去。主人不悦，厨人駡怒。黄子笑之曰：「堯牽羊而舜鞭之，羊不得食，堯舜俱疲。百羊在谷，牧一童子，草露晞而出，草露濕而歸，不亡一羊，任其指撝。故曰使人也器之，物有所不可，則亦有所宜。警夜偷者不以馬，司晝漏者不以鷄。準繩規矩，異用殊施。天傾西北，地缺東南。尺有所不逮，寸有所覃。子不通之，則屨不可運土，簣不可當屨，坐而睨之，小大俱廢。子如通之，則瞽者之耳，聾者之目，絶利一源，收功十百。事固有精於一則盡善，偏用智則無功，有所不能，乃有所大能焉。」呼跛奚來前，吾爲若詔之：「汝能與壯士拔距乎？能與群狙争茅乎？能與八駿取路乎？能逐三窟狡兔乎？」皆曰：「不能」。曰：「是固不能，閨門之內，固無所事此，今將詔若可爲者。汝無狀於行，當任坐作。不得頑癡，自令謹飭。晨入庖舍，滌鎗瀹釜，料簡蔬茹〔一〕，留精黜犕。臠肉法欲方，鱠魚法欲長。起溲如截肪，煮餅深注湯。和糜勿投醯，韲臼晚用薑。葱渫不欲焦，旋菹不欲黃〔二〕。飯不欲著牙，揚盆勿駐沙。進火守烓，水沃沸鼎。斟酌鄉芼，生熟必告。姨㜮臨食，爬垢撩髮，染指瓿杓，囁齧懷骨。事無小大，盡當關白。食了滌器，三正三反。拉拭濁潔，寢匙覆椀〔三〕。陶瓦鬆素，視在謹數。兄弟爲行，牡牝相當。日中事閒，浣衣漱襦。器械器淨，謹循其初。素衣當白，染衣增色。梔鬱爲黃，紅螺研光。授藍杵草，茅蒐槀皂。漿胰粉白，無不媚好。燥濕處亭，熨帖坦平。來往之役，資他使令。牛羊下來，喚鷄棲桀。撐拒門關，閑護草竊。飲飯貓犬，堙塞鼠穴。凡鳥攫肉，貓觸鼎，犬舐鎗，鼠窺甑，皆汝之罪也。春蠶三臥，升簇自裹。七晝七夜，無得停火。紵蔴藤葛，蕉任絺綌。錫疏手作，無有停時。紾緝偷工夫，一日得半工，一縷亦有餘〔四〕。暑時蘊烝，扇涼密冰。薰艾出蚊，冰盤去蠅。果生守樹，果熟守窖。執弓懷彈，驅嚇飛鳥。無得吮嘗，日使殘少。姆嫗罵譏，瘧痢泄嘔。天寒置籠，衣衾畢烘。搔痒抑痛，炙手搵凍。無事倚牆，鞵履可坐〔五〕。堂上䛔呼〔六〕，傳聲代諾。截長續短，鳧鶴皆憂。持勤補拙，與巧者儔。凡前之爲，汝能之不？」跛奚對曰：「我缺於足，猶全於手。如前之爲，雖勞何咎？」黃子曰：「若是，則不既有用矣乎？」皆應曰「然」，無不意滿。

〔一〕料：原作「科」，據叢刊本改。
〔二〕菹：原作「殖」，據叢刊本改。
〔三〕垸：原作「琬」，據叢刊本改。
〔四〕縷：叢刊本作「縷」。
〔五〕坐：叢刊本作「作」。
〔六〕咄：原作「作」，據叢刊本改。

2 祈雨文三首

晚稻既苗，植禾將粒。雲物不雨，西南其風。高田塵埃，下田龜拆。歲且無入，奈何斯民。維爾有神，庇民以食。能出雲雨，化災爲穰。吏將率民，豢牲釃酒。以報靈德，豈不休哉。

3 又

今歲雨暘時節，既登麥而美禾。迺五月辛巳汔于今，不雨以風。粒者將不得堅栗，苗者將不得遂蕃，瘖牛而耕、汗背而耘者將不得食，將無以奉輸貢賦，供給祭祀，官吏且失其職。故以吉日丙寅，夙夜駿奔，並告於爾神。蒙神之休，答以膏雨。而漏下不能三刻，星斗晏然，使人視四郊之枯槁，色故自如。鄙諺有云：「狐埋之而狐搰之」，是以無成功。春夏之交，神賜厚矣，豈於幾成而敗之？神聰明正直，其忍不終惠民？吏職不虔，獄訟之不得其情，使之或奪其時，吏則有罪，神降災于厥躬，勿俾民病。尚享〔一〕！

〔一〕尚享：原無，據叢刊本補。

4 又

維吉日丙寅，奔走丞佐，以歲事謁于廟庭。靈雨其濛，爲惠未徧。越戊辰，實用不寧，身率群吏，靡神不宗。過蒙明神降鑒勤瘁，忘長吏之罪，而大庇民。隕雨未申之交，畎澮皆盈。旱苗蘇醒〔二〕，民有慶色，傳相告語，實神之雷風，與民成功，澤則優渥。乃己巳、庚午，天高日照，四無雲陰。雖蟻集于丘，魚噞于淵，膏雨祁祁，殆不可復。愚民冒陂池之澤，至於昆弟以耡耰相逐。雖風俗之不美，吏化之未加，抑亦有以使然。惟神血食此邦，分風之柄，呼吸晦冥，足以解紛善歲，捐神所易，成吏所難。是用慘怛三請，神其終賜之，俾民知神之光烈威神永有依歸。及其牲牷肥大，酒醴酎甘，將教民美西成之報焉。尚饗〔二〕！

〔一〕旱：原作「早」，據叢刊本改。

〔二〕尚饗：原無，據叢刊本補。

5 發願文

菩薩師子王，白浄法爲身。勝義空谷中，奮迅及哮吼。念弓明利箭，被以慈哀甲。忍力不動摇，直破魔王軍。三昧常娱樂，甘露爲美食。解脱味爲漿，游戲於三乘。住一切種智，轉無上法輪。我今稱揚，稱性實語〔一〕，以身語意，籌量觀察，如實懺悔。我從昔來，因癡有愛。飲酒食肉，增長愛渴。入邪見林，不得解脱。今者對佛，發大誓願。願從今日，盡未來世，不復淫欲，願從今日，盡未來世，不復飲酒。願從今日，盡未來世，不復食肉。設復淫欲，當墮地獄，住火坑中，經無量劫。一切衆生，爲淫亂故，應受苦報，我皆代受。設復飲酒，當墮地獄，飲洋銅汁，經無量劫。一切衆生，爲酒顛倒故，應受苦報，我皆代受。設復食肉，當墮地獄，吞熱鐵丸，經無量劫。一切衆生，爲殺生故，應受苦報，我皆代受。願我以此，盡未來際，忍可誓願，根塵清浄，具足十忍，不由他教，入一切智，隨順如來，於無盡衆生界中，現作佛事。恭惟十身洞徹，萬德莊嚴，於刹刹塵塵，爲我作證。設經歌邏羅身，忘失本願，唯垂加護，開我迷雲。稽首如空，等一痛切。

〔一〕性：原作「姓」，據叢刊本改。

6 解疑

或議涪翁，御奴婢不用鞭撻，能慈而不能威。涪翁笑曰：「奴婢賤人，不過爲惡而詐善，慢令而詐恭。當其見效在前，雖我亦不能不怒。退自省，不肖之狀在予躬者甚多，方且自鞭其後，又何暇捨己之沐猴而治人之沐猴哉！」或曰：「孔子小懲而大戒，小人之福，然則非歟？」涪翁曰：「然，有是言也。不曰『不教而誅謂之虐，不戒視成謂之暴，慢令致期謂之賊』乎？今之用鞭撻者，有能離此三過者乎？昔陶淵明爲彭澤令，遣一力助其子之耕耘，告之曰：『此亦人子也，善遇之。』此所謂臨人而有父母之心者也。夫臨人而無父母之心，是豈人也哉，是豈人也哉！」

7 辨菴字

今俗書菴字〔一〕，既於篆文無有，又菴非屋，不當從廣。《三國志·焦光傳》云「居蝸牛廬中」，意是今菴也。後漢皇甫規爲中郎將，持節監關中兵，會軍大疫，死者十三四，親入菴廬巡視，三軍感悦。即用此「菴」字，爲有據依。

〔一〕菴：原作「蓭」，據叢刊本改。

8 藥説遺族弟友諒

老夫往在江南貧甚，有於日中而空甑無米炊時。嘗念貧士不能相活，富子不足與語，唯作藥肆，不飢寒之術也。然市中人治藥，以丁代丙，以乙當甲，甚貴則闕不用。其治病，十不能愈三四。積其欺誣，子孫凍餒者多矣。今余欲作藥肆，但取人間急難之疾二十許方，擇三四信行藥童，一用聖賢方論。時節州土，無不用其物宜；炮炙生熟，無不盡其材性。但取四分之息，百錢可以起一人之疾。如此，則日計之不足，歲計之有餘。謀之熟矣，會予登進士第，遂不得爲之。予老在戎州，有江南袁彬質夫過我，道鄉里事以爲笑。因自言，欲作藥肆，以濟人爲功，以娱老爲業。欣然會予宿心，故爲道所以盡心於和藥、而刻意於救人之説。誠用余説，不多取嬴則濟人博，不欺其劑則治疾良。他日陰功隱德，當築高門，以過子孫之車馬。余在荆州，訪族伯父晦甫侍御之家，見族弟友諒、友正，亦貧賣藥，皆合余説，故書遺之。

祭文

9 撰祭魏王文

維叔父令德孝恭，惟英宗、神考，嘉乃懿德，大啓土宇，圖寧我家。兹予沖人，奉承慈訓。叔父秉德在庭，惟喜康共。今天降割，股肱其虧，何痛如之！卜筮來咸，塗屋于野〔一〕。輴車即路，酌以薦哀。尚饗〔二〕！

〔一〕于：原作「予」，據叢刊本改。

〔二〕尚饗：原無，據叢刊本補。

10 祭司馬温公文

嗚呼！盛德之士，幽明助之。衮職補之，民瘼去之。黧老在邦，誰能侮之。帝臨明堂，公賓于位。歸咎無鄉，天則雨涕。匪天奪之，乃公盡瘁。民望公起，百身贖之。日月川流，窀穸有期。馳心墓門，官有事守。臨穴寫哀，寓此卮酒。

11 代尚書侍郎祭司馬温公文

嗚呼！裕陵遺弓，天下岌岌。九鼎既安，烝民乃粒。其功在天，其信在人。兩宫孝慈，百度日新。其天伊何，天子聖文。神考之子，英祖之孫。其人伊何，公來自西。民以安堵，曰我公歸。天生公德，二聖蓍龜。以民爲基，守以四夷。少年推鋒，勿在王庭。我觀縉紳，皤皤老成。九月丙辰，鰥寡無蓋。維斗西柄，有星見沬。輿人之占，憂在國棟。公果隕傾，中外震動。太平之基，維成未落。風雨漂摇，今則有託。王命調護，遣車有期。平生一觴，涕泗薦之。愛在斯民，信在王室。公其無憾，降享芬苾。

12 代趙樞密祭韓康公文

明珠白璧不言，而出九重之淵。天球河圖不出〔一〕，而爲萬乘之器。高陽之里〔二〕，實生八韓。皆世望人，康公爲冠。嗚呼！康公自任之重，足以鎮群輕；自致之誠，足以動萬物。極文武之任以白髪，行吾志則有餘。奪山林之日爲衮衣，於公心其不足。聞道於耳目之表〔三〕，後凋於冰雪之寒。公則有之，出處何擇？至於正色端議，濱九死而不回。齋心服形，承大祭而不悔。忘三公之勢以下士，均萬鍾之禄以睦宗。人之難能，公則燕譽。

而不百歲，復歸本朝。老成隕傾，吾則安仰？瞻辱門下，三十餘年。棠棣交陰，芘此孤弱。學問暗淺，公借光輝。性資重遲，公極推挽。尊俎之色，如對於前；教訓之音，猶在於耳。英風義氣，忽成蕞爾之坏；乾肉清觴，來哭燕居之几。萬事已矣，嗚呼奈何！

〔一〕出：叢刊本作「卜」。

〔二〕陽：原作「歸」，據叢刊本改。

〔三〕表：原作「來」，據叢刊本改。

13 祭判監王元之文〔一〕

嗟唯公，不綠競，略世務，觀本性。德溷俗，不磷緇，明照了，不偏闚。位官師，簡辭命，諧兄弟，有嘉政。裘底春，食晏舂，公安之，均萬鍾。與人交，漫舞察，公之心，爛白黑。來施施，氣坦夷，久與游，德無疵。友畜我，實予師，相呴濡，問寒飢。我徂南，飲公醉〔二〕，今我歸，拜公櫝〔三〕。壽七十，可無悲，懷平生，涕交頤。酒則醹，肴孔時，公不御，今安之。公多子，祿仕微，延譽處，援險危。可致力，我勇爲，天昭昭，予敢欺？尚饗〔四〕！

〔一〕按：此人非王禹偁。

〔三〕醉：原校：「一本作柩。」

〔三〕櫃：原校：「一本作柩。」

〔四〕尚饗：原無，據叢刊本補。

14 祭郭給事文

惟公德性柔嘉，器能優裕。遇事從容而有斷，臨民寬静而不煩。繡衣立朝，邦之司直。朱輪治郡，人有去思。蚤游功名之塗，晚行止足之言。揮賜金以延父老，遺舊德以食子孫。官登左曹，考過中數。於公所欲，可以無悲。庭堅等登門有年，傾蓋若舊。銜哀致奠，終無所辭。尚饗〔一〕！

〔一〕尚饗：原無，據叢刊本補。

15 祭畢朝請文

惟公才能應世，事實副名。靡職不宜，飛聲紫庭。持節關隴，吏清刑平。天子惠遠，擇牧廬陵。以公來尸，方且圖功。此邦風土，教訟懷律。聞公明慈，望風投筆。公來勤勞，直宼問疾。三月報成，小大如櫛。燕及縣邑，簿領暇逸。天開粉省，養育永弼。期公入踐，膺受百禄。如何鞠凶，風火遘災。猶不告病，聽民郡齋。人望公起，奈何永歸。生存華屋，槁木四壁。大旆高牙，銘旌數尺。升堂笑語，雨淚來哭。肴芳酒潔，公不能嘗。文以爲哀，衰涕隕觴。哀哉尚享〔二〕！

〔二〕哀哉尚享：原無，據《五百家播芳大全文粹》卷九七補。

16 祭姚大夫文

惟公敦大忠純，表裏披盡。孝友兄弟，家無間言。蔬食葛衣，同一緼袍。起佐州縣，亟聞能聲。或裨或專，民戴父母。飲冰食蘗，力難自修。十年去思，由在嶺表。晚以嚳命，牧民廬陵。維此廬陵，險而健訟。有政於此，牛羊治之。公來殊科，有鋤有植。鋤斸强梗，植培柔良。夙夜在公，問人痾痒。小心畏義，罔漏一毛。半罰十笞，匪躬不決。民信吏畏，公不處休。公力勞勤，以疾卧閤。公不朝食，人皆失聲。嗚呼哀哉！先子及公，同陞吏部。小人得邑，實佐下風。公不吏之，曰故人子。以官上府，館置燕私。恤其甘旨，乃訪民瘼。盛德往矣，誰庇誰師。哭公寢門，秋日陰雨。几筵如昨，公不升堂。祖車在塗，公不就馬。牲肥酒潔，公其來嘗。滄江東逝，有淚如此。嗚呼哀哉，尚享〔一〕！

〔一〕尚享：原無，據《五百家播芳大全文粹》卷九七補。

17 祭李承議文

嗚呼！人具五福，曠世千一。觀君初終，優入其域。壽則耄老，富半其州。耳目聰明〔一〕，胡考之休。種德不倦，託于有秋。子孫繩繩，宦學婚嫁〔二〕，牖下治歸〔三〕，笑言而化。子大夫公，有譽薦紳。宗族稱穆，鄉黨歸仁。薰然茲良，惟君有之。在朝敬恭，大夫似之。昔我兄息，歸君之孫。我家不造，姻婭孔云。我投鬼門，日與死迫。衣我食我，再見天日。君之捐館，我在戎僰。送車百兩，莫助引紼。南郡安陸，不能三舍。我馬有羈，莫拜墓下。肴核維旅，有酒惟醑〔四〕。寓文寫哀，文不逮故〔五〕。嗚呼哀哉，尚享〔六〕！

〔一〕耳目聰明：原校：「一作耳聰目明。」

〔二〕宦：原作「官」，據叢刊本改。

〔三〕治：叢刊本作「晚」。

〔四〕惟醑：原校：「一作明清。」

〔五〕逮故：原校：「一作逮情。」

〔六〕嗚呼哀哉尚享：原無，據《五百家播芳大全文粹》卷九七補。

18 祭李元叔文

嗚呼！元叔之義，世不可少。赴人急難，秋陽曒曒。奉親色難，慈友諸少。家人絜齊，門巷灑掃。築屋聚書，延聘師表。青青子佩，如魚游沼。凡厥富室，乾没紛擾。君常宴然，萬鍾忽抄。壽母令妻，升堂宴笑。慈以旨甘，歌舞姝妙。里人欣欣，皆謂之好。攝提季夏，舍有鵩鳥。屏藥治歸，竟夜無曉。邑人奔走，上下是禱。人亦有言，蓋棺事了。生榮死哀，誰謂君夭。我遷黔戎，形影相弔。衣我食我，歲使交道。立躰望楚，山複江繞。屬辭羞奠，氣結天杪。平生不昧，尚享馨醥。嗚呼哀哉！

19 祭徐德占文

嗚呼德占，文足以弼亮天功，武足以折衝樽俎，識足以超萬人之毁譽，量足以任百世之榮名。璞玉渾金，未加繩墨，不借一臂，而自發於林丘。大臣歌「肯來」之詩，天子興「見晚」之歎。一日而三錫命，驚動漢朝。試之難能，無一不可。迎刃而解，事無全牛。決獄大疑，手平如水。論議魁壘，氣吞西州。鯤之爲鵬，垂天其翼。志九萬里，未出户庭。泰山覆於前，天作奇禍。忠肉義骨，豺狼甘心。巍巍堂堂，萬事盡矣。嗚呼哀哉！惟時睿聖，制作斯文。顧中公之無奇，倚壺遂以爲相。提師十萬，墮虜計中。凶語上聞，天光震動。嗚呼！身膏原野，而葬衣冠於故土。親逢堯舜，而即萬鬼以爲鄰。自古以爲才難，才者又至於此。臨其穴，惴惴其慄。嗚呼奈何！酌酒祖行，能復飲否？心折無幾，有淚如江。嗚呼哀哉，尚饗！

20 祭劉凝之文

嗚呼公乎，智謀足以御困，剛毅足以行可，獨清足以軌物，自勝足以立我。兀者造而歸全，諒無地以棲禍。方燕及於來仍，閱門户之嵯峨。忽厭俗而去仙，違白日而蜕卧。亡吾黨之一鑑，哀楚望之傾陊。伊曩時之倦游，實骯髒而坎坷。遂投劾於潁尾，置嬪息於寒餓。來胥疏於江湖，訖有屋於舂簸。執盈虚以化物，取衆棄而致夥。問江疃之有秋，上橘柚之歲課。開亭觀之百楹，孳緑竹之萬箇。裹餘刃而不試，故優裕於菑播。據几杖以彷徉，樂知識之來過。味龐公之幽禪，覩有物於石火。歲三會於涒灘，訖初志其不挫。維歐陽之文章，發高唱而無和。配公名而成三，何巧舌之能破。齒髮疏而戀嫪，坐衰氣而不果。載銘旌而來歸，遺稺子以危貨。彼聞公之清風，亦何面以承唾。初不肖之及門，輩諸孫之孩孺。公慈祥而豈弟，獲聞教而侍坐。欷歲晚而升堂，見虞主而淚墮。湛樽酒其儻嘗，列群悲於楚些。

21 祭范叔才文

嗟嗟叔才，天畀厚矣，不畀其全。穀禄之不腆，嗣世之不傳。不得分願，又不得年。懷利器而不試，亶生人之多難。嗚呼哀哉！高明如山，萬仞壁立。軒昂人群，富貴其集。倚零堦青雲，方履初級。而官止一省郎，壽不過四十。彼青雲之諸公，君視誰其不及。嗚呼哀哉！君材敏强，處決若流。游刃恢恢，不見全牛。笑談樽壺，吏功舉修。推其贏餘，逮及寮友。揚善補過，丁寧握手。極君之能，剸劇撥煩。雖君怨仇，不能間言。康强食飲，搢笏垂紳。卧病幾時，一别終天。塗窮日没，萬事盡然。清明競爽，窘拘一棺。孀妻孤女，至哭几筵。嗚呼哀哉！旐旌西飛，歎聲滿路。莫如予悲，婚姻之故。酌酒祖行，君不能舉。臨觴大哭，淚落盈俎。嗚呼哀哉，尚享〔一〕！

〔一〕尚享：原無，據《五百家播芳大全文粹》卷九七補。

22 祭李彦深文

嗚呼彦深，蓽路泥塗，賢於駟馬之駕；席門風雨，安於數仞之堂。體狐貉之温，而不恥緼袍壞絮[一]，知膏粱之味，而不厭脱粟寒漿。終一世而阨窮，内不疚其何傷。維相知之不早，始傾蓋於汝陽。披蓁叢之瑣碎，見紫蘭之孤芳。沈深而敏學，易簡而庭方。鄰非仁而不覿，粟非義而不嘗。遇人情之難堪，既摧折而愈剛。號飢寒之滿屋，仰歸鴻之南翔。擁群書而寤嘆，擅榮觀於文章。論若人之豈弟，謂百歲而康强。忽静寐而不覺，問歸來兮未央。去親戚與朋友，即萬鬼而爲鄉。嗚呼！虞氏之不爲政久矣，士不厭於糟糠。載固窮以軌世，魯人至今傳其惠康。身與螻蟻共盡，名與日月争光。我觀古而視今，信吾友之不亡。所以發書而掩涕，不忍癡孤與蚤孀。婦弱女而教男[二]，定子宅于南山之岡。有謝公之知子，固特達於珪璋。在吾儕之可力，尚終始而就將。哀歲月之徂秋，悲風號於土囊。託千里而羞奠，肴具潔而酒香。思曩時之笑語，同飲食之淋浪。列欒蒲之花燭，呼五白而繞牀。儻神理之不昧，以斯文而舉觴。尚饗[三]！

〔一〕婦：原校：「宜作撫。」

〔三〕尚饗：原無，據叢刊本補。

23 祭周晉叔文

豫章黄庭堅、洛下王琳，謹以清酌時羞之奠，致祭于亡友晉叔周兄之靈。嗚呼晉叔，遂至于斯。天奪善人，賢愚一詞。自古皆有死，君子以息。君年四十，則奪之亟。終日怡怡，恭順孝慈。一朝失之，誰能不悲。君材齊敏，練達世故。風雨如晦，不渝其度。雍容和平，不驕色聲。事不後時，物無伏情。庭堅在僚，傾蓋如舊。琳辱君游，義兼昏友。平時相從，尊壺弈棋。勸善舉過，笑言嘻嘻。一日不見，使人詠思。寄聲安不，借問宿昔。子不來過，我必往即。萬事渠盡，華堂山阿。無復見時，嗚呼奈何！問君何之，君不能語。祖筵一觴，其淚如雨〔一〕。尚饗！

〔一〕其：原校：「一作有。」

24　祭王補之安撫文

黃庭堅謹以清酌群羞之奠，敬致祭于亡友補之瀘州安撫使君之靈曰：嗚呼補之，畸耦有數，天不能權。跖耆回夭，瘤惡施妍。無若之何，而歸之天。以道觀之，其種則然。嗟嗟補之，遂至於此！人亦有言，諸君不死。我觀使君，榮悴不易，則於死生，如時啓塞。如浮屠人，割之不瞋，彼旁觀者，怨忿歎呻。我觀使君，忠厚而文，天地仁氣，成此粹温。中和惠宣，民神是享，孝慈雍睦，宗族教養。德義祁祁，充實有輝，雖其怨仇，不能間之〔一〕。厥初筮仕，以文自挽，翱翔臺閣，自以遲晚。投筆執戈，圖萬里侯，不得當虜，白首防秋。撫師瀘南，方拉拭之〔二〕，英州騏驥，便蕃錫之。使君爲州，撫夷若夏〔三〕，詩書禮樂，遠近柔化。舉用文武，當其器能，威而不怒，慈哀勸懲。吏奉繩墨，民勤耒耜，其罷而歸，父老出涕。解印厥明，忽其賈傾，州人震驚，哭之失聲。桃李不言，下自成蹊，哭李將軍，今猶似之。退之竄潮，維桂林伯〔四〕，遣從事賢，弔逐臣色〔五〕。使君於我，無平生懽，自我投荒，卹予飢寒。有白頭新，有傾蓋舊，三月渡瀘，一笑握手。誰云此別，遂隔終天，臨風寓奠，有淚如川。嗚呼補之，其尚饗之！

〔一〕間之：叢刊本作「間非」。
〔二〕拉：原作「牧」，據叢刊本改。
〔三〕若：原作「聲」，據叢刊本改。
〔四〕維：原作「經」，據叢刊本改。
〔五〕弔逐臣色：原作「弟遂自色」，據叢刊本改。

25 祭李仲良長官文

嗚呼仲良，遂至於斯！母老妻少，君獨何之。嗚呼哀哉！昔我外妹，歸君伯氏，以是瓜葛，不我遐棄。元叔無恙，我竄荒遐，于黔于僰，恤我無家。我未還東，元叔下世，急難其誰，羞奠霣涕。萬里遺客，來寒來温，仲良之義，如元叔存。我病荆州，幾死衢路，涉夏徂秋，君三來顧。笑語而别，忽聞訃音，失此豪士，使予霑襟。白髮在堂，不當棄去，有子有弟，君亦何負。能人急難，立義不傾，我與元老，能立君名。薄歸上冢，不得身往，寓奠一觴，君其尚饗。

26 代宜州郡官祭党守文〔一〕

惟公孝慈奉親，忠勇從軍，自微至顯，常以策勳。公清爲郡，恐不冰雪，誰能白髮，皎皎一節。方吐嘉謀，蕩賊巢穴，如何不淑，松摧玉折。憂民憂國，糾糾桓桓，忽兮不見〔二〕，萬事一棺。嗚呼哀哉！某等趨承下風，教誨提挈，南有樛木，失此蔭樾。昔者賓次，今則升堂，平生宴笑，慟哭薦觴。嗚呼哀哉！

〔一〕党：原作「黨」，據叢刊本改。

〔二〕兮：原作「方」，據叢刊本改。

27 祭叔父給事文

嗚呼叔父，忠信足以感欺匿，和裕足以諧怨争。行不祈報之施，爲不近名之清。孝弟達於草木，勤勞載於朝廷。謂當朝夕二事，光輝九族。白首庇民，百僚是式〔一〕。黃扉青瑣，曾不期月。如何昊天，殲奪斯亟。嗚呼哀哉！在昔叔父，典獄宣城〔二〕，牧民會昌，恐一不情，視之如傷。司農討論，御史補察〔三〕，持節賑饑，鰥寡受職。六年在晉，民可即戎，教之信義，不奪農功。元祐考績，民兵蠹政，監觀四方，維晉不病。使君奪印〔四〕，以謝逋逃，維叔父留，中郎民曹〔五〕。是將使節，并護隴蜀〔六〕，食茶乘馬，夷夏與足〔七〕。入佐衮司，與聞和羹，起居柱下，日著清明〔八〕。人謂叔父，宜在帝側，山龍黼黻，潤色衮職。二聖材之，俾承密旨。有寃沈獄〔九〕，無根受詆。叔父拜章，極謝罔功，亦憂兵儲，遂刺關中〔一〇〕。日月照臨，白珪無考，來給事中，方將未老。陰德在民，民功在邦，善士彈冠，豈惟我宗。嗚呼！何負於神祇，忽遽隕傾。越在襄荆〔一一〕，聞訃顛躓，荼蓼薰心，無淚續哭。今我不天，又失叔父，彼蒼者何，忍此窮露。兄弟之子猶子，然有是言，叔父拊我，我乃信然。平生拜至，教誨笑色。今哭歸船，斷旌枯木〔一二〕。几筵在堂，不聞金玉之音，酌酒不觴，落涕隕心。嗚呼哀哉！

〔一〕式：原作「戒」，據叢刊本改。

〔二〕宣城：原作「宜平」，據叢刊本改。

〔三〕御史：原作「御之」，據叢刊本改。

〔四〕使君：叢刊本作「使者」。

〔五〕中郎：原作「才即」，據叢刊本改。

〔六〕隴：原作「罷」，原校：「疑作隴。」叢刊本亦作「隴」，今改正。

〔七〕與：原作「各」，據叢刊本改。

〔八〕著：叢刊本作「近」。

〔九〕沈：叢刊本作「楚」。

〔一〇〕剌：原作「到」，據叢刊本改。

〔一一〕襄荆：叢刊本作「衰削」。

〔一二〕枯：原作「枱」，據叢刊本改。

28 祭舅氏李公擇文

盛德之士，神人所依，珠玉在淵，國有光輝。方時才難，公隕于道，彼天悠遠，莫我控告。士喪畏友，朝失寶臣，我哭之慟，不惟懿親。公處貧賤，如處休顯，温温不試，任重道遠。内行純明，不缺不疵，臨民孝慈，來歌去思。其在朝廷，如圭如璧，忠以謀國，不沽小直。熙寧元祐，言有剛柔，公心如一，成以好謀。十年江湖，睟然生色，三年主計，鬚髮盡白。他日謂我，何喪何得，我知公心，謀道憂國。出牧南陽，往撫益部，稱責辦嚴〔一〕，笑語即路。天下期公，來相本朝，奄成大夜，終不復朝。嗚呼哀哉！我少不天，殆欲堙替〔二〕，長我教我，實惟舅氏。四海之内，朋友比肩，舅甥相知，卒無間然。今天喪我，舅氏傾覆，誰明我心，以血繼哭。平生經過，爲我舉觴，沃酒棺前，割我肺腸。嗚呼哀哉！

〔一〕責：原作「貴」，據叢刊本改。

〔二〕殆：原作「始」，據叢刊本改。

29 祭知命弟文

君歿荆州，我在萬里，歿後四月，始聞訃音。既無孤惸，恃有兄弟，天既喪我，君不能年。自我哭君，頭髮盡白，英風豪氣，窘此一棺。拊棺長號，殆無生意，公私之計，身有所縻。既難以歸，舟車可慮，乃得吉卜，旅殯僧坊。雖遠至親，理則安宴，無驚無恐，扶將上舉。絶慟一觴，君其尚饗。

30 母安康郡太君祭亡女陳氏十娘文

汝嫁十年，五歲歸處，姑章不呵，知我憐汝。我徂江南，三年摇摇，元豐甲子，汝兄還朝。道淮泝洛，望汝來寧，不聞車音，乃聞哭聲。汝疾何藥，汝斂何服，臨絶之情，不能我告。哀憐至骨，哭淚至泉，我創如新，于今七年。乳母來歸，婿亦繼室，昔所抱兒，亦既結髮。惟汝面目，永隔枯木，嗚呼昊天，忍此荼毒。久於客土，勤我夢思，日月之吉，窀穸有期。我病在牀，不能奮飛，寓奠千里，文不及哀。尚饗！

31 祭李德素縣君文

嗚呼夫人，幽閑静恭，來嬪大家，肅肅雍雍。媲德娠賢，爲世名士，人皆願然，有子如此。惟我息女，獲羞萍蘩，夫人慈哀，教訓拊憐。之子于歸，我竄蠻僰，令我不憂，維夫人德。耆老就養，訃音忽傳，嗚呼夫人，胡不萬年。絶域羞奠，如親酌獻，以文代哭，靈鑒無遠。

宋黄文節公全集·正集卷第三十

墓誌銘

1 朝請大夫知吉州姚公墓誌銘

元豐辛酉八月己未，朝請大夫、知吉州事姚公，以疾没於州之正寢。屬吏豫章黄庭堅，既哭公于堂，弔問諸孤，退則論撰公之世出官次、躬行吏考，遺諸孤，使求立言之君子銘之。其孤洸、沆曰：「實以某年月某甲子，奉窀穸於錢塘之某原，舉先夫人祔焉。維先人之治行，他人所不能言，銘先人宜莫如子。」不得辭，遂銘之。恭惟姚氏，其自出甚遠，其後乃占吴興武康。察及思廉父子以史顯〔一〕，璹、元崇皆武后時宰相，而元崇汔相泰陵，名重天下，姚氏遂爲中州姓族，與唐俱盛衰。有仕江南李氏，以軍伐補東布洲鎮遏使者，諱璳。李氏納圖籍，遂歸田焉，是爲公之高大父。東布洲，今通州之静海也〔二〕，故公爲静海人。曾大父諱某，大父諱某〔三〕，皆有潛德，在田里。及公起家，仕至中郎，累贈先府君刑部侍郎。公登慶曆初進士第，由縣尉至作州，所至各有吏能，官九遷爲職方郎中〔四〕，會新格以階寄禄，故今爲列大夫。嘗以博士勾當廣西經略使公事。廣東西新去兵火，所向瘡痍者未起，公招慰拊納，人就耕食，使者視成。以書最知鬱林州，三歲未嘗論決大辟。今天子即位，遣子弟修士貢〔五〕，例當推恩。公六子皆未仕，遂不遣子而遣其弟，旁郡不能者多愧之。通判杭州。州東挾漕河皆民田，白龍潭岸善決，毁民成功。公至則爲捍水堤，於今以有年。其爲吉州，蓋以揉熟世故，左右文法，又其資長者。始至，承前守留事，訟訴盈庭，逮報受書，數吏不勝舉，舞文吏亦以嘗公。公色夷氣平，徐徐區别，皆盡人情，而後境中日以無事，出報謁賓客，一府皆驚。公忠信孝友，好學不倦，下士如不及，任職直前，不爲後日計。禄仕垂及四十年，奉身菲薄，而棄諸孤之日，衣才可以斂，帑才可以具喪，而諸孤無以歸。其砥礪廉節，不減古人。公諱某，字某，年六十有三。夫人某氏，有封邑於金華，先公七月卒。六男子：長則洸，虔州司理參軍；滂，蘄州蘄春縣尉〔六〕；汲、滁、沆〔七〕、滸。五女子，適某官應昭若，某官阮之武，某官劉敏修。敏修之配既没，許以繼室歸之，而未行也。銘曰：

諸姚有聲，望自吴興。唐遷江南，乃籍金陵。有以武功，執戈海浦。逮其曾孫〔八〕，耕食不去。公舉進士，興于畝桑。勤官下邑，薦者交章。從軍桂嶺，别駕海碣。奉公恤民，如我飢渴。初不赫赫，去思則多。及爲廬陵，下車以歌。宜壽富貴，而不克享。勒于銘詩，封恨黄壤。

〔一〕史：原作「吏」，據叢刊本改。
〔二〕静海：原作「浄海」，據《宋史·地理志》改。下句同。
〔三〕大父諱某：原缺，據叢刊本補。
〔四〕官：原作「言」，據叢刊本改。
〔五〕土：原作「上」，據叢刊本改。
〔六〕蘄州：原作「靳州」，據叢刊本改。
〔七〕沆：叢刊本作「沅」。
〔八〕逮：原作「連」，據叢刊本改。

2 朝請郎知吉州畢公墓誌銘

吉州太守畢公，以元豐五年冬十一月己丑歿於理所，屬縣皆來弔哭。越厥月己亥，咸集，乃稽度初終，圖建不朽，謂豫章黄庭堅曰：「我公好學力行，能仕立節，安可無述？」其孤平仲伏哭，且言：「實將以某年月某甲子葬於浮光先光禄之兆，先夫人趙氏、繼室夫人滕氏皆祔焉。」則會有僚，詢事考德，勒之金石。公諱某，字某。銘詩曰：

嗟惟畢公，弼周胙國。厥興來仍，有萬吉卜。暨卓至誠〔一〕，文獻方轂。中原之季，託植南邦。高王父瑍，始籍浮光。有息濟美，執經躬耕。王父中正，贈官中都。先人諱京，實光禄卿。公舉進士，以親受福。初載州縣，薦書一束。丞佐祕書，主簿國子。牧民咸平，以奉常士〔二〕。佐調兵食，五十七州。輸錢轉粟，使者借籌。考牧至遠，[illegible][illegible]羊牛。惠深與磁，維二千石。熙寧甲寅，河食我壁。聯桴委粟，調護老弱。降丘築室〔三〕，不請鄰糴。流者歸野，止有麰麥。公貯告病〔四〕，貸之私籯。殆其去歸，折券不征。持節關隴，百城竦竦。湔祓廉秀，効遣贓冗〔五〕。都尉輕車，尚書中郎。肅肅雍雍，象服左魚。朝奉朝請，實維新書。吉在江西，素號難附。公父母之，苦語教訶。曾是健訟，化爲舞歌。公生戊戌，歲復元首。我民無禄，公疾卧牖。上章請老，王命休之。拖紳拜賜，屏藥治歸。哭者隕涕，孰能使之。其配趙女，椒不盈升。來繼婦職，汝陰之滕。其宜家人，厥年不登。有婉淑女，采自葑菲。壼儀柔嘉，維妥李氏。能力大故，哀恤應禮。公子三男，惠連有萋。平仲、和仲，季未勝衣。蓋七女子，伯嫁而死。四歸以時，三處未字。長倩孫蓍，淮海維揚。大梁開封，羅適、魏相。濟陰曹南，任氏元常。藹藹諸婿，官學譽處。人亦多公，擇士歸女。公姿忠純，言可信期。秋陽皦皦，表襮不施。力學好問，胸次積藏。有來咨求，傾寫河江。稗官所收，齊諧所記。炙轂流膏，坐客亹亹。奉己純約，與人務惇。錦衣被絅，不有其文。世家多財，而不安富。推避分資〔六〕，以殖季父。孩養羸露，爰及昏娶。吏事儒雅，孔惠且明。不張聲勢，隱哀索情。高明顯融，萬鍾應有。慈祥弟友，訖不中壽。非此其身，或昌厥後。浮光之麓，楸柏既林。鑱詩立宅，亶古來今〔七〕。

〔一〕諴：原作「誠」，據叢刊本改。畢諴，唐懿宗時宰相，兩《唐書》有傳。
〔二〕士：原校：「一作土。」
〔三〕丘：原作「兵」，據叢刊本改。
〔四〕貯：叢刊本作「厨」。
〔五〕劾遺：原作「刻遺」，據叢刊本改。
〔六〕推：原作「惟」，據叢刊本改。
〔七〕來：原作「求」，據叢刊本改。

3 朝議大夫致仕狄公墓誌銘〔一〕紹聖二年九月

公諱遵禮，字子安，唐大臣梁公之苗裔。避五代亂，始去太原，稍占籍湘潭間。公之季年，乃以孥家食于荆南，而墳墓實在陽翟。祖希顔，徐州録事參軍，贈兵部尚書。父棐，樞密直學士、工部侍郎，亦贈工部尚書。公之伯氏遵度，字元規，名士也。故公之學問淵源近前輩，有所聞則行之。少以父任試祕書省校書郎，三遷爲大理評事，知湖州安吉縣、明州鄞縣，稍有能聲。以大理寺丞通判成德軍，通判蜀州，賜緋衣銀魚。又通判江寧府、知興化軍。發運使改鹽法，薦公知漣水軍。廢軍爲縣，改知沂州。未上選，管勾牛羊司。罷知淮陽軍，避高遵裕改通州。於是七遷爲尚書駕部郎中，賜紫衣金魚。改朝議大夫，管勾崇禧觀，以本官致仕。以子明遠任右朝請大夫，進左朝議大夫。致仕六年乃卒，享年七十有六，實元祐九年正月也。勳上柱國，爵西城縣開國男，食邑七百户。夫人壽安縣君鄒氏。七子，長則明遠；次明復，前河南府左軍巡判官；次明權，蚤卒；次明通，郊社齋郎；次明忠，假承務郎；次明述、明昭。三女子，嫁通直郎吴充禮〔二〕，蘭溪尉沈道，宣德郎沈遜。在安吉時，馬尋守湖州，少公，恐不任事。安吉大姓俞氏，所爲多不法，前後令不敢擊。俞氏私釀酒，椎牛會客，公捕得劾治，尋大驚曰：「乃能如我少時。」在鄞縣，縣中號無訟。乃築亭觀，延閩人章望之表民與講學，士子頗歸之。表民集中有《與狄子論事》，則公也。在興化時，邑中仕家十八九，賓禮秀孝，摧折强宗，興温承、秋蘆之陂〔三〕，溉南北西洋，民食其功，去而祠享之。其爲通州，颶風壞民廬舍，老幼失處〔四〕，勞來勸戒，不以遺後人。公天資敦厚，不道人短長，仕官且然其所知〔五〕，雖大利害，以與人，不知資己。待僚屬盡敬，見其一長，保薦，不以疑似小過輕絶之。元規早世，嫂劉夫人少寡，守二女。公事嫂撫孤子，不愧古人。退居，與父老款曲，未嘗入謁府縣。訖于牖下，言笑而終，不以疾痛。嗚呼，可以無媿矣！明遠將以紹聖改元之明年九月〔六〕，奉公之柩，合葬於陽翟之張洞壽安縣君之墓側。來乞銘於豫章黄庭堅。昔余舅氏户部尚書李公擇，元規婿也，數爲余道子安之爲人。今子安後殁，不得公擇銘，其墓銘非余其誰？銘曰：

良吏循循，父母小民。事不赫赫，故走於塵。天下長者，爲人不疚。商財計功，則在人後。嗚呼狄公，睦家甚雍。政問得民，不問其逢。康寧壽考，德則自好。不富其橐，以仁爲寶。膴膴韓城，其望具茨。公宫其中，詔以銘詩。

〔一〕朝議大夫：原作「朝請大夫」，據叢刊本改。

〔二〕吴充禮：叢刊本作「吴克禮」。

〔三〕温承：叢刊本作「温泉」。

〔四〕失：原作「夷」，據叢刊本改。

〔五〕官：叢刊本作「宦」。按此句疑有誤。

〔六〕九月：原作「元月」，據叢刊本改。

4 朝奉郎致仕王君墓誌銘

君諱默，棘道人，字復之。曾大父鄰，大父祚〔一〕，皆隱約田間。父晏始命君棄耒爲諸生，及君仕於朝，累贈至朝散大夫。君幼小執養事師，趨庭問膳，自有度量，識者以爲此兒當立王氏門户。果登治平四年進士第，授什邡縣主簿。縣與緜竹縣俱調夫築洛口堰，其功十萬，鄰邑憂不辦，君酌民言而賦功省。公能愛民力，不閲月而成。遷通泉令。通泉歲飢甚，君不待報而發廩。久不雨，至是而雨。縣有千頃渠〔二〕，堙廢不知其始，其旁租户積歲不能入賦〔三〕。君因其民願，決其源二十里注之江，歲以大熟，民畫像祠之。熙寧中，中書房檢正官熊本察訪梓、夔路青苗、免役法〔四〕，任君定奪兩路役法及州縣應廢者，以君爲能，使者交章薦之。改祕書省著作佐郎〔五〕。本薦君可任提舉常平，詔引上殿，會耳聵不能奉詔，乞得監味江鎮茶場。以憂去，服除，轉運使苗時中饋軍興，奏君管勾文字，討乞弟。師還，以瘴癘不能隨師者萬人，且棄死夷地矣，君請以運糧虚舟載之，分責使臣將護醫粥，以卒之存亡爲殿最，所全活者十七八。以軍功吏考，遂改承議郎，泛恩遷朝奉郎〔六〕。既而歎曰：「吾聞人言，憒憒也，終不可以立於朝。」於是請老而歸，年始四十有八。遂放浪江淮山水間。歸而治大宅，開花圃，築臺榭，與父老歌舞之。如是十年乃終，享年六十。初室陳氏，生二男四女而卒，追封金華縣君。繼室張氏，亦蚤卒，追封華陽縣君。男曰洪，以任爲太廟齋郎，大邑縣主簿。曰源，舉進士。女嫁進士廖亹〔七〕、陳處義、程遵道，其季居室。洪卜以元符二年十一月，葬君於西岸之白水，近朝散君之兆，而來乞銘。復之於庭堅，同年進士也，雅聞復之爲僰道之鄉先生，人所愛敬，近乎古所謂歿而可祭於社者，故敘而銘之。復之少時貧甚，富室子弟會於州學，召一儒生講《春秋》。君造講席，而儒生揮之，君以怒去。歸，杜門讀《春秋》，一月，乃從儒生質所疑，儒生噤不能答，君因爲諸生講之，皆得聞所未聞。其從仕未嘗營私，先國先民，凡吏事他人所難辦，君常優爲之〔八〕。諸公要人聞君才，多欲推之於要津，君曰：「豈不欲往，無如病何。」其以人才爲己任者，未嘗不歎也。君於文無所不工，睥睨立成，或不加點，而文理粲然可觀。坐客有豪俊者，欲以多窮之，君下筆如流水，坐人皆驚。其於事親居喪，盡歡盡哀。於兄弟朋友，譽其賢者，以勸不肖。於四方遊士，爲之依歸，生館之，死葬之。於其黨之孤煢，衣食之，教養之，使男有室，女有家。於鄉鄰卹其有無而收其弱〔九〕。至其無賴者，衆會唾辱之，里人畏之甚於刑罰。性狷介，不能容人之非。州縣有過舉，輒上書論之。昔孔子爲叔向流涕曰：「古之遺直也！」君尚似之。其銘曰：

復之其頎，而嶷而岐。桃李有實，其下成蹊。羔豚之割，我有餘刃。善刀藏之，施於有政。蘭臺石室，如君者幾。以病去禄，不濡其尾。可祭於鄉，知德者鮮。我文昭之，尚以行遠。

〔一〕祚：原作「某」，據叢刊本改。
〔二〕縣：原作「聯」，據叢刊本改。
〔三〕租：原作「短」，據叢刊本改。
〔四〕梓：原作「陝」，據叢刊本改。
〔五〕祕書省：原作「中書省」，據叢刊本改。
〔六〕泛：原作「乏」，據叢刊本改。
〔七〕廖亹：叢刊本作「廖亶」。
〔八〕常：原作「當」，據叢刊本改。
〔九〕鄰卹：原作「憐」，「收其弱」作「救其惡」，據叢刊本改。

5 承議郎致仕張君墓誌銘 紹聖五年

君諱渭，字象之，實清河張氏。有以工部侍郎致仕、贈司徒諱去華者，始居洛陽，蓋君之曾大父也。光禄少卿致仕、贈兵部侍郎諱師錫者，君之大父也。尚書職方員外郎致仕、贈中大夫諱景伯者，君之考也。君天資孝友，敏於吏能。其家居不問有無，樂以市義，雖廢疾不年，而爲子爲吏，皆可紀。中大夫公老在家，性剛嚴少可，君年最少，事之盡其歡。初仕爲蒲陰主簿，吏不能弄。以事去，爲臨潁主簿。以廢監牧有勞，遷涇州觀察推官。軍興，佐使者糧餉，辦，薦者交章。改宣德郎、知飛烏縣。值元祐初改復差役，君悉取故役書，治其凡，而委其僚陰察其財力，戒吏具户版等色，而虛其名姓，期日會民於廷，曰：「某服某役，某服某役。」一邑吏皆驚，民愕相視而定。飛烏於梓潼爲山邑，不當孔道，而公帑市絹居一州之半。君盡得他邑之財力，請均歲市之籍，力争之，乃見聽，是歲減三之二，去而民烝嘗之。以疾，監西京糧料院。疾益侵，以承議郎致仕而卒，得年五十有四。娶李氏，尚書駕部員外郎育之女，先君卒十有二年，追封昭德縣君。子曰羽，孫曰鼐。二女子：長歸進士及第蘇大壽而卒，次歸進士朱佾。君卒後某年，當紹聖五年某月某甲子，奉君之喪，葬洛陽兵部公之墓次。時，公之弟汲狀君之行事來請銘。銘曰：

張起清河，以文震驚。衣冠濟濟，吏有能聲。正國兄弟，干將發硎。斷蛟剸犀，揚于帝庭。君有家法，其銶其斧。小試則然，而命不偶。我銘其坎，以怨坎壈。

6 朝請郎湖南轉運判官吴君墓誌銘

公諱革，字孚道，魏夏津人。大父諱用之，滁州全椒令，遂爲全椒人。父諱頓，婺州永康尉，嘗有陰德，永康紀之，歿殿中丞，以公伯仲贈大中大夫。公舉進士，爲襄州司户參軍，以憂去。調真州楊子主簿，遷池州貴池令，改祕書省著作佐郎，知廣德軍建平縣，通判韶州。就移知南雄州，課爲廣東第一。擢知吉州，課又爲江西第一。除江西轉運判官，徙湖南。居數月，寢疾〔一〕，歿於官，享年五十有三，元祐三年四月某甲子也。公由少年書生治經術，爲州縣吏，遇事力行所聞。天性精於吏職，其所至必令行禁止。貴池民兄弟相與訟田，爲垂涕説同生當相盡以恩義意，兄弟皆感涕去。方使者行新令，給青苗錢，公不格詔令，而實予可貸之民。使者按常平錢不盡予民，取文書視之，皆如令。在建平，當熙寧甲寅、乙卯，歲饑饉，公舉力政，勸發廪，所全活以萬計。南雄州有吏胥鬻獄，把捋長短，不可治，聞公嚴能，乃匿去，爲外臺吏。公下車，盡得其姦狀，捕取伏法，郡内肅清。北人官死嶺南者，調護其孤嫠〔二〕，爲之道地〔三〕，使得食得歸。其事米鹽，人不厭其細也。時吉州自蹇周輔增鹽課二百萬，民已失生理，而魏綸上諸縣增課九十五萬。公至，則告諸令，後所增鹽，勿以爲課。爲郡奬善士，勸不能，去其甚汙，德意茂美。御姦黠吏有轡策，能左右之。故元祐初御史按察南方，上公爲愛民吏〔四〕。近臣交薦才任監司，朝廷當用之，而公捐館舍矣。公娶獨行沈君士龍之女，封安仁縣君。子男朋，早卒；羽，秀州軍事推官；竝、幵、兹同時中進士第；珏亦有藝文。女許嫁進士江與京。諸孤序列公之世家能事，來乞銘曰，將以某年月某甲子葬公于全椒之原，又再使來速銘。公之兄蔚深道與予同年進士，予又於羽有雅故，故敘而銘之。銘曰：

嗚呼乎道，維出嶄嶄。少吏于政，有親有嚴。食之衣之，睦其不咸。治大如小，察民肥瘠。我牧不煩，其羊濈濈。公居是邦，民畏失之。追其去歸，思而述之。方行萬里，天實曆之。有藴下泉〔五〕，孰能抉之。羽、竝、幵、兹，棠棣偕止。而珏暮子，鄂不韡韡。我視其興，則公受祉。

〔一〕寢：原無，據叢刊本補。

〔二〕嫠：原無，據叢刊本補。

〔三〕爲之：「爲」下原衍「先」字，據叢刊本删。

〔四〕上：原作「而」，據叢刊本改。

〔五〕下泉：原作「有爲」，據叢刊本改。

7 東上閤門使康州團練使知順州陶君墓誌銘

府君諱弼，字商翁。陶氏蓋柴桑諸陶，有諱矩者，避地將家占零陵之祁陽。矩生躅；躅生均，贈殿中丞；殿中生岳，仕至職方員外郎，贈刑部侍郎，是爲君考。府君少孤，志行磊落權奇，左詩書，右孫吴，同學生歎伏之，以爲一日千里。困窮，無地自致，迺聚晚學子弟，講授六經，以奉母夫人長沙太君甘旨。慶曆中，莫傜諸唐據湖南山溪鈔掠郡縣，提點刑獄楊畋召君俱行，頗用其策謀。君亦分軍薄嶮，得挑油平、太平峒，於畋軍中功第一。以進士調授桂州陽朔縣主簿。儂智高蹈籍二廣，畋以書召君掌機宜，乘驛至曲江。畋檄君下英州〔一〕，議救廣府。賊已走連、賀，蔣偕一軍没，餘衆潰入山林，賊聲勢張甚。君以便宜，頗取敗軍，白旗大書曰「招安蔣團練下敗兵」。使十數輩持狗村落，收得散卒，則迴路趨賀州就糧。州將持法拒君，君曉以大義，迺聽，活千餘人，送幕府。會畋罷去，不爲功。然畋在朝廷，每爲人言：「湖南軍中獨得陶弼一人耳。」君久次迺爲陽朔令，以吏考，除大理寺丞、監潭州糧料院。廣南西路提點刑獄李師中論薦其能，擢知賓州，詔换崇儀副使、知容州〔二〕，以六宅副使知欽州。數以母老乞歸，極懇惻，不聽。既丁内艱，徒行奉喪，歸葬祈陽。奪哀，以崇儀使知邕州，招納訓、利等六州蠻，及廣源内附儂智高千餘衆，皆就耕食。君亦再滿任，乃得請知鼎州，詔使按治辰州南江諸溪蠻。宣撫使舉君知辰州，又奏君不上吏課者二十年。遷皇城使，措置北江，用反間使彭師晏自攻伐，歸其地縣官。王師問罪安南〔三〕，以知邕州，又用宣撫使辟知順州。四遷爲東上閤門使、康州團練使。年六十有四，終於順州之官舍。娶丁氏，錢塘縣君。生子通，冠而死。以兄之孫同爲通後，授郊社齋郎。六女，長嫁寧鄉尉嚴介而卒，其五居室。君不治細故，獨以文章自喜，尤號爲能詩。年三十起從軍，心通悟，達兵家機會，能得士死力。智度閎深，調護不虞，不見圭角。遇倉卒，大軍常倚以爲重。作郡縣，順民立條教。當其艱勤，與吏士同甘苦，不以遠朝廷故不盡心力。所臨數州，夷夏齗齗，以約信爲威。嘗請郴桂靈渠通漕湘江，軍興轉粟可十倍，使者不能聽。李師中在廣西，迺用之，於今爲功。廣源酋長劉紀，數請和市太平寨，規覘國，欲生事，徼功者吹噓助之，君伐其謀。後數年，和市議下，劉彝、沈起之事起矣。順州草創，存亡不可知。受命即上道，折箠指撝，溪洞晏然。在軍中三十年，夷險一概。使者多朝廷大吏，察治狀，無以易君，故求去，輒進官重任，使遂老於桂林表裏。事母孝謹，白首盡其驩。平生詩文書奏十有八卷，讀其書，知非録録者。元豐三年十月丙子，葬零陵之金釜山下。銘曰：

武夫面墻，文吏疚武。維此康州，俎豆軍旅。烏合其兵，忠信成城。教子弟戰，衛其父兄。乘艱行權，處女脱兔。及其既平，左規右矩。虎媚養己，時其飽饑。康州用士，可赴深溪。子拊惸嫠，姑息夷獠〔四〕。我一以律，不殘不傲。藥不瞑手，漂絮終身。或千户封，奇偶匪人。梓慶爲鐻，不懷慶賞。康州撫師，尚以義往。大能小施，夸者技癢。我安義命，民得休養。邊陲之守，不必摧鋒。我銘康州，式勸士功。

〔一〕英：原作「芺」，據叢刊本改。
〔二〕詔：原作「韶」，據叢刊本改。
〔三〕王：原作「三」，據叢刊本改。
〔四〕息：原作「媳」，據叢刊本改。

8　西頭供奉官潮州兵馬監押尹君墓誌銘

君諱宗輿〔一〕，字某，尹氏，鄴郡人。宋有天下，尹氏以武功顯，廷勛起佐命〔二〕，終滁州刺史，贈太子太師。生女輔佐熙陵，是爲淑德皇后。兩男子：崇珂，累功至保信軍節度使，贈侍中；崇珪，歙州刺史。歙州生昭壽，任閤門祇候。閤門生元輿。元輿耿介有祖風，獨不樂爲吏，肆志江湖間，而殁於姑蘇，初爲姑蘇人。君，姑蘇之子也。以恩補三班借職，累遷至西頭供奉官，終于潮州兵馬監押，得年六十有五。娶錢氏，先君卒二年。三子：公庠舉進士，有聲，先君卒五月；公亶實承其祭；其季未名。兩女，嫁進士薛彦輔、右班殿直張克己。孫男女四人。君有知數，敏於事幾，歷官七州，苟可以益公家，便民，盡心力〔三〕，不愛一毫。其在潮州，趨吏功尚不衰。君殁後，太守按行城壘府庫，無毛甲事不經君規畫，歎其才，爲揮涕。晚仕嶺南英、循、潮三州，士大夫落南方者，君以禮意接其人物，而推衣食以字其孤，未嘗問篋笥。凡今出從車騎，蘊籍而歸家，與妻子商出入，會計毛髮者，君所笑也。君仲氏宗奭，能官而孝友，拊君之孤，歸女教男，甚有恩意。舉君夫婦及公庠之喪，以某年某月某甲子，序葬於長洲虎丘之原。謂其交遊豫章黄庭堅曰：「宗奭之伯氏，父子淑善而不遂，以客死，乞君文，使我傳不朽。」遂爲誌，而繼以銘詩曰：

孝友秩秩，兄弟琴瑟。同安共恤，在官夔夔。勸功度宜，不求自嬉。顔色笑語，禮能惠寠。見義孔武，禄不對其長。固安其藏，尚其嗣之昌。

〔一〕宗輿：叢刊本作「某」。

〔二〕廷勛：《宋史》卷二五九《尹崇珂傳》作「延勛」。

〔三〕力：原無，據叢刊本補。

9 左藏庫使知宜州党君墓誌銘〔一〕

党侯，河中河西人，而長於京師。應進士舉不利，以小校從王韶在秦鳳，入熙河，每戰輒有功。三遷乃得下班殿侍、權邕州永平寨。押伴交州進奉使到闕下，河東安撫使曾布奏充準備差使，權石州葭蘆寨兵馬監押，充河東第九將部將。又差權吴堡寨、麟州神木寨。樞密院批狀指揮發遣赴闕陳邊事，党侯言：「西夏得并敵之利，而諸路無先發制人之兵。大概制賊之道四：一曰大舉，二曰淺攻，三曰進築，四曰招來。往者病在用其一而廢其三，故無全勝之威，以制其敝。竊謂四者不可廢一，但有先後緩急，因賊强弱之形而制之。」朝廷録其言，行下諸路，乃授河東第六副將，改第二副將。元符初，乃知横州。安化蠻犯宜州，州將楊應辰射中臂，不能軍，經略司以党侯對移，領溪洞司事。賊退，又受其降，乃復還横州。崇寧初，竟用党侯守宜州。安化蠻又犯省地，侯與東上閤門使統制黄忱戰勝於卸甲嶺，安化三州一鎮皆降。於是策其茂功，遷皇城副使、兼閤門通事舍人，蓋崇寧元年也。自下班殿侍，十八遷而至於此。凡遷官，多以戰功超資減年，略無一官以歲月積也。明年，遷左藏庫使〔二〕，而卒於宜州管下，實八月丁卯，享年五十有四。初室曹氏，蓬萊縣君。繼崔氏，長安縣君。四男子：曰涣，三班奉職；曰淳，三班差使；曰湜；曰澤。五女，嫁進士曹錞，數月錞死，今歸在室。餘未筓。孫男女四人。党侯年二十餘從軍，在軍中三十年，常以不欺立名節。及其爲州，奉身潔清，不取秋毫。爲吏無日不勤，曰：「不如是，不足以報國。」省閱獄訟，事如毫髮許不當情，終不快，曰：「不如是，民不得其所。」事有利於物如拳，而犯法如粟，終不爲，曰：「法不可不守也。」責僚屬以名分甚嚴，而未嘗以細故使得罪去也。捐館之日，斂無複衣，歸無餘資，可以知其耆艾守節不衰也。党侯諱光嗣，字明遠。曾大父諱素。大父諱宣，祕書省著作佐郎。父諱武，西頭供奉官，贈右屯衛將軍。涣等將以某年月日葬君於河中府河東縣之原，而乞銘於修水黄庭堅，實爲之銘。銘曰：

党侯繩繩，持廉好清。由微小吏，以至專城。節不衰止，身未耋老。天奪之邪，而喪其寶。河東之原，宜柏宜松。坎其阻深，作侯寢宫。我爲銘詩，式告無期。曰此廉吏之丘，勿壞傷之。

〔一〕宜州：原作「宣州」，據誌文改。党：原作「黨」，據叢刊本改。下同。

〔二〕左：原作「佐」，據叢刊本改。

10 朝奉郎通判涇州韓君墓誌銘

君諱復，字辨翁，其先鄧之南陽人。其上世有爲龍游令者，不能歸，而家於陵井，遂爲陵之井研人，至辨翁閲五世矣。曾大父歸惠爲州吏。當李順亂時，諸郡皆尚威斷，凡賊所詿誤，以盡殺爲功。歸惠條其重輕過故爲等差，抱法律争於廷，所活且百人。謂其子慶之曰：「吾後當有興者，及爾子孫，皆使爲詩書。」慶之生君考穎〔一〕，仕至太子中允。世父崇，尚書屯田員外郎。兄震，朝請大夫。韓氏遂爲陵州衣冠族姓。辨翁既仕中州〔二〕，有田於葉，故今爲葉人。初，辨翁尚小，自知求師，去從世父讀書〔三〕。登進士第，調瀘川尉〔四〕。盜殺人，而執舍旁子，掠服之。令謝病不敢予奪，君釋之，而趣捕盜，出將刑者非真盜，已而果然。改祕書省著作佐郎、知五臺山寺務司。五臺供施傾天下，惡少年多竄僧籍中，上下囊槖爲姦，號爲不可措手。君擿其魁宿置于法，按簿書皆得名物。代州將防禦使馮行己請爲其府判官，會軍興，辟河東轉運司勾當公事。方是時，部使者懼乏興，皆須一調十，君請峻期會法而調以實，民用不擾。再遷太常博士，通判鳳州〔五〕。州久不治，君興滯補敗，寬而不弛，府事簿領〔六〕，一一以名召之，郡以最聞。是時民冒茶禁，日或千人，至有貼妻賣子、入償不足而繫有司。君上其狀，皆得釋。然使者以爲沮吾法，遷通判鳳翔府。君治民用法寬，治吏用法急，姦吏不能堪，乃以網目疏漏事訟君〔七〕。會使者銜前沮法事，即惡奏，君坐停見任官。君方具本末求對獄，涇帥奏君前所坐非罪〔八〕，乞以爲佐，徙之涇〔九〕。未幾，卒於官，享年五十有七。初室馮氏，藍田進士行敏女。繼室張氏，壽光縣君，冀國勤惠公女。三男子：孟嶢夫，季易夫，皆有學行；仲浚夫，舉進士，雄州防禦推官、知秦州清水縣。三女：嫁利州司法參軍趙丕、西頭供奉官馮維方、廣濟軍司户參軍王望之〔一〇〕。君幼少重遲不戲，長而端方，論事取友，是是非非，不卹嫌怨。授《易》《春秋》於蜀人龍昌期，常稱慕李栖筠之爲人。人以爲君莊重寡言，作文詞務體要，斷獄深原其情，抶治姦欺，豪吏奪氣，言人之所不敢言，蓋有贊皇之風云。君歿後十有六年，當紹聖四年參某月某甲子，嶢夫等乃克葬君於郟城之原，使來乞銘。銘曰：

韓遷井研，寖微以湮。厥有陰德，里中稱仁。瓜綿於瓞，既碩其實。有斐辨翁，其音秩秩。自少爲吏，慈哀於職。匪求生之，求得其直。論事計可，不隨風波。有挫其鋒，君益淬磨。以小觀大，以近知遠。不振不年，心亨事蹇。不羹之西，潁川之郟。卜宅固安，昌而後葉。

〔一〕潁：原作「頴」，據叢刊本改。

〔二〕仕：原作「任」，據叢刊本改。

〔三〕去：原作「云」，據叢刊本改。

〔四〕瀘川尉：原作「瀘州尉」，據叢刊本改。

〔五〕通判：原作「通州」，據叢刊本改。

〔六〕事：叢刊本作「庫」。

〔七〕綱：原作「綱」，據叢刊本改。

〔八〕帥：原作「師」，據叢刊本改。

〔九〕從：原作「從」，據叢刊本改。

〔一〇〕廣濟軍：原作「廣濟運」，據叢刊本改。

11　朝奉郎通判汾州劉君墓誌銘

君諱禹，德州德平人，字希儉。年二十，舉明法及第，補欒城尉。名能捕盜，奏徙稾城尉，稾城盜爲不發。調德榮主簿、兼縣事。鹽井淡而征不除，君爲歲蠲四十萬。罷官，民追送之。又爲永州軍事推官、權邵州武岡縣。武岡溪洞蠻蜂出，燒民積聚，郡治兵，令民入保。君從數騎入其巢穴，曉以禍福，其酋請殺始事者二人以平。以憂去，服除，授資州録事參軍、兼司法事。始至，將佐皆易之，見其決獄，乃大驚，郡有難辨事，輒倚君。改大理寺丞、知北海縣。俗喜屠牛私酤，君陰籍其姓名，區處具疏壁間，民相告曰，是不可犯。遷太子中舍、知樂壽縣事，遷殿中丞，改奉議郎。樂壽、南皮縣金隄兩間，使者度繕隄以障水，利南皮而害樂壽。南皮令以私書誘樂壽仕家子，得其願狀，告部使者，使者下書問抑民狀。君會民金隄，乃得南皮私書，而焚之曰：「南皮令亦欲自便其民，顧不善謀耳，當報以德。」以願者寡，不願者衆，報使者。通判汾州，遷承議郎，恩加朝奉郎。察舉吏曹，不忮而趨辦〔一〕。汾水被隄，稍嚙永利西監〔二〕，君督護作暑雨中〔三〕，工休乃去，以故得疾。以元豐八年七月丙辰卒〔四〕，得年五十有九。喪過汾市，多隕涕者。君喜讀書，善射，在官、居家，長者愛之。德平王英狀君行事如此。英言行有物，宜可信，故紀焉。君曾大父思齊，大父誠，父芝，皆力田，而芝以君贈奉議郎。娶張氏。繼室趙氏，安德縣君。男曰槃、寀、寀、棨。女嫁蘇某、張潞、郭彦佐、張繹、張頎，有季居室。葬以元祐二年六月丁酉，兆於其縣擊壤鄉之西源〔五〕。寀墨衰來乞銘，三反而不懈，乃予銘。銘曰：

吏優於檢姦〔六〕，或賄或殘。勤民惠卹，吏或舞其筆。嗚呼！君潔可以馭吏，惠可以扶弱。孰能不克，修怨以德。勤事怠食，瘁不婾息〔七〕。其施不遐，惟畀之嗇。力耕者不穡，尚其子之食。

〔一〕忮：原作「岐」，據叢刊本改。

〔二〕稍：原作「稱」，據叢刊本改。

〔三〕君：原作「軍」，據叢刊本改。

〔四〕元豐：原作「元祐」。按下文云元祐二年葬，此處當作「元豐」，今改。

〔五〕其：原作「某」，據叢刊本改。

〔六〕檢：原作「儉」，據叢刊本改。

〔七〕息：原作「怠」，失韻，據叢刊本改。

12 鳳州團練推官喬君墓誌銘

高密喬君彦柔，將葬其父母，乞銘於豫章黄庭堅曰：「吾家世籍在昌邑，而遷高密，居高密蓋五世矣。王曾大父以善治生，以財雄長里中。吾大父喜爲俠，振人急難，以故破家産而貧。先人乃讀書，年十八，舉《毛詩》學究，授咸陽縣主簿。吏以年少易之，先人發其姦贓，即罪，邑中皆驚。令貪政疵，賴先人得善去。鄰邑有田訟，十年不決。先人行田所，視文書，一語決之。歷海陵、槀城縣尉，爲石州録事參軍，掌和糴倉。郡將以和糴羨錢數十萬資公帑〔一〕，諭先人更印曆；先人執法不聽，至訶怒，終不移。罷石州，調中牟主簿。陝西轉運司聞其材，辟賑濟司勾當公事〔二〕，以憂去。爲延長令，又以憂去。先人事父母篤孝，居喪毁瘠，再丁内艱，遂以衰白，欲不出仕。鄉人强之，乃調河州軍事推官，對移蘭州，又調鳳州團練推官。提刑司檄先人決階、成州滯訟，不幸暴疾，殁於成州之栗亭〔三〕。吾母王氏，繼母吕氏，高密士大夫之家。先人以元祐五年十月捐館舍，明年先夫人又棄養。彦柔以貧，從仕四方，不得以時葬，將以元符二年某月日葬鄭公鄉大父墓次。」庭堅曰：棘道爲令，奉公敬，決訟平，持身廉，清淨寡言，君子也。其言不妄，視其子而知其父，可銘也。推官諱敞，字廣叔，享年五十有六。三男：長則彦柔，前進士、棘道令〔一〕；次彦中，舉進士，有聲〔二〕；次彦直，尚小。女子嫁進士劉拯。銘曰：

才於爲吏，小試牛刀。廉於臨民，不犯秋毫。直於事上，怒不目逃。不極其能，又不耆耋。繫逢不逢，不在巧拙。我銘其丘，告後勿伐。

〔一〕羨：原作「蒙」，據叢刊本改。
〔二〕司：原作「同」，據叢刊本改。
〔三〕栗亭：原作「粟亭」，據叢刊本改。

13 太子中允致仕陳君墓誌銘

府君諱庸，字景回，潁川陳氏也，徙京兆萬年。唐廣明之亂，以家入蜀，遂爲眉州青衣人。曾大父延禄。大父顯忠，以季子貴，贈兵部侍郎。父希載，以府君贈大理評事。蜀亂，更五代不解，故大理而上三世在野。府君始與季父希亮、族弟諭學於成都。天聖中，俱登進士第，縣令名其所居坊爲「三俊」。初授澧州推官，調潭州觀察推官。長沙縣孤女，有父時田産，爲其族親所冒没，訴於州縣部刺史，累歲不得直。府君被檄按之，一語而決，盡歸所侵地。以故湖湘間田訟，皆詣所部，求決於府君，在湖南凡決疑獄二十二。再調雅州判官，嘗攝名山、夾江，籍三縣政事，多見紀。舉監成都府市置院，遷永興軍節度掌書記，以父憂去。終喪，屬太夫人春秋高，不赴詮集者數年，終養。久之，乃調歙州判官。三司户部以監茶場，舉知光州光山縣。府君上書言：「光山號爲邑小民醇，今者繫獄常數百，冒茶禁者十九，願弛其禁而征之，所棄於民者未多，而刑獄大省。」不報。歲饑，州將命録富家粟，諸縣争趨令，府君獨格不下，且言曰：「勸分固天之道，而此邦無巨室，焉得粟而分諸？」終不可得。罷光山，吏部流内銓上其課〔一〕，引對在庭。會有羽書，以西師不利，趨召二府按邊吏瑣計兵食，罷所引選人子循資。是時府君年五十有三，歎曰：「吾筋力益盡於州縣矣。」因告老去，買田築室于淮汝間，曰：「潁川，吾故郡也。」宴居十年乃終，蓋嘉祐十年五月壬戌〔二〕。府君白首好學不衰，以義將其氣，不爲瓜瓞葛藟以親附人，亦不斬然爲崖壁。其於吏道，如良農知田，如竘匠相木。然爲縣，常加意於尊爵俎豆，以時修其禮物，旌其處士秀民，人又知府君之藴，非俗吏之所能也。喜作詩，不加琢磨，而能自達其意，蓋恬于勢利之言也。其在田間，不亢不汙，有古之「仕焉而已」者之風。初室劉夫人，有婦行，卒時年三十有八。二男子，皆前卒。二女子，嫁進士潘景。繼室欒夫人，能勤家，事姑孝謹。喜讀《唐書》，能講道其世故興衰、士大夫賢不肖，老而記憶不衰。壽七十有二。生六男，而三不淑。存者曰架、槊、渠，皆舉進士。女，其一病在室，不能婦。嫁内殿崇班耿端彦者，其季也。樂夫人及見孫男女十六，曾孫男女三。府君捐館舍二十九年，樂夫人既祥，乃克葬於光州固始縣淮安管鴻鵠之原，二夫人祔焉。槊娶庭堅之女弟，以婚姻之故，來乞銘。府君之行義可銘也，故敘而銘之。銘曰：

其生也不汲汲，其没也不泂泂。窮瀆之泉，弗達于逵。鴻鵠之翼，不媒于澤。燕雀階天，不怍不悔。生安其邦，没葬其鄉。兩嬪雁行，同域也而不同藏〔三〕。

〔一〕流：原作「留」，據叢刊本改。

〔二〕嘉祐十年：按嘉祐止八年，「十」疑是「七」之誤。

〔三〕域：原作「城」，據叢刊本改。

宋黄文節公全集·正集卷第三十一

墓誌銘

1 蕭濟父墓誌銘

吾友蕭濟父，新淦人，諱公餉。曾大父詠，大父漢卿，皆不仕。父中和，福州長樂令，以太常寺奉禮郎致仕。濟父事親不遺力，居喪以毁瘠聞，友愛其弟，恩意甚異。博學能文，少時累試禮部，在太學有聲稱。熙寧中忽自廢，不爲舉子。元祐六年，乃以特奏名試於廷，得一命，歸而歿於牖下，享年五十有九。娶廬陵段氏，生六子，男曰皥、曄、麟、玗，二女爲歐陽岊、郭欽正妻。初，濟父既無仕進意，築室於清江峽之碕、巴丘之上，曰休亭，閒居且二十年。於書無所不觀，尤好《孟子》《黄帝素問》，啄其英華，以治氣養心，遨樂於塵垢之外。推其緒餘，子弟皆興於學。逮其欲出仕，不幸而死。與濟父游者皆哀之，故商濟父之得喪而爲之銘。銘曰：

玉筍岑岑，閱世無疆，我以爲朋。章貢合而流清，不舍晝夜，與我偕行。仰其高，追配古人，鈎其深，得意日新。力耕孔耘，食其新陳。其妃能桑，以奉補紉。調護諸息，其櫝其楝。各授之職，而老斲輪。儻而遇合，富貴嶫嶫。牛羊賓客，金玉僕妾。怨塞宇宙，榮不滿睫。以此易彼，君必不厭。而心爲田，而智播穫。穫而自得，是曰有秋。鄉曰揚名，里曰雙秀。卜宅斯丘〔一〕，龜筮告猷。安只樂只，無廢無圮。

〔一〕卜：原作「才」，據叢刊本改。

2 王力道墓誌銘

吾友力道，諱肱，王氏。蓋瑯琊臨沂諸王，在齊不遠遷者。其世家序列，史官文獻相望。有諱某者，於其鄉有德，没，而其配崔夫人與門人子弟，誄其行曰恭睦先生，是爲君考。庭堅童子時，與力道游。是時恭睦先生尚無恙，得入拜崔夫人於堂。以兩孺子同學問相愛，故兩家親亦相愛。力道長予二歲，而少成獨立，無兒子氣，食飲卧起，與書史筆墨俱。後七年，比歲以鄉舉士俱集京師，甲辰、丁未歲相從也。力道此時律身甚嚴，而與人極愷悌。於書無不觀，而尤喜《易》《春秋》。文章初不經意，睥睨左右，下筆娓娓不休。熙寧癸酉，邂逅夜語於西平客舍，謹厚而文，甄敘人物有理致，予知其在困而不撓也。又二年，客自齊來，乃言力道與往時大異，沈浮閭井間，得酒不擇處所，遇屠販如衣冠。愛之者以爲似畢茂世、光孟祖之爲人，而力道自言與二子異，人亦無以命之。或謂力道窮不偶懟，故自放於酒中。吾以爲力道智及此，殆不爾。如是三年，終以酒死，得年三十有五。無子，有遺文未輯。夫人張氏猶尸其祭。既祥，張氏又卒。於是崔夫人七十餘歲矣，哭之甚哀。力道之兄撫州軍事推官，將舉恭睦之喪兆於臨朐之龍泉，而葬力道於其域，謀曰：「知吾弟者，莫若吾友臨川晏叔原幾道、豫章黄魯直庭堅。將請叔原敘其文，而屬魯直銘其墓。」則以狀來，庭堅其可不銘？銘曰：

嗚呼力道，壯長如其初。慈孝弟友，材則多有。培德以自厚，不昌其後。壯士溺於酒，萬世同流，今也何咎。我圖作銘，或慰其母兄，維金石之壽。

3 晁君成墓誌銘

君成晁氏，事親孝恭，人不間於其兄弟之言。與人交，其不崖異，可親；其有所不爲，可畏。喜賓客，平生不絶酒，尤安樂於山林川澤之間，一世所願。治生諧偶，人仕遇合〔一〕，蓋未嘗以經意。生二十五年，乃舉進士，得官。從仕二十三年，然後得著作佐郎。四十有七以歿。君成處陰匿跡，家居未嘗説爲吏。及爲吏極事，事有不便民，上書論列甚武。爲上虞令，以憂去，民挽其舟，至數日不得行。使者任君成按事，并使刺其僚。君成不撓於法，不欺其僚，盡心於所諉，不爲之作嚆矢也。仕宦類如此，故不達。少時以文謁宋景文公，景文稱愛之。晚獨好詩，時出奇以自見，觀古人得失，閱世故艱勤。及其所得意，一用詩爲囊橐。熙寧乙卯，在京師，病卧昭德坊，呻吟皆詩，其子補之榻前抄得。比終，略成四十篇。蜀人蘇軾子瞻論其詩曰：「清厚深静，如其爲人。」濮陽杜純孝錫狀曰：「哭君成者，無不盡哀。」皆知名長者也。子瞻名重天下，孝錫行己有耻，其於兄弟交遊，有古人所難。補之又好學，用意不朽事，其文章有秦漢間風味，於是可望以名世。君成之後，殆其興乎！故論譔其世出游居婚宦，使後有考。銘詩以嘉其志願，而不哀其不逢。君成字也，名某。晁氏世載遠矣，而中微。有諱迥者，事某陵，爲翰林學士承旨，以太子少保致仕，謚文元。生子，執政開封，晁氏始顯。君成曾王父諱迪，贈刑部侍郎。王父諱宗簡，贈吏部尚書。父諱仲偃，庫部員外郎。刑部視文元，母弟也。夫人楊氏，生一男，則補之。女嫁某官張元弼、進士柴助〔三〕、賈碩、陳琦，三幼在室。補之以元豐甲子十月乙酉葬君成於濟州任城之吕原。其詩曰：

不溧雪以娉清，不闒墮以徒汙。林麓江湖，魚鳥與爲徒。通邑大都，冠蓋與同衢。制行不擅，人謂我愚。人争也，人謂我非。夫彼棄也吾趨，彼汲汲也吾有餘。浮沇兮孔樂，壽考兮不怍。高明兮悠長，忽逝兮不可作。河濁兮濟清，仟丘兮佳城。御風兮驂雲，好游兮如平生。深其中，廣其四旁，可以置守，俾無有壞傷。植松柏兮茂好，對爾後之人。

〔二〕仕：原校：「疑作事。」

〔三〕柴：原校：「一作葉。」

4 劉道原墓誌銘

道原，高安劉氏，諱恕。博極群書，以史學擅名一代。年四十有七，卒於元豐元年九月。其父涣，字凝之，葬道原於星子城西。以故司馬文正温公《十國紀年序》爲銘，納諸壙中。其僚今翰林學士范淳夫爲文，碣於墓次。此兩公皆天下士，故道原雖不得志，而名譽尊顯，諸儒紀焉。後十餘年，劉氏少長相繼逝歿，惟道原一子羲仲在。論者歸咎葬非其所，故羲仲以元祐八年十有一月遷葬道原于江州德化縣之龍泉，以《十國紀年敘》及墓碣義論撰其遺事，乞銘於豫章黄庭堅。庭堅辭曰：「道原於天下，獨以温公爲知己。温公序道原學問行義，揭若日月，庭堅何以加焉？」羲仲三請曰：「遷奉不可以不書，因得以先人遺事爲託。」終不得辭，則敘而銘之。道原天機迅疾，覽天下記籍，文無美惡，過目成誦。

書契以來，治亂成敗，人材之賢不肖，天文地理，氏族之所自出，口談手畫，貫穿百家之記，皆可覆而不謬。初仕年十八，名重諸公間。負其才，不肯折節下人，面數人短長，不避豪貴。諸公皆籍其名，亦不好也。爲吏發强，老姦宿負，必痛繩治之，一時號爲能吏者，多自以爲不及也。倦游十五年，温公修《資治通鑑》，奏以爲屬，乃遷著作佐郎。書未成，而道原下世。後七年，書奏御，論修書之功，有詔録其子羲仲爲郊社齋郎。元祐七年，刻《資治通鑑》板，書成，又詔書賜其家，諸儒以爲寵。道原平生所著書五十四卷，皆有事實，不空言。道原與王荆公善而忤荆公，與陳鄘公善而忤鄘公，所争皆國家之大計與大臣之節，故仕不合，以濱於死而不悔。嘗著書自訟曰：「平生有二十失：佻易卞急，遇事輒發。狷介剛直，忿不思難。泥古非今，不達時變。疑滯少斷，勞而無功。高自標置，擬倫勝己。疾惡太甚，不恤怨怒。事上方簡，御下苛察。直語自信，不遠嫌疑。執守小節，堅確不移。求備於人，不恤咎怨。多言不中節，高談無畔岸。臧否品藻，不掩人過惡。立事違衆，好更革應事。不揣己度德，過望無紀。交淺而言深，戲謔不知止。任性不避禍，論議多譏刺。臨事無機械，行己無規矩。人不忤己，而隨衆毁譽。事非禍患，而憂虞太過。以君子行義責望小人。非惟二十失，又有十八蔽：言大而智小，好謀而疏闊，劇談而不辨，慎密而漏言，尚風義而齷齪，樂善而不能行，與人和而好異議，不畏强禦而無勇，不貪權利而好躁，儉嗇而徒費，欲速而遲鈍，闇識强料事非，法家而深刻，樂放縱而拘小禮，易樂而多憂，畏動而惡静，多思而處事乖忤，多疑而數爲人所欺。事往未嘗不悔，他日復然，自咎自笑，亦不自知其所以然也。」觀其言，自攻其短，不舍秋毫，可謂君子之學矣。以道原之博學强識，而其蔽猶若是，亦足以知學者之難也。夫學也陷而入於蔽，患自知不明也；自知明而不能改，病必有所在。故并著之，使後學者得監觀焉。初，凝之忿世不容，棄官，老於廬山之下。至道原而節愈高，蓋亦有激云。又自以源出歆、向，務追配前人，立名於後世，故傲睨萬物，而潛心於翰墨。仕雖不逢，得其所願矣。夫人蔡氏，亦有賢行。生三男：羲仲、和叔、秤〔一〕，材器皆過人。和叔以文鳴，而秤篤行，不幸相繼死。羲仲沈於憂患，不倦學，猶能力其家。一女，嫁秀州司法參軍孔百禄。道原才行之美，尚多可傳，弗著，著其大者。銘曰：

貪夫所争，烈士所棄。顯允劉君，去位遂志。其清近義，其勇近仁。其子守節，對于前人。劉子矯矯，執方惡圓。與世齟齬，曰吾道然。其在閨庭，悦親以孝。舉按抱衾，室家静好。上士勤道，百世之師。四海温公，俾民不迷。温公補衮，元元本本。劉子執簡，匪躬蹇蹇。温公論政，以學爲原。浚川積石，學深其源。温公忽忘，劉子典學。我爲銘詩，式告後覺。

〔一〕秤：原作「稱」，據叢刊本改。下同。

5 黃幾復墓誌銘

吾友幾復，諱介，南昌黃氏。有田西山下已數世，不知其所從來。父晝以天文經緯言人事畸耦如神。幾復與其兄甲皆授學其父，試以迎日求五緯法，曰：「先得者傳焉。」甲以二日，幾復以六日。其父曰：「甲可世家，介可爲儒。」而二子皆以卒業。幾復年甚少，則有意於六經，析理入微，能坐困老師宿學。方士大夫未知讀莊、老時，幾復數爲余言：莊周雖名老氏訓傳，要爲非得莊周，後世亦難趨入；其斬伐俗學，以尊黃帝、堯、舜、孔子〔一〕，自揚雄不足以知之。予嘗問名《消搖遊》〔二〕，幾復曰：「消者如陽動而冰消〔三〕，雖耗也而不竭其本；搖者如舟行而水搖〔四〕，雖動也而不傷其内；游於世若是，唯體道者能之。常恨魏晉以來，誤隨向、郭，陷莊周爲齊物。尺鷃與海鵬，之二蟲又何知，乃能消搖游乎！」其後十年，王氏父子以經術師表一世，士非莊、老不言。予戲幾復曰：「微言可以市矣！」幾復曰：「吾安能希價於咸陽，而與稷下争辯哉〔五〕！」熙寧九年，乃得同學究出身，調程鄉尉。論民事與令不同而直，移長樂尉，舉廣州教授。嶺南人士承幾復講解章句，聞所未聞，稍有知名者。改楚州團練推官，知四會縣。新興民岑探自言有神下之，越俗禨鬼相傳，數郡推宗焉。新州捕得探兄弟妻子繫治，探欺野人，言「吾能三呼陷新州城」，不逞子及老弱從者以百數。至城下，言不效，皆潰去。而新州聲張，以爲豪賊挾衆攻城。經略使遣將童政捕斬，而官軍所遇薪水行商皆殺之，亦檄幾復護槍手策應。幾復察童政部曲多不法，即自言經略司不隸將下，得以土丁捕賊。且言童政所效首級，莫非王民，斲已瘞之棺，刳方娠之婦，一童政之禍，百岑探不足云。其後皆如幾復所言。用薦者改宣德郎、知永新縣。幾復仕於嶺南蓋十年，故中朝士大夫多不識知。其至京師也，言均減二廣丁米，事頗便民。諸公將稍用之，而幾復死矣，蓋元祐三年四月乙巳。娶胡氏，四子：一男曰概；三女，長嫁梅州司理參軍王鎮，次許嫁番禺王逵，季尚小。幾復孝友忠信，可與同安共危，喜言天下奇士，胸次隗磊，不以細故輕重人。蚤與詩人袁陟游，亦工爲五言，似韋蘇州。其客死，逵調其棺斂，又護其喪歸葬，請銘焉。逵聞義士也，尚能保祐其惸嫠。銘曰：

嗚呼幾復，信道以後時，見微而不戮。啓予手足，子歸不辱。西山之封，其情所築。太史司馬，實多外孫。女歸有子，其似斯文。

〔一〕黄：原作「皇」，據叢刊本改。

〔二〕消摇：原作「逍遥」，據叢刊本改。

〔三〕二「消」字原均作「逍」，據叢刊本改。

〔四〕摇者：原作「遥者」，據叢刊本改。

〔五〕争辯：原作「尹辨」，據叢刊本改。

6 陳少張墓誌銘

君諱綱，少張字也，眉州青衣陳氏。曾大父顯忠，贈尚書兵部侍郎。大父希世，贈職方員外郎。父諭，職方員外郎、知蜀州，及叔父太常少卿希亮、兄太子中允庸，同年登進士第，眉州號其所居坊曰「三俊」。蜀州官不達，乃買田葉縣，而葬于洛師，遂爲汝州葉縣人。君天資明爽，奇書異聞，無所不讀。鋭意舉進士，三絀於有司，乃歎曰：「吾爲功名乎？今富貴而有功於民，垂名不朽者誰耶？吾爲温飽乎？田園豈不足哉！」遂沈浮里中三十餘年，築居第重堂複屋，寓意於花竹間。居雖富，未嘗什一也。方開書館，欲聘奇士與游，令子弟作佳進士以雪恥，不幸死矣。享年五十有四，實元祐某年三月初九日。初室郭氏，天章閣待制輔之女。繼室蒲氏，福州閩清縣令遠猶之女。六男子：寧之，三班奉職；寬之、完之，舉進士；宰之、宜之、寂之尚幼。兩女子，長嫁進士朱箎，次在室。後九年，蒲夫人及諸子乃克葬君于蜀州之墓次，而寬之走陳留，乞銘於予。予曩爲葉尉，與君游，相好也。又與君有連，其可不銘？銘曰：

赫赫兮計行，默默兮心亨。白駒兮過隙，拱木兮同聲。佳城兮鬱鬱，水深兮卜吉。谷爲陵兮見白日，勒予銘兮詔勿伐。

7 張大中墓誌銘

亡友張大中，父太尉，諱亢，四海豪士，所謂張退夫者。大中讀書數千卷，其論説古今治亂，與君臣之乖逆，有事於時者之得失，至於豪傑而在山林，一言一行，有概於作者之序，及文章足以配不朽之事者，皆能講説，貫穿數千歲間，使未嘗涉其流者聞之，亦粲然若撫其會。予初得友於汝州葉縣，知君不但學問優於人也，其智慮淵泉，操行冰玉，爲吏於窮鄉，而百事裁以繩墨，如居四達之衢。吏胥並文而爲姦，因慣以售欺，君鉤索深隱，不縱毛髮也。又善治盗，其治盗時，貸其魁宿作耳目，跡盗之蹊远而必得，以故部中無盗。然天資强毅，不能以聲色下人，諸公罕能知之。薦君於朝者亦十數輩，然其人無國士之度，不能極力推挽，致君於通津，故君以廕補右班殿直。累官至内殿承制，歷監南京左藏庫、汝州石唐鎮、揚州三溝巡檢，定州沿山都巡檢，通遠軍兵馬都監。年四十八以卒。初，太尉喜論兵，舉事風行電擊。至君敦厚儒者，左規右矩，然不臧否人物。飲酒數斗，論事益精明，猶有太尉之風。大中諱杰，宋人。初室侍其氏〔一〕，旌德縣君。繼室蔡氏，崇仁縣君。八男子：韭，懷州修武令〔二〕；基，廬州舒城主簿〔一〕；圭、㞭、堂、塗、壘、室，皆進士。四女子，長嫁潁昌崔德孫，餘尚幼。大中卒以元豐七年九月，而葬以其十二月，竁於太尉之域。後四年，韭、基始來乞文碣於墓。大中，予少時酒友。予數年以來，以病不舉酒，而大中宰木既陰，泫然流涕，刻詩宰上。詩曰：

昔在元豐，王師即戎，屢奏膚功。河洮西東，棄矢如蓬。將軍小校，崇級分功。鑄印不給，其綬若若。輿臺小子，皆二千石。君在通遠，則優爲之。或啗以利，曰吾忍爲。萬物並流，金石獨止。思君凜然，猶有生氣。躬不受祉，將在其孫子。

〔一〕侍其：原作「侍某」，據叢刊本改。

〔二〕懷州：原作「德州」，據叢刊本改。

8 胡宗元墓誌銘

宗元少孤，自力問學。年十九，以進士薦於其鄉。二十有五，再試禮部，再不利，益自刻苦，治經術，厲操行，客遊高安。太子中允蔡仲舒憐其孤立，以兄子妻之，爲闢書館，留與甥息共學，旁近士家多就之者。已而講授常數十百人，致温飽以奉之。宗元貶衣損食，推贏餘以煦其宗，待宗元以炊者甚衆。其資樸厚，出入里中，詞氣自下，趨人之緩急而解其紛，號稱長者。訖年四十，築草堂於高安之魯公嶺，捐十萬錢買官書，無所不讀，務爲汪洋無涯，終日與其徒辯析義理。初不經意時事，藝松竹，灌圃畦，隱約林丘之下，葢二十年。蔬町稻塍，松行竹塢，少壯致力而耆艾見其功。始爲壽藏於魯公嶺，謂諸兒曰：「吾百歲後，猶安樂此宅也。」熙寧癸丑，里人强起之，乃行應詔。宗元丘墓在新喻數世矣，故授臨江軍長史而歸。歸則病緩，然猶讀書不休。頗著詩及他文章，以自悼其屈於時命。後六年，其子遵道登第，仕吉州太和縣主簿，以安車奉宗元以就養。元豐壬戌五月丁亥，迄以足痹終焉，壽七十一。有息八人，四男子也：伯曰遵度，仲主簿君也，叔曰遵義，季曰章。女適某郡鄒沂，某郡周刊，某郡羅彦臣，皆學士大夫也。有季居室。孫二人：男格，女重慶。宗元胡氏，諱堯卿，宗元其字也。曾大父寂仕江南時爲兵曹。大父腆，父静，皆不及仕。蔡夫人以諸子卜明年正月丁酉奉窀穸如治命，則以狀來乞銘。遵道吾僚也，遵度及諸弟皆力學，請銘又應禮，乃作銘曰：

孤童羸露，勇奮厲兮。求學與友，甚競彊兮。義不獨豐，燕宗黨兮。温温愉愉，柔縣鄉兮。牛衣懷璧，自貴珍兮。老奇不耦，致時命兮。鬱鬱壽宫，敏松竹兮。平生樂只，永安宅兮。

9 劉咸臨墓誌銘

南康劉咸臨，有超軼絶群之材，諸公許以師匠琢磨，可成君子之器。不幸年二十有五而卒。以家難故，晚未娶，後不立，其母兄哭之哀甚。將卜葬咸臨于九江之原，屬予爲銘。予觀其詩，刻厲而思深；觀其文，河漢而無極。使之言道德而要其終，法先王而知其統，則視古人何遠哉！今若此，故作銘以寄哀。銘曰：

和叔劉氏，字曰咸臨。京兆萬年，而徙高安。祖涣凝之，棄令潁陰。築屋南康，汔至于今。春秋八十，懷寶陸沈。父恕道原，其學知往。汗簡百世，如指斯掌。宦世蹇蹇，不袪其蘊。佐司馬公，著書補衮。咸臨岳岳，秀于林皋。爰發雷聲，震驚兒曹。我予我奪，持論不慴。其于文章，似漢游俠。詩則清奥，欲自爲家。鷇而雄鳴，如迦陵伽。石介守道，攘斥佛老。君得其書，奉以師保。介之道術，暴虎救殘。百謗而死，危斲其棺。君曰可人，恐不得然。我圖夏屋，伐木山積。未支棟楹，林火蕩熄。母曰嗟予子，不亢劉宗。兄曰嗟余季，道不佐邦。人材實難，有又不遂。刻詩下泉，慰奬其志。九江宜松，窀而藝之。尚俾松聲，詠余銘詩。

10 李元叔墓誌銘

元叔李氏，諱堯臣，世爲長林人。元叔父諱某，力田治生，以致富饒，而使元叔從學。同郡人子弟登科，冠蓋行道上，嘗有可願之色。元叔居太學數年，舉進士不效，無以歸報，因入粟調歸州秭歸縣主簿而歸。未幾，丁父憂，終喪，遂不復仕。母夫人春秋高，性剛識明，治家有法。元叔承顔養志，秋毫不違。内友愛二弟，厚薄如砥。外接士大夫，賢者盡禮，來者滿意，以緩急叩門者未嘗辭以故也。親近交遊，仰之以喪葬，恃之以昏嫁，待之以炊者，至不可數。歲凶，躬行閭巷，飢者與粟，疾者與醫，揜不祭之骨，至不可數。浮屠人爲塔廟者，資之以落成；去家學道者，倚之以除鬚髮，至不可數。湖南北號曰「荆州元叔」云。經營鄉學，數年乃就，不問方來之士〔一〕，延賢者以爲師友，割田宅以奉之，曰：「此先人之志也。」里中少年多知詩書，元叔之力也。元叔天資樂易，好讀書，與人寡怨。士大夫蒙急難之義，他日或負之，客有道其事，元叔則笑則歎，後有謝之，與歡如初。元符之元夏六月朔旦，入侍母夫人，有不忍去之色。退而諭家人曰：「人生或存或亡，敬其所敬，愛其所愛，則生者可託，死者無憾，亡者復生，存者不愧矣。」又常所與往來，爲酒食以招近者，厚往以問遠者，人不知其所謂。其壬午，過鄉校，勸子弟。癸未，夙興，又延見諸生。少焉假寐，不時就食，諸生乃驚，奔告其家。家人至，則起坐曰：「趣具衣衾，吾逝矣。」遂寐弗興，享年四十有七。來哭者無不盡哀。初娶王氏。繼室張氏，庭堅姨母之女也。二子，曰道〔三〕、曰邈。其弟漢臣以其冬十二月葬元叔於月光山，從先君之兆，而來請銘於戎州。余於元叔有連，又相好，實泣而銘之。銘曰：

嗚呼元叔，有親能子，有弟能兄。有財能用，有友能誠。仁霑枯骨，義及孤惸。是宜耋老，忽其隕傾。母哭妻啼，以哀籲天。弗貴弗年，非此其身，在其子孫，其尚信然。

〔二〕問：原作「間」，據叢刊本改。

〔三〕道：叢刊本作「適」。

11 李仲良墓誌銘

君諱漢臣，仲良字也。世爲荆州著姓。傳其上世嘗有陰德於其鄉里，故久而不衰。始，君之兄元叔取余張氏姨母之女，因與往來。及余以史事得罪遷黔州，雖平生親舊，於稠人廣衆中忽有人言黄魯直，皆瞠若也。而余過荆州，元叔問水陸所從出，經理其生資，至無不足然後已。余在巴楚間數歲，元叔遣使來衣食我，留童僕給使令，恩若兄弟。不幸元叔夫婦繼没，此時未識仲良也。竊念流落無歸時，失李氏之助也。其後仲良修故事，不減元叔時。及余蒙恩東歸，見仲良於荆州，魁梧長者也。與之游，久而益可喜。余病荆州，仲良三來問疾不懈〔一〕。别去數日，聞訃，凡余與其交游，莫不哀也。仲良初試太學，求科舉不遂，乃游駙馬都尉曹詩門，用公主特恩補郊社齋郎。調漢陽尉，獲湖中盜數十人。或曰：「此可市美官。」君曰：「吾寧殺人以爲利耶！」卒核實，本争魚鬭死爾。再調上饒尉。中書舍人姚勔謫守信州，民有訟水累年不直者，姚心有所主名，以付君推之，君曰：「一姓專利而餒十家，豈賢守意哉！」姚初怒而終愛之，遂薦授理定令。以太夫人春秋高，不行。年四十有七，卒以建中靖國元年十月甲寅。其兆在當陽縣之月光山，望其先人而不同域。葬以崇寧元年正月之乙酉。娶劉氏，生一男二女。男曰遜，女皆未嫁。其弟晉臣請予銘。庭堅曰：仲良遊不廣，仕不達，故可傳者少，然游擇人，仕擇義，亦可以銘。銘曰：

嗟乎仲良，其才可以頡頏於世，其義可以長雄於鄉。不展不熾〔二〕，奄忽就木。我銘送之，尚閲陵谷。

〔一〕來：原作「年」，原校：「一作來。」按庭堅自戎州東歸，留荆州（江陵府）僅數月，不得云「三年」。當是「來」字，據改。

〔三〕熾：原校：「一作叔。」

12　楊寬之墓誌銘

公諱恕，字寬之，本河東人。遠祖某，唐末見中原亂甚，將數子官于蜀，因求便利田宅居之，一人家于普州，一人家于梓州，一人家于資州，三族皆以衣冠傳其舊業。有諱某者，以儒學有聞于蜀，王氏欲官之，不可，遂隱約銀山間，當時以爲處士之秀。處士生繼安，繼安生仲明，仲明生翱翔，君之父也。君爲童兒，日誦千言，師以爲不煩我，同舍生皆爲不及。稍長，酷愛《春秋左氏》，暇則繞楹誦之，同舍生試取本窗間按之，自初至終，不繆一字。有王由先生者，砥礪名節，以教鄉閭之子弟，來學者必考其素。至君來，欣然受之，曰：「此諸生之表也。」君於書無所不觀，聞人間所未見書，必購取之。論學取友，是是非非，終不以寒微貴勢奪其名實。其與人言行有操，治家理財皆有繩墨。耆艾趨庭，親年已八十餘〔一〕，奉養能致其樂。紹聖四年春正月〔二〕，不幸以疾卒於牖下，享年六十有一。疾革矣，親友問焉，則曰：「死生之説我自知，顧大人春秋高，人子棄寢門而去，此爲無窮之恨。」娶黄氏，有子曰中師。中師之子曰綰。綰以曾大父之命來告曰：「寬之克家子，不幸而死。中師有疾，不能將命，敢使綰以進士馮儀狀乞銘。重言十九，使此子不隨世磨滅，實有望於門下。」問其親黨，曰：「寬之誠善士，馮君之言不妄。」則許銘之。綰大父卜以元符元年冬十二月壬午，葬於内江縣安養鄉西南山之下，從曾大母黄夫人之兆。日迫矣，銘不可緩，則敘而銘之。銘曰：

我行三巴，林谷箐深。僵卧絶壑，梗柟十尋。匠人營國，一購百金。獨閲歲月，異材陸沈。用君之能，渠不富貴。以遠不收，可笑而喟。樗櫟犧象，又何足賴。内江東流，其山傾傾。其柏其松，其樫其楷。從母安宅，以慰孝思。

〔一〕已：原作「以」，據叢刊本改。

〔二〕四：原脱，據叢刊本補。

13 張子履墓誌銘

外兄張子履没後十年，當元符之己卯，其子協奉其母史氏夫人之命，以四月癸酉葬子履於蜀嚴道，而來請銘曰：「先君和易得於自然，敬畏則有家法。從事二十餘年，不出州縣，未嘗慼嗟。年五十九，病在果州，顧言曰：『吾平生力行所聞，未嘗遇知己。我死，汝求立言之君子銘吾墓，吾不朽矣。』敢以銘請於舅氏。」某謝不能，而不聽，則爲銘曰：張氏本河南族姓，唐末避亂而家成都。成都亂甚，乃家于嚴道，今四世矣。家故饒財，而好施，歲具布褐百稱以給老貧，行之不倦，施而不報，以數世。有諱閭者，一舉進士第。前此雅州未有進士，鄉里以爲榮觀。卒官太常少卿，贈其父瑧尚書工部侍郎。君諱祺，子履字也，侍郎之孫，少卿之子。少卿蓋三娶：曰胥氏，追封仙居縣君；曰錢氏，追封仙源縣君；曰黄氏，封長壽縣君。君，胥氏出也。仙源愛其愿。且死，盻君，不忍訣。長壽未嘗許諸子迎侍，而君官果州，請之而行，可以觀其孝矣。初爲邛州火井尉，時少卿知韶州，歎曰：「人乃奈何遠出親側？」乃割俸之半以奉韶州，曰：「極知無益，且修子職。」在火井時，甲寅、乙卯，邛州大飢，君卹窮民以數萬。茶場典吏以自盜繫獄，君嘗諉此吏請圭田。未入，或曰：「此吏有善馬，可取償。」君曰：「人方急難，取是於我何有！」既而官没其家資，君不悔也。進士吴時，邑子也，君禮之超然，異於諸生。已而時再登第，有能聲，士以此多之。火井四考，父老至今稱其廉。其爲嘉州司理參軍，凡獄有法重於情，法難明，必奏讞。侍御史周尹出按屬部，君上便宜六事，尹歎其材。會尹入奏，未達京師而補外，不果以聞。其後以録事參軍佐簡州、果州。便於私而戾於法，必就法；戾於法而便於民，必予民。平生未嘗以書干上官，上官亦罕知之。時時作歌詩文章以自見，和而不流、怨而不怒者也。君亦三娶：初娶史氏，尚書屯田郎中安世之女；再娶黄氏，處士贇之女；又娶史氏，忠州司法參軍襄之女。子曰協。長壽君於某爲姑，處士之女於某爲從妹。長壽春秋高而康强，史夫人博學而能文。恩親當銘，况行治可紀耶！其詩曰：

年運而氣剛，不刓其方。仕蹇而心亨，不汙其清。有韞不發，以文自揭。老萊之婦，能誎其夫。之死靡他，詩禮其孤。龍門之丘，在漢嚴道。從先人居，式追其孝。

宋黄文節公全集·正集卷第三十二

墓誌銘

1 南園遁翁廖君墓誌銘

庭堅以罪放黔中三年，又避親嫌遷置於戎州。未至而訪其士大夫之賢者，有告者曰：「王默復之、廖及成叟其人也。」問復之之賢，曰：「復之學問文章，爲後進師表，褒善貶惡，人畏愛之，激濁揚清，常傾一坐，鄉人之爲不善者必悔曰：豈可使復之聞之？」問成叟之賢，曰：「事父母孝敬，有古人所難。邃於經術，善以所長開導人子弟，以爲師保。能以財發其義，四方之遊士以爲依歸。」竊自喜曰：「雖投棄裔土，而得兩賢與之游，可無恨。」至戎州而訪之，則二士皆捐館舍矣，未嘗不太息也。會成叟之子鐸，以進士王全狀其先人言行來乞銘，遂敍而銘之。敍曰：維廖氏得姓于周，至唐乃有顯者。唐末有仕於犍爲，不能歸，留爲蜀人，至遁翁五世矣。大父君諱翰，辭不受父祖田宅，以業其兄，而自治生，因爲戎州著姓。生二子，曰璆、曰琮。璆有文行而不得仕，琮以奉議郎致仕，恩遷承議郎，累贈翰至宣德郎。璆有子曰及，是謂遯翁。遯翁天資魁梧，性重遲，不兒戲。長而刻意問學，治《春秋》三傳，於聖人之意，有所發明，不以世不尚而奪其業。元祐初，乃舉進士，至禮部，有司罷之，而不愠也。居父喪，卒哭而哀不衰，猶有思慕之色。奉其母夫人，温凊定省，能用曲禮，使其親安焉。士有負公租將就杖者，遯翁持金至庭曰：「願以此輸逋錢，免廢一士。」有司義而從之。土俗病者必殺牛，祭非其鬼。遯翁嘗病，親黨皆請從俗禱焉，遯翁曰：「不愧於天，吾病將已。天且劓之，於禱何益？」里中嘗薦士應經明行修詔者，上下皆以爲可，遯翁獨不可。既而不果薦，識者以爲然。年四十，遂築南園，曰：「吾期終於此，遯於人而全於天，不亦可乎！」則自號「南園遯翁」。幽居獨樂，非其所好，姻家鄰室不覿也。如是數年，年四十有五而卒。復之哭之曰：「天奪我成叟，吾衰矣！」娶河内于氏，生三男二女。男則鐸，次構，次桐。長女適進士李武，次在室。鐸以元符元年十有一月壬申葬遯翁於僰道縣之錦屏山。於是母夫人年七十三，除喪而哭之哀，曰：「諸子孫事我，豈不夙夜。亡者之能養，不可得已。」嗚呼，可謂孝子矣！銘曰：

嗚呼遯翁，遯於人，乃其不逢；全於天，乃其不窮。初若泛也，考於仁而同；中若隘也，考於義而通。卒而不病，於孝藹然，有古人之風。

2　瀘南詩老史君墓誌銘〔一〕元符二年正月

維史氏遠有世序，自唐尚書吏部侍郎嚴從僖宗入蜀，生德言，爲山南東道觀察支使〔二〕，因不能歸，占籍於眉山。生光庭，孟氏時試大理評事、知應靈縣。應靈生著明〔三〕，嘉州軍事推官。嘉州生溥，見蜀之亂，遂不出仕，號「江陽隱君」。江陽生回，能詩，自號「知非子」。知非生宗簡，名能知人，善料事，自號「天和子」。天和子實生詩老。詩老諱扶，字翊正。少則篤學能詩，紹知非之業。以貧，干試於眉州，又干試於開封府，皆見絀。乃游瀘州，杜門讀書，士大夫之子弟多委束脩于門，遂老於瀘州。妻子或謁不足〔四〕，君熙然曰：「會當有足時。」自守挺然，不妄取與。有挾勢利而求交者，雖鄰不覿也。其見刺史縣令，鞠躬如也，未嘗有私謁。既晚莫，不及仕進。閑居，無一日廢書，尤刻意于詩。登臨樽酒，率嘗吐佳句，壓其坐人，故士君子推之曰「詩老」云。夫人楊氏，生二子：鋭、鎮。一女，嫁進士王庸。繼室杜氏，生四子：鑄、銅、鎬、銓〔五〕。君卒以紹聖三年四月某甲子，享年若干。葬以元符二年正月癸亥，其兆在瀘川之上〔六〕、白艻之原。自天和而上，皆葬眉山，而葬瀘川自君始。鎮有文行，瀘川學者宗之。竭力大事，而來請銘，遂銘之。銘曰：

人皆汲汲，仰掇俯拾。商財計級，脅肩求入。君獨徐徐，書耕筆鋤。我躬則臞，我心則腴。緼袍後禿，藜藿不肉。哦詩滿屋，金革匏竹。瀘川洋洋，樅栝其岡。勒銘詔藏，尚其嗣之昌。

〔一〕《書畫題跋記》卷四題作《宋故瀘南詩老史翊正墓誌銘》。

〔二〕支：原作「吏」，據叢刊本改。

〔三〕生：原作「至」，據叢刊本改。

〔四〕謁：原作「褐」，據叢刊本改。

〔五〕銅：《書畫題跋記》作「鋼」。

〔六〕瀘川：原作「瀘州」，據叢刊本改。下同。

3 黄龍心禪師塔銘

師諱祖心，黄龍惠南禪師之嫡子。見性諦當，入道穩實，深入南公之室。許以法器，爲之道地，雲峰文悦發之。脱略窠臼，游戲三昧，翠巖可真與之。住持黄龍山十有二年，退居菴頭二十餘年。元符三年十一月十六日中夜而没，葬骨石於南公塔之東。住世七十有六年，坐五十有五夏。賜紫衣，親賢徐王之請也。號寶覺大師，駙馬都尉王詵之請也。

初，南雄州始興縣鄔氏子爲儒生有聲〔一〕，年十九而目盲。父母許以出家，忽復見物。乃往依龍山寺僧惠全，全名之曰祖心云。明年，與試經業，師獨獻所業詩，試官奇之，遂以合格。聞雖在僧次，常勤俗學，衆中推其多能。久之，繼住受業寺，不奉戒律，且逢横逆，乃棄去，來入叢林。初謁雲峰，雲峰孤硬難入。見師，慰誨接納，師乃決志歸依朝夕。三載，終不契機，告悦將去，悦曰：「必往依黄蘗南禪師。」師居黄蘗四年，雖深信此事，而不大發明，又辭而上雲峰。會悦謝世，於是就止石霜，無所參決。因閲《傳鐙》，至「僧問：『如何是多福？一叢竹多福？』曰：『一莖兩莖斜。』僧云：『不會多福。』曰：『三莖四莖曲。』」此時頓覺親見二師。歸禮黄蘗，方展坐具，南公曰：「汝入吾室矣。」師亦踴躍自喜，即應曰：「大事本來如是，和尚何用教人看話下語，百計搜尋。」南公曰：「若不令汝如此，究尋到無用心處，自見自了，吾則埋没汝也。」師從容游泳，陸沈於衆，時往諮決雲門語句。南公曰：「知是般事便休，安用許多工夫。」師曰：「不然。但有纖介疑在，不到無學，如何得七縱八横，天迴地轉？」南公肯之。已而往謁翠巖，翠巖貶剥諸方，諸方號爲「真點胸」，見師即云：「禪客從黄蘗師兄處來，未見有地頭。者箇嶺男子卻有地頭〔三〕，汝能久住，吾亦不孤負汝師。」依止二年，翠巖没後，乃歸黄蘗。南公分坐，令接後來。及南公遷住黄龍，師往就泐潭曉月講學，蓋月能以一切文字入禪悦之味。同列或指笑師「下喬木，入幽谷」者，師聞之曰：「彼以有得之得護前遮後，我以無學之學朝宗百川。」中以小疾，求醫章江院。轉運判官夏倚公立雅意禪宗，見楊傑次公，而問黄龍之道，恨未即見。次公曰：「有心首座在章江，公能自屈，不待見南也。」公立聞之，亟至章江，見師在僧堂後持經，問曰：「非心公耶？」對曰：「是。」揖坐而嘆曰：「達摩一宗將掃地矣！」因劇談道妙。至會萬物爲自己，及情與無情共一體，有犬卧香案下，師以壓尺擊香案曰：「犬有情即去，香案無情自住。情與無情，如何得成一體？」公立不能答。師曰：「才入思惟，便成髖法，何曾會物爲己？」公立於是參叩鄭重。南公入滅，僧俗請師繼坐道場，化俗談真，重規疊矩，四方歸仰，初不減南公時。然師雅尚真率，不樂從事於務，五求解去，乃得謝事閑居，而學者益親。謝景温師直守潭州，虚大潙以致師，三辭不往，又屬江西轉運判官彭汝礪器資起師。器資請所以不應長沙之意，師曰：「願見謝公，不願領大潙也。馬祖、百丈以前無住持事，道義相求於空閑寂寞之濱而已。其後雖有住持，王臣尊禮，謂之人天師。今則不然，掛名官府，如有户籍之民，直遣五百追呼之耳，此豈可復爲也？」器資以此言反命，師直由是致書，願得一見，不敢以住持相屈。師遂至長沙。蓋於四方公卿意，合則千里應之，不合則數舍亦不往。其於接納，潔己以進，無不攝受；容有匪人，不保其往。至於本色道人，參承諮決，鑪鞴鉗椎，厥功妙密，故其所得法子冠映四海。雖博通内外，而指人甚要，雖直以見性爲宗，而隨方啓迪。故摭内外書之要指，徵詰開示，使人因所服習，克己自觀，悟則同歸，歸則無教。諸方訾師不當以外書糅佛說，師曰：「若不見性，則佛祖密語盡成外書；若見性，則魔說狐禪皆爲道語〔三〕。」南公道貌德威，極難親附，雖老於叢林者，見之汗下。師之造前，意甚閑暇，終日笑語，師資相忘。四十年間，士大夫聞其風而開發者甚衆。惟其善巧無方，普慈不間〔四〕，人未見之，或生慢疑謗，承顔接辭，無不服膺。庭堅夙承記莂〔五〕，堪任大法，道眼未圓，而來瞻窣堵，實深安仰之歎。乃勒堅珉，敬頌遺美。其詳則見於師之嫡子惟清禪師所譔行狀。銘曰：

鹿野孤園，衆千二百。空寂而住，時至乞食。法王啓齒，三界爲家。皆是吾子，實無等差。宴坐經行，無資生罅〔六〕。病而須乳，侍者行乞。溈潭百丈，住成法席。國不入禪，禪不入國。末法住持，以食爲宗。王官作牧，驅羊西東。師嘗一出，歲行十二。鐘魚轟轟，如垢不瀆。脱梏以往，娑婆林丘。龍蛇混居，雷藏電收。抱道在旁〔七〕，不誰不汝。及其震驚，萬物時雨。師之於道，曰行太空。譽日之明，勞而少功。

〔一〕鄔氏：叢刊本原校：「一作鄒氏。」

〔二〕男：叢刊本作「南」。

〔三〕道：叢刊本作「密」。

〔四〕間：叢刊本作「簡」。

〔五〕夙承記莂：原校：「一作嘗承夙記。」

〔六〕罅：叢刊本作「物」。

〔七〕勞：原作「勞」，據叢刊本改。

4 福昌信禪師塔銘

禪師名知信，出於福州閩縣蕭氏。蕭氏以捕魚爲生，師幼則根慧，觸事疏通，無憂恚疑懼，撫會而言，或非里中語。隨父兄在江濱，輒從網中棄所得魚。久之，父兄爲易業。年十三，乞身於親，去家爲釋子，奉持頭陀甚苦。山行，夜逢虎，師祝之曰：「使我得披如來衣，作世間眼者，當不害我。」虎因背去。年二十有六，乃誦經應格，得僧服。平居與衆勞侣共一手作，衆作少休，師則問道，常有大禪老記師當爲法幢。蓋所游非一師，最後入夾山遵之室。遵，雲門偃之曾孫，含光匿跡，如愚似鄙，惟叢林中行甚深，智者可知耳。師之入室，不陟階漸，如石投水，如箭鋒相直，如印印泥。其深禪妙句，自有録。余嘗書其後云：「維福昌信老，峭立萬仞壁，於夾山影中印全提般若者也。」師之接人，不爲驚濤險崖，關鎖閉距。然非相應者，終不得其門而入。今其書具在，可考而知也。在夾山任值歲典座餘十年，藝杉松滿山，水陸不耕者皆爲田。住福昌寺二十一年，其初草衣木食，寢飯破屋數間，於今廣厦，不知寒暑，齋供數百人。師隨事莊嚴不懈如一日，或勸師：「安用苦色身以狥事緣？宴居養道可矣。」師曰：「一切聖賢，出生入死，成就無邊，衆生行願，不滿不名，滿足菩提。」師之密行，不愧斯言云。元祐三年閏十二月己酉，不升堂。庚戌，湯浴更衣。辛亥卧疾，問曰：「早晚？」曰：「正午矣。」起坐而逝。閱世五十九，夏坐三十三。以其月庚申，道俗門人數百，葬師於福昌善禪師塔之左。江陵居士劉瓘以狀來請曰：「禪師道眼清浄，戒地堅密，願得石文，以告來者。」則爲銘曰：

巍巍堂堂，首出萬物。泯泯默默，與衆作息。誰其信之，我有密跡。具此眼者，百世同轍。稱性之印，印空成文。林泉市廛，有子有孫。大行所薰，骨亦不朽。出見世間，千萬年後。

5 圜明大師塔銘

大師號無演，出於天彭張氏。幼童英烈，不甘處俗。年十五，棄家事承天院寶梵大師昭符，符記之曰：「此子他日法中龍象也。」年二十，以誦經落髮，受《首楞嚴經》於繼舒；舒没，卒業於惟鳳文昭。受《圓覺經》《肇論》於省身，受《華嚴法界觀》《起信論》於曉顔，受《唯識》《百法論》於延慶。凡此諸師，皆聲名籍籍，師必妙得其家風然後已。又從諸儒講學，於書無所不觀，於文無所不能，至於曲藝，學則無所不妙解。清獻趙公始請師登法席，師於《楞嚴》了義，指掌極談，席下道俗，如飲醇酒，無不心醉，如肉貫串，處處同其義味。蓋於此一經，心融形釋，出入内外篇籍，風行電擊，無不如意。又嘗問道於禪師惟迪、惟勝，師默然心許曰：「此自在吾術内矣。」又作大悲觀世音化相，宇以崇閣，極天下之絢工珍材，二十餘年乃成，人以爲莊嚴之冠，不知師之游戲也。中年喜葛洪《内篇》，延異人譎士，將以丹石伏物，皆爲黄金。或取其金而畔去，師不悔不怒，他日遇之，禮之如初，此可以觀其德性也。寶梵既没，二親又耄期去世，乃謀南游，曰：「吾聞南方大士，有若祖心，有若克文，有若善本，皆命世亞聖大人也，不可不行觀道焉。」元符三年五月，道出戎州，始識之。卓乎偉哉，其非凡器也！是歲四月甲辰，憩渝州覺林禪院，不疾而逝化。僧臘三十有七。其法子曰圜、曰雨、曰觀、曰鐙、曰印、曰本、曰顗，以其年十月丙午，奉師遺骨，藏於寶梵師塔之西，而來乞銘。銘曰：

蜕蟬于東，歸骨于西。皆我法界，不憾不疑。諸子矯矯，不尚有造，其能似之。

6 法安大師塔銘

禪師號法安，出於臨川許氏。幼謝父母，師事承天長老慕閑。年二十誦經，通授僧服，則無守家傳鉢之心，求師問道，不見山川寒暑。初依止雪竇重顯。顯没，則依天衣義懷。雖蒙天衣印可，猶栖法席數年，同參皆推上之。法雲禪師法秀尤與之友善，以經論入微爲同業，參玄入不二爲同門故也。辭天衣，又探賾鉤深，靡不經歷。年三十有七，歸在臨川。初受請住黄山之如意院，破屋壞垣，無以蔽風雨。師住十年，大厦崇成，僧至如歸。乃謝去，下江漢，杭二浙，上天台、四明，泝淮、汶而還〔一〕。所至接物利生，未嘗失言，亦未嘗失人。白首懷道，蕭然無侣。倚杖於南昌上藍，又受請住武寧延恩寺〔二〕。延恩父子傳器，貧不能守之，初以爲十方。始至，草屋數楹，敗牀不簀，師處之超然。縣尹裴士章欲糾合豪右，爲師一新之。師曰：「檀法本以度人，今不發心而强之，是名作業，不名佛事。」裴以師苦白，因止不爲，師亦住十年。凡安衆之地，冬燠而夏涼，鍾魚而粥，鍾魚而飯，來者息焉。以元豐甲子歲七月，命弟子取方丈文書，勿復料簡，商略爲聚，如共住僧，數人與其一，則示微疾。其八月辛未終于寢室，閲世六十有一年，坐四十有一夏。弟子普觀營塔于後山，距寺百步。師平凡常謂人曰：「萬事隨緣，是安樂法。」師之居延恩，人視之，不堪其憂。於是法雲秀常有衆千數百，説法如雲雨，所居世界莊嚴，其威光可以爲兄弟接羽翼而天飛也。以書招師云云，師發書，一笑而已。予舊聞禪師爲有道而陸沈者，每歎息其無傳，晚得友道人惟清，清之言曰：「我初發心，實在延恩。安公告戒策勵，如父母師友，中心以謂凡住山者，法如是爾。及游諸方，罕遇如安公者，以是提耳之誨，不忘于心。若安公名稱利養，實不能與天下衲師争衡，然此自不滿安公之一笑。公可作石，置安公道場，使來者知住山規矩當如是。」于是追跡行李，總其化緣起滅如此，而繫之以詞。詞曰：

三際十方，心田一契。威音以來，諸佛所印。其中種子，皆本來法。東西相付，唯證乃知。證得祖契，如是而住。爲萬物主，是故無諍。若有造作，無印之契。妄認界畔，如空如海。維此契心，有無根樹。問其所在，則伏冒佃。由初不知，自本自根。懷藏僞契，算其丘角。一九非九，謂傳密記。目盲爲幻，醫窮子眼。披如來衣，作大妄語。見地不真〔三〕，與萬物訟。見境峥嶸，故多諍論。土牛耕石，終不得稻。堂堂安公，是大田主。絶學無爲，終日修行。出入生死，無作無造。法住法位，無有争地。布慈悲雲，雨一味法。飛蝗蔽天，赤旱千里。而我境界，萬物有年。鑿井耕田，不荷帝力。安公法爾，一切亦爾。安公道場，來者敬禮。

〔一〕泝：原作「沂」，據叢刊本改。

〔二〕受請：原缺，據叢刊本補。

〔三〕真：叢刊本作「直」。

7 智悟大師塔銘

聖壽禪院僧明教大師慧表、寶月大師慧雲，狀其師懷謹行業始終，來乞銘。予聞謹游王公戚里四十年，委金帛如山，未嘗留一錢褚中。度門人百八十有二，禮其勤舊，而教養其罷不能〔一〕，内外無間言。其趣操類賢士大夫，是宜銘，故敘而銘之。謹，賈姓，開封民家，母劉氏方娠，夢旛干出青囊中，占曰：「干出于囊，萬夫之望。兒不爲家人子，去家而有光。」及謹生，而骨相與閭里兒異。九歲，依普明道者歸恭出家。經梵禪律，無所不學。落髮而左右普明，於緣事盡心力，不受一毫。普明没，即以謹知院事。謹於經行輒作佛事，皆赫赫成就。治平中，普明所作僧伽浮圖壞，謹力新之。至于躬土木之功，未嘗過人之門，聞者傾施，其半縣官佐之〔二〕，閲二歲而崇成。繚以周廊複屋，十倍其初，費萬萬計。於是詔廢印經院，以經板十六萬畀謹刻印，賜之。凡謹賜服號名及他錫予，皆以行業聞，不録録因人也。僧夏五十有九，住持二十有八年，如出一日。生以大中祥符辛亥九月丁酉，没以元豐乙丑十月戊寅，而葬以其十一月庚申，其浮圖在祥符縣樊村之崇臺云。表有謀略，處煩而知務。雲佐謹，夙有力。謹没，衆皆推院事，莫敢承，曰：「非表則雲。」而表與雲又孫辟相先，以是益知謹之賢。銘曰：

維智悟，祥於天。爲法器，不家傳。謝斯文，以游刃。維德機，與事會。勞而不伐，丘山其成之。不伆其有，稛載而歸之。以躬爲律，杖履其信之。孔欣孔時，乖寡者順之。以彼易此，士夫或吝之。有似有績，我銘以洵之。

〔二〕教：原作「敬」，據叢刊本改。

〔三〕佐：原作「住」，原校「宜作佐」。據叢刊本改。

8 非熊墓銘

非熊，豫章黄氏，仲熊其名，非熊其字也。先大夫之幼子。以至和歲乙未、月乙酉、日丙申、時辛卯，生於臨菑。先大夫以歲月日時參伍以曆象，爲吉祥，以爲門户所寄。兒時黟黑腯肥，甚可念。先大夫捐館舍於康州，非熊方四歲。爲其幼孤，太夫人不忍以嚴治之，故非熊知學最晚。然性資豪舉，落筆成文，不肯爲人下。於儒生藝事，無所不學，雖不造微，要皆略能也。家貧，嫁四女弟，以故兄弟例婚晚。伯氏元明賣大夫時田，爲非熊娶舒城趙氏。婚禮成而非熊不説，竟棄去。由是頗浮沈於酒中，亦自恃其命，曰：「我生，日在申〔一〕，辰在卯，歲庚午，天地合，我終富貴得意婚大家。」於是自强，屏酒不游，刻苦琢磨，欲以怪奇鉤致禄仕。久之，宗室汝州防禦使仲爰聞其家世，欲以女予之，而非熊不幸病死矣，得年三十有六。有銜不祛，此日者誤之也。嗚呼！非熊欲仕而不偶，難婚而無後。孤先大夫之心，予兄弟執其咎。無所歸怨，維其不壽。

〔一〕申：原作「甲」，據叢刊本改。下同。

墓碣

9 叔父和叔墓碣

黄氏自婺州來者諱贍〔一〕，以策干江南李氏不用，用爲著作佐郎、知分寧縣。分寧，吴楚地犬牙相入處也。著作爲縣，使兩地民不得相侵陵，水旱相移食，故湖南馬氏亦授以兵馬副使，將楚兵者二十年。其後吴楚政益衰，著作乃去官，游湖湘間。久之，念山川重深，可以辟世，無若分寧者，遂將家居焉，而葬於白土。著作生元吉，豪傑士也，買田聚書，長雄一縣，始宅於修溪之上，而葬於馬鞍山。馬鞍君生中理，贈光禄卿。光禄始築書館於櫻桃洞、芝臺，兩館游士來學者常數十百人，故諸子多以學問文章知名，黄氏於斯爲盛，而葬於雙井。光禄生茂宗，字昌裔。昌裔高材篤行，爲書館游士之師，子弟文學淵源，皆出於昌裔。祥符中，國學試進士以《木鐸賦》，有司以王交爲第一，而黜昌裔。昌裔抱屈歸次尉氏，遇翰林學士胥公偃，見昌裔賦，大驚，與俱還，以昌裔賦示考試官曰：「使舉子能爲此賦，何以處之？」皆曰：「王交不得爲第一矣。」胥則以實告，諸公相顧，絶歎考校時實不見。因懷賦上殿，有詔特收試。及試禮部，參知政事趙公安仁、翰林學士劉公筠，擢昌裔在十人中登科，授崇信軍節度判官。已而流落不耦〔二〕，卒餘杭，而葬於雲巖潭上。崇信生育，是爲和叔。和叔爲兒童時，伯氏長善將諸兒出遨，天驟雨，長善問諸兒：「日在而雨落，翁與媪相撲，此何等語？」和叔率爾對曰：「陰陽不諧耳。」長善大喜，因命策和叔馬先諸兒。和叔博記覽，爲文辭立成；性真率，論事無所迴避；稱奬子弟文行，如出於己。嘗試於有司，不和，因不復出。力田治生，守先人之業獨至今。其平居田間，亦未嘗廢書，雖不光顯，能世家矣。享年五十有一，有文集若干卷。娶游氏，子男四人：曰公麟、曰公虞、曰公驥，皆爲進士；曰仲愈，早卒。女二人，適建昌録事參軍余宏、進士夏鬲。和叔卒於熙寧二年八月，而葬以其十二月，兆於修水之原〔三〕。元祐八年十二月，諸子乃克礱石碣於墓上。庭堅實泣，敘始終而爲碣，係之以詩。詩曰：

家有藏書，使人多聞。先人之澤，束手不温。嗚呼和叔，白首方册。泉涌於筆，不疚於吃。萬金之産，一子傾之。前無以扃之，後無以承之。嗚呼和叔，司田以迹。我耜我穡，以燕孫息。修水甂沄，源若甕口。達於江漢，不閉其久。嗚呼和叔，松櫝在亹。澤爾本根，茂於子孫。

〔一〕 贍：叢刊本作「瞻」。

〔二〕 已而：原缺，據叢刊本補。

〔三〕 修水：叢刊本作「修口」。

10 蒲仲輿墓碣〔一〕

府君諱遠猶，字仲輿，本河中寶鼎人。在唐爲仕家，從僖宗幸蜀而失其官，遂爲成都民。故曾大父勳、大父裕、父亮，皆老於田。府君少而能賦，與女弟幼芝俱有聲於劍南。幼芝嫁成都張俞，學問文章，與其夫抗衡。而府君亦登慶曆六年進士第。中州士大夫聞蒲君與女弟並時有文，以比前世班固、馬融，翕然稱慕之。府君詞賦甚嚴，學《詩》《易》《太玄》，皆從蜀之大儒，講授有師法。命奇不耦，爲綿竹尉。移集州、梓州司理，繼丁内艱，皆不行。服除，久之不出，益自刻苦於文學，不以不逢故懟，而沈浮田里間也，父老期以遠大。後數年，乃勸之就調河南尉，薦爲臨晉令，移閿清令。病緩不能拜，移疾去，而沈舟於長風沙，幾死。旅次齊安、蘄春，蓋二十餘年。有田不能百石，遂以耋老，亦可以知其寡求而易足也。有文十帙，藏於家。生於大中祥符之辛亥歲，没以元祐之壬申年。夫人張氏，尚書駕部郎中和之之女，前府君三年卒，葬蘄春南之瀆山下。二男，曰穆、曰稷。二女，嫁眉山陳綱、河南王蒙亨。前一歲，自爲石誌曰：「人謂我不逢，我豈不自知。生不病寒餓，年踰八十，亦乾坤中一幸民矣。死則以兹石埋我。」穆等既奉治命，以明年正月二十八日，舉府君之柩，合於張夫人之丘。又乞文於其友黄庭堅，碣於墓次，俾來世勿翦其松柏焉。

〔一〕仲輿：原作「仲興」，據叢刊本改。下同。

11　宋粹父墓碣

宋粹父没後二十有四年，其子澤乃克葬於葉，吾友陳祐純益實爲之銘。澤與其黨謀曰：「先人中明而表晦，既得陳先生銘諸幽，又得吾舅氏文碣於墓，其可以無悔。」乃來乞文。謹按，宋氏，管城人。有諱白者，爲翰林學士承旨、吏部尚書、贈太尉、謚文安公者，君之曾大父也，以文章顯於時。其後儒學稍衰。至君，天資樸茂，蚤失皇考虞部君，居喪治葬，故有成人之風。人曰：「文安其有後乎！」安貧養母，不治生業，篤於詩書，或顛倒冠裳，而性淡然於流俗，而追古人。與之游，或見笑於閭巷，而長者稱之。伯父光禄君欲仕以官，君不受，而推其兄琬。已而舉鄭州進士第一，享年三十一，不及仕而卒。夫人管城張氏，生一男子澤也。張夫人與余，皆户部尚書李公擇之甥，故澤謂余舅也。余少與龍城王達夫該、海昏洪德父民師、李安詩攄及粹父游，皆外兄弟也。其人皆有操行藝文，於余有切磋之益，今皆棄余而死矣。而余白首落蠻夷中，衰棄不復能文，喜澤之能持門户，爲宋氏，故與碣文。君諱班，粹父字也。其文曰：

猗嗟宋子，柔而不廢，重而不忮。不規其細，不瘝其義。惟其閑閑，是其桓桓。閑閑可及也，猶有覬焉；桓桓不可及也，予不疚焉。

12 徐長孺墓碣

徐長孺，姑蘇孝友文學之士也。幼少刻苦讀書，多見博聞，不肯下首作當時進士語，故數不利於有司。乃刻意作詩，得張籍句法。娶江南高士劉涣凝之之女，亦有賢行。熙寧初，與夫人歸寧於南康，不幸病卒於婦氏，年四十矣。有兒曰武，才數歲。劉夫人念兒幼未可歸，乃旅殯於南康之僧舍。後十五年，武始能扶其柩歸於六合。是時君母彭城太君劉氏春秋高，莫敢議窀穸事。崇寧二年，彭城既合葬於金紫之塋，劉夫人及武乃亦葬君其縣之馬鞍山。君諱彦伯，長孺字也。父諱執中，尚書屯田郎中，以季子户部侍郎彦孚，贈金紫光禄大夫。金紫初室龍圖閣直學士鄭公向之女，繼室尚書職方郎中劉公立言之女。長孺鄭出也，户部劉出也。使武能立長孺門户以葬祭者，皆户部之志也。於是武以户部任爲永州司法參軍。武有二子，曰望、曰説，孩童而機敏。劉夫人耆老康强，乃謀曰：「汝先人不可以不銘。」故使來乞銘而碣諸墓，則敘而銘之。謹按，徐氏初非姑蘇人，唐末避亂，去彭門而家於揚州之六合者，既數世矣，而金紫遷姑蘇；雖田宅在姑蘇，猶反葬於六合云。銘曰：

生故之艱，不可忍言。無禄無年，有銜下泉。其子其孫，尚迪有造。刻詩墓門，俾來有考。

13　章明揚墓碣

章君庭，字明揚，分寧縣之石覗人。石覗與余所居雙井阻一溪。余在雙井，明揚略無三日不來，來則詶嘑劇飲〔一〕，夜醉，驅馬涉溪而歸，未嘗見其有憂色也。余家有急難，明揚未嘗不竭蹷而趨事，且笑且飲〔二〕，而事皆辦。鄉有鬬者，明揚必揚臂於其間，排難解紛，使皆意滿，謝不直而去。余嘗與鄉長者評其人，似長安大俠、高陽酒徒。顧天下安平，詼詭譎怪之士虚老田野，亦無足怪也。元符之元夏六月，明揚之子如壎，以書走戎州，來告明揚死矣。且曰：「將死，謂如壎：『以余之死，累黄魯直。』」余爲之出涕，而爲文碣其墓。其文曰：

鄙夫舌反，平地蹇嵯〔三〕，明揚坦坦。鄙夫嗟咨，戚老羞卑，明揚熙熙。鄙夫乾没，刮利次骨，明揚安拙。鄙夫在堂，校短量長，明揚一觴。醉不憒亂，簡不廢弛。稽古不售，教子雪恥。四十蓋棺，人謂之短，吾謂之長。彼耆耋老，人謂之壽，吾謂之殤。夫人某氏，羞其萍藻，如壎如篪，尚克有造。石靚之峨，松竹造天。卜宫其泂〔四〕，何千萬年。

〔一〕 詘：原作「器」，據叢刊本改。

〔二〕 笑：原缺，據叢刊本補。

〔三〕 嵯：原作「崖」，據叢刊本改。

〔四〕 「泂」下原衍一「泂」字，據叢刊本删。

宋黄文節公全集·外集卷第一

詩

五言古

1 溪上吟 並序　嘉祐五年時公年十六

春山鳥啼，新雨天霽。汀草怒長，竹篠交陰。黄子觀漁於塘下，尋春於小桃源，從以溪童、稚子、畦丁三四輩。茶鼎酒瓢，淵明詩編，雖不命戒，未嘗不取諸左右。臨滄波，拂白石，詠淵明詩數篇，清風爲我吹衣，好鳥爲我勸飲。當其漻然無所拘係，而依依規矩準繩之間，自有佳處。乃知白蓮社中人，不達淵明詩意者多矣。過酒肆則飲，亦無量也，然未始甚醉。蓋其所寓與畢卓、劉伶輩同，而自謂所得與二子異，人亦殊不能知之也。酒酣，得紙書之，爲《溪上吟》。

短生無長期，聊暇日婆娑。出門望高丘，拱木漫春蘿。試爲省鬼録，不飲死者多。安能如南山，千歲保不磨。在世崇名節，飄如赴燭蛾。及汝知悔時，萬事蓬一窠。青青陵陂麥，妍暖亦已花〔一〕。長煙淡平川，輕風不爲波。無人按律吕，好鳥自和歌。杖藜山中歸，牛羊在坡陀。本自無廊廟，政爾樂澗阿。念昔揚子雲，刻意師孟軻。狂夫移九鼎，深巷考四科。亦有好事人，時能載酒過。無疑舉爾酒，定知我爲何。

〔一〕已花：四庫本作「嫆婴」。

2 次韻時進叔二十六韻 熙寧四年葉縣作

時子河上園，竹間開棟宇。大兒勝衣冠，小兒豐頰輔。嫁女與朱公，伏臘可稱舉。髮疏雖蒼浪，齒嚼未齟齬。舍後曲池蛙，齋堂風月苦。四牆規摹小，易守若滕莒。舍前花木深，春物麗觀睹。雞棲牛羊下，各自有室處。此豈不足歟，歎歲不我與。客宦孤雲耳，未知秦吴楚。向來千駟公，果愧一丘土。寧當損軒昂，聊欲效俯傴。時子忻然笑，吾已癟倉鼠。少猶守章句，晚實愛農圃。鵲巢最知風，蟻穴識陰雨。世網事諳委，醉鄉俗淳古。坐忘兩家説，肉堅與腸腐。酒至即使傾，客來敢辭窶。時邀五柳陶，共過三徑詡。往在少年場，豪氣壓潁汝。借令今尚爾，真復難共語。稍知憐麴蘖，漸解等灖漜〔一〕。朋友半山阿，光陰共行旅。人故義當親，衣故義當補。飛鳬王令尹，期我向君所。君爲拂眠牀，淹留莫城阻。

〔二〕《外集詩注》載山谷自注：「水自河出爲灘，自濟出爲澭。」

3 招子高二十二韻兼簡常甫世弼 熙寧四年北京作

我行向厭次，夏扇日在搖。甘瓜未除壟，高柳尚鳴蜩。駕言聊攝歸，飛霜曉封條。負薪泣裘褐，公子御狐貂。歲月坐晼晚，鬢顏颯然凋。道德千古事，斯文非一朝。往者我不及，後生多見超。吾黨二三子，士林聳孤標。小謝抱周易，忘言獨參寥。崔郎楚左史，二典考舜堯。王生風雅學，談辯秋江潮。洒筆驚有司，小敵謂可驕。安知樗蒲局，臨關敗三梟。三生數步隔，屢赴茗椀邀。小謝殊未來，我覺百里遥。問之憂菽水，心慮極無聊。父憐母不訶，日以濁酒澆。此道如鼎實，念子羹未調。古來有親養，回也樂一瓢。不由鶉生宊，在物乃爲祅。吾言有師承，可信如斗杓。詩以解子憂，亦用當子招。

4 林爲之送筆戲贈 元豐三年北京作

閻生作三副，規摹宣城葛。外貌雖銑澤，毫心或麤糲。工將希栗尾〔一〕，拙迺成棗核。李慶縛散卓，含墨能不洩。病在惜白毫，往往半巧拙。小字亦周旋，大字難曲折。時時一毛亂，迺似逆梳髮。張鼎徒有表，徐偃元無骨。模畫記姓名，亦可應倉卒。爲之街南居，時通鈴下謁。晴軒坐風涼，怪我把枯筆。開囊撲蠹魚，遣奴送一束。洗硯磨松煤，揮灑至日沒。蚤年學屠龍，適用固疏闊。廣文困虀鹽，烹茶對秋月。略無人問字，況有客投轄。文章寄呻吟，講授費頰舌。閒無用心處，雌黃到筆墨。時不與人遊〔二〕，孔子尚愛日。作詩當鳴鼓，聊自攻短闕。

〔一〕工：《外集詩注》作「功」，四庫本作「巧」。

〔二〕遊：四庫本作「逝」。

5 再和答爲之 題中時地同前者俱不復注，後諸詩倣此。

君勿嘲廣文，沍寒被絺葛。君勿嘲廣文，窮年飯粢糲。常恐俎豆予，與世充肴核。凡木不願材，大折小枝洩。櫟依曲轅社，聊用神其拙。吾家本江南，一丘藏曲折。瀕溪蔭蒼筤，瀟灑可散髮。既無使鬼錢，又無封侯骨。薄禄庇閒曹，且免受逼卒。爲此懶出門，徒敝懷中謁。直齋賓客退，風物供落筆。詩成著牀頭，不知今幾束。君何向予勤，見詩歎埋沒。嗣宗須酒澆，未信胸懷闊。自狀一片心，碧潭浸寒月。令德感來教，爲君賦車轄。君思揚雄吒〔一〕，何似張儀舌。此意恐大狂，願爲引繩墨。政使此道非，改過從今日。報章望瓊琚，勿使音塵闕。

〔一〕吒：《外集詩注》校：「當爲吃。」

6 再和答爲之

林君維閩英，數面成瓜葛。鄰居接杖藜，過飯厭疏糲。讀書飽工夫，論事極精核。奮身君子場，勇若怒未洩。窮年棲旅巢，由命非由拙。王良驅八駿，方駕度九折。學堂疏雨餘，石砌長苔髮。弟子肥如瓠，先生瘦唯骨〔一〕。北門一都會，塵埃人卒卒。高蓋如秋荷，勢利相奔謁。惟君尚寂寞，來觀草玄筆。斯文未易陳，政當高閣束。金馬事陸沈，市門逐乾没。未須相賢愚，聊自嘲迂闊。憶昨戲贈詩，逌辱報明月。極知推挽意，我車君欲轄。屠龍真狂言〔二〕，奔馬不及舌。賜書盈五車，直舍方一墨。意會便欣然，餘事過窗日。尚恐素餐錢，諸生在城闕。

〔一〕《外集詩注》載山谷自注：「林君在朱氏講授，朱氏兒皆面白豐肥，而林君如刻削。」

〔二〕狂：《外集詩注》作「强」。

7 次韻感春五首 元豐二年北京作

我與子桑友，既往雨彌旬。交情未曾改，天地忽趨新。東風無行迹，佳氣滿城門。麥苗生陂隴，歎息不食陳。誰能裹飯來，定是寂寞人。一曲古流水，試拂絃上塵。古木少生意，輪囷卧河濱。慚愧桃與李，相隨見陽春。

其二

張侯脱朝衣，兒褐多純緑。聞道無米舂，煮木學辟穀。官吏但索錢，詔書哀煢獨。東方長九尺〔一〕，不得侏儒禄。屋中聲鵝雁，日暮攪心曲。窮巷無桃李，緼袍非春服。我吟白駒詩，知君在空谷。

其三

祁寒不可怨，天道自平分。及爾春風來，四肢有餘温。丈夫力如虎，爲人行灌園。椒蘭土瘞蔽，未可怨芳蓀。寒魚守窮轍，蒙煦一沐恩。一朝被湔拂〔二〕，吹毛見瘢痕。

其四

鳥聲春漸長〔三〕，煙雨春薄暮。風光不長妍，如客暫時寓。芸芸物争時，天地有常度。我行睹大河，黄流日東鶩。喟然欲乘桴，莽不見洲渚。張侯但飲酒，無用恨羈旅。十年富貴子〔四〕，今作一丘土。

其五

茶如鷹爪拳，湯作蟹眼煎。時邀草玄客，晴明坐南軒。笑談非世故，獨立萬物先。春風引車馬，隱隱何闐闐。高蓋相摩戛，騎奴争道喧。吾人撫榮觀，宴處自超然。城中百年木，有鵲巢其顛。鳴鳩來相宅〔五〕，日莫更謀遷。

〔一〕長九尺：《外集詩注》作「九尺長」。

〔二〕拂：《外集詩注》作「祓」。

〔三〕澌：原作「清」，據《外集詩注》改。

〔四〕富貴子：原校：「一作尊前客。」

〔五〕鳴鳩：原校：「一作鳲鳩。」四庫本校：「一作維鳩。」

8 聖東將寓于衛行乞食于齊有可憐之色再次韻感春五首贈之〔一〕

温氣冰底歸，忽忽六過旬。園林改柯葉，鳥聲日日新。耕稼百年外，四郊無短闉〔二〕。高丘試顧望〔三〕，俯仰迹已陳。信陵松鬱鬱，不見曩時人。空懷負暄賞，莫望屬車塵〔四〕。腹中書萬卷，阽死溝壑濱〔五〕。投壺與射覆，一笑物皆春。

其二

種萱欲遺憂，叢薄空自緑。洗心日三省，人亦不我穀。誰能書窗下，草玄抱幽獨。白首官不遷，校書漢天禄。身當萬户侯，鼓吹擁部曲。解佩著犀渠，張弓插彫服。何時李將軍，射獵出上谷。

其三

春風鳴布穀，天道似勸分。持饑望路人，誰能顔色温。笑憶枯魚説，詼諧老漆園。湘纍不得禄，哀怨寫荃蓀。千年澗谷松，慚愧雨露恩。思爲萬乘器，願掩斧鑿痕〔六〕。

其四

風雨桃李華，佳人來何暮。安齊果未安，寓衛豈所寓。張侯室縣磬，得酒美無度。常憂腐腸死，須我嫁阿鶩。雙魚傳尺書，何處迷春渚。啼鳥勸不歸，曉鞍逐行旅。遥知登樓興，信美非吾土。

其五

魯公但食粥，百口常憂煎。金張席貴寵，奴隸乘朱軒。丈夫例寒飢〔七〕，萬世無後先。風霾天作惡，雷亦怒闐闐。俄頃花柳静，煙暖谷鳥喧。人事每如此，翻覆不常然。下流多謗議，高位又疾顛。空餘壯士志，不逐四時遷。

〔一〕聖東：《外集詩注》作「聖柬」。

〔二〕闉：原作「門」，據《外集詩注》改。

〔三〕丘試顧：四庫本作「立試遠」。

〔四〕莫：四庫本作「更」。

〔五〕阽：四庫本作「踣」。

〔六〕願：四庫本作「顧」。

〔七〕飢：四庫本作「餓」。

9 謝張泰伯惠黄雀鮓 元豐二年北京作

去家十二年，黄雀慳下筯。笑開張侯盤，湯餅始有助。蜀王煎蒻法，醢以羊彘兔〔一〕。烹麥餅薄於紙，含漿和鹹酢。秋霜落場穀，一一挾繭絮。殘飛蒿艾間〔二〕，入網輒萬數。烹煎宜老稚，罌缶煩愛護。南包解京師，至尊所珍御。玉盤登百十，睥睨輕桂蠹。五侯噦豢豹，見謂美無度。瀕河飯食漿，瓜葅已佳茹。誰言風沙中，鄉味入供具。坐令親饌甘，更使客得與。蒲陰雖窮僻，勉作三年住。願公且安樂，分寄尚能屢。

〔二〕自注：「俗謂亥卯未餛飩。」
〔三〕殘飛：《外集詩注》作「飛飛」。

10 奉答子高見贈十韻

柳徑雨著綿，竹齋風隕籜。屏處人事少，晴餘鳥聲樂。詩卷墮我前，謂從天上落。君有古人風，詩如古人作。簞瓢謝膏粱，翰墨化糟粕。誤蒙東海觀，吾淺迺可酌。真成聞道百，自謂莫己若。謝生石藴玉，志尚本丘壑。雖無首陽粟，飯水亦不惡。跫然何時來，爲我一發藥。

11 春游 元豐二年北京作

終日桃李蹊，春風不相識。同我二三子，承我作意力。把酒忘味著，看花了香寂。晴雲散長空，曠蕩無限隔。身爲蝴蝶夢，本自不漁色。春蟲勸人歸，今我誠是客。歸來翻故紙，書尾見麟獲。文字非我名，聊取二三策。

12 同堯民游靈源廟廖獻臣置酒用馬陵二字賦詩 馬字

靈源廟前木，我昔見拱把。七年身屢到，鬱鬱蔭簷瓦。春風響馬銜，並轡客蕭灑。

更願少尹賢，置酒意傾寫。齋堂有佳處，花柳輕婭姹。蓮塘想舊葉，稻畦識枯苴。開闢撫洪河，黄流極天瀉。憶昔武皇來，繫璧沈白馬。從官親土石，褓負至鰥寡。空餘瓠子詩，哀怨逼騷雅。白圭自聖禹，今誰定真假。晁子發讜言，聖功諒難亞。排河著地中，勢必千里下。移民就寬閑，何地不耕稼。此論似太高，吾亦茫取舍。有器可深川，吾未之學也。

其二 陵字

洪河壯觀遊，太府佳友朋。春色挽我出，東風如引繩。昏昏版築氣，王事始繁興。大隄如連山，小隄如岡陵。增卑更培薄，萬杵何登登。憶昨河失道，平原魚可罾。田萊人未復，瘡大國方懲。忽念耒耜閒，爲民保丘塍。百縣伐薪出，夜半廢曲肱。吾儕愧禄廩，游衍事鞍乘。晁子漢公孫，新去司馬丞。出幹大農部〔一〕，才術見嗟稱。我坐廣文舍，七年讀書鐙。結髮入場屋，肯謂河難憑。爾來觸事短，癡甚霜前蠅。世味極淡薄，不了人愛憎。唯得一卮酒，尚能别淄澠。所以對樽俎，未曾聞斗升。酌我良已多，狂言恐侵陵。暮雲吞落日，歸鳥求其朋復用前韻。冷官僕馬瘦，及門鼓騰騰。

〔一〕大：原作「太」，據《山谷外集詩注》卷六改。

13 奉和王世弼寄上七兄先生用其韻 熙寧八年北京作

宫槐弄黄黄，蓮葉緑婉婉。時同二三友，竹軒涼夏晚。駕言都城南，以望征車返。何知苦淹回，及此秋景短。愁思令人瘦，舉目道路遠。西風脱一葉，薦士聞鄉選。簡書催渡河，賓客不得展。親憂對萱叢，婦病廢巾盥。言趨厭次城，鞭馬倦長阪。棗林蔽天日，交陰不容繖。仰看實離離，憶見花纂纂。異鄉懷節物，不共斟酒盞。舉場下馬入，深鏁嚴籥管。諸生所程書，捃束若稭稈。蜜鐙坐回環，丹硯精料柬。披榛拔芝蘭，斷石收琰琬。紛爭一日事，聲實溷端窾。天球或棄遺，斗筲尚何算。西歸到官舍，塵土昏案板。寒窗穿碧疏〔一〕，潤礎鬧蒼蘚。詩書鵲巢翻，帷幔蛛絲罥。果知兄未來，光陰坐晼晚。昨蒙叔父報，亦歎音書簡。薄言使事重，激切被天遣。逋流一方病，責任媿和扁。咨詢懷靡及，不遑假息偃。嚼冰進糜餐，衝雪踏層巘。嚴霜八月飛，貂狐無餘暖。念嗟叔母劉，窮年寄甥館。尚憐公初黠，誘掖到昭宛。庭堅薄才資，行又出畦町〔二〕。浮雲與世疏，短綆及道淺。匠伯首暫回，大樗終偃蹇。學宫尸廩入，奉養闕豐腆。學徒日新聞，孤陋猶舊典。小材渠困我，持斲問輪扁〔三〕。大材我屈渠，越雞當鵠卵。未能引分去，戀禄幸苟免。平生報一飽，從事極黽勉。豈如不見收〔四〕，放身就閒散。思伯卧江南，無心趣軒冕。龐翁跡頗親，黄蘖門屢款。齋餘佛飯香，茶沸甘露滿。逢人問進退，餘事寄一筦。仲父挾高材，甘爲溝中斷〔五〕。青黄可犧樽，薦廟配瑚璉〔六〕。季父有逸興，未嘗入都輦。臨流呼釣船，拂石弄琴阮。雍容從朋交，林下追游衍。田園雖足樂，及時思還返。陰寒不鳴條〔七〕，望損倚門眼。南枝喜鵲鳴〔八〕，尺素託黄犬。又以窀穸留，歸期指姑洗。寄聲問僧護，兒髮可以綰。妙言對賓客，稱渠萬金産。爾來弄筆硯，墨水惡翻建〔九〕。大字如栖鵶，已不作肥軟。《魯論》未徹章，政苦諸叔懶。新詩開累紙，欲罷不能卷。遠懷託孤高，別思盈繾綣。秋月明夜潮，柘漿凍金碗。疏杵韻寒砧，幽泉流翠筧。吟哦口垂涎，嚼味有餘雋。傳示同好人，我家東牀坦。風煙意氣生，揮毫寫藤繭。獵山窮鵕鸃，罩海極蝦蜆。銀鉤亂眼膜，嘉句濯肺脘〔一〇〕。且言伯在野，朋友必推挽。五泰列清廟，聖緒今皇纘。真儒運斗樞，遺化迪天顯〔一一〕。朝論惜才難，逸民大蒐獮。豈聞任方物，包貢道羽簳〔一二〕。招車必翹翹，前席思謇謇。王甥欲好懷，高意恐難轉。長篇題遠筒，封寄淚空潸。遥知雲際開，灰飛黄鐘管。〔一三〕

〔一〕疏：原作「流」，據《外集詩注》改。

〔二〕畦町：四庫本作「町疃」。

〔三〕自注：「復用此一韻，事異似不害。」

〔四〕豈如：四庫本作「豈知」。

〔五〕斷：自注：「音短。」

〔六〕璉：原作「連」，據《外集詩注》改。

〔七〕不：《外集詩注》作「木」。

〔八〕鵲鳴：《外集詩注》作「鳴鵲」。

〔九〕建：自注：「音蹇。」

〔一〇〕脘：原作「腕」，據《外集詩注》改。

〔一一〕遺：《外集詩注》作「道」。

〔一二〕道：《外集詩注》作「遺」。

〔一三〕原注：「畬注：此詩，公在北京考試而出作也，蓋是年適當科舉，故詩中有『舉場下馬入，深鏁嚴籥管』之句。」

14 送張沙河遊齊魯諸邦 元豐二年北京作

張侯去沙河，三食鄴下麥。筆力望晁董，頗遭俗眼白〔一〕。平生學經綸，胸中負奇畫。未論功活人，飽飯不常得。妻寒尚賓敬，兒餓猶筆墨。側聞共伯城，魚稻頗宜客。又待塵生甑，欲往立四壁。平生貸米家，十輩來薄責。囊無孔方兄，面有在陳色。守株伺投兔〔二〕，歲晚將何獲。廣道無人行，春風轉沙石。棲棲馬如狗，去謁東侯伯。布衣未可量，蒼髯身八尺。魚乾要斗水，士困易爲德。譬之舉大木，人借一臂力。諸公感意氣，豈待故相識。吾窮乏祖餞，折柳當馬策。

〔二〕遭：《外集詩注》作「遺」。

〔三〕伺：原作「同」，據《外集詩注》改。

15 送吴彦歸番陽 熙寧八年北京作

學省困齏鹽〔一〕，人材任尊奬。倥侗祝螟蛉，小大器甖瓬。諸生厭晚成，躐學要儈駔〔二〕。摹書説偏旁，破義析名象。九鼎奏簫韶，爰居端不饗。青衿少到門，庭除晝閑敞〔三〕。竹風交槐陰，三見秋氣爽。時賴解事人，載酒直心賞。吴郎楚國材，幽蘭秀榛莽。彦國吐嘉言，子將喜標榜。平生欽豪俊，久客慕鄉黨。虚齋延灑掃，薄飯薦腒鮝〔四〕。詩句唾成珠，笑嘲愜爬蛘。春夏頻謝除，曾未厭來往。歸雁多喜聲，寒蟬停哀響。黄花滿籬落，白蟻鬪甕盎。留君待佳節，忽忽戒徂兩。親戚傷離居，交游念疇曩。棋局無對曹，樗蒲失朋長。問君去爲何，雲物愁莽蒼。壽親髮斑斑，千里勞夢想。家雞稾頭肥，寒魚受罾網。甘旨菽中厨，伊啞弄文襁。此行樂未央，安知川塗廣。深秋上滄江，遠水平如掌。人生要得意，壯士多曠蕩。野鶴疲籠樊〔五〕，江鷗戀菰蔣。本來丘壑姿，不著芻豢養。寄聲謝鄉鄰，爲我具兩槳。有路即歸田，君其信非誑。

〔一〕䶑鹽：原作「齋監」，據《外集詩注》改。
〔二〕駬：原作「駬」，據《外集詩注》改。
〔三〕晝：原作「書」，據《外集詩注》改。
〔四〕腒：原作「居」，據《外集詩注》改。
〔五〕疲：《外集詩注》作「被」。

16 薛樂道自南陽來入都留宿會飲作詩餞行〔一〕熙寧四年作

薛侯本貴胄，射策一矢中。金蘭託平生，瓜葛比諸從。數面尚成親，況乃居連棟。交游及父子，講學連伯仲。奴人通使令，孩穉接戲弄。相憐負米勤，同力采蘭供。每持君家書，平安覷款縫。秦人與吾炙，憂樂一體共。釋之廷尉曹，微過成繫訟。從此張長公，不肯爲時用。丘阿無梧桐〔二〕，曲直不在鳳。生涯谷口耕，世事邯鄲夢。自君抱憂端，酒椀未忍輿〔三〕。高秋自南歸〔四〕，意氣稍寬縱。黄花尚滿籬，白蟻方浮甕。私言助燕喜，且莫戒輜重。霜風獵帷幕，銀燭吐螮蝀。密坐幸頗歡，劇飲寧辭痛。疏鐘鳴曉撞，小雨作寒霧。厩馬蕭蕭鳴，征人稍稍動。九衢槐柳中，縱緩青絲鞚。朱樓豪士集，紅袖清歌送。河鯉獻鱠材，江橙解包貢。蟹擘鵝子黄，酒傾琥珀凍。舉觴遥酌我，發噫知見頌。行行鞭箠倦，短句煩屢諷。

〔一〕會飲：原作「飲會」，據《外集詩注》改。又原注：「時公在葉縣，南陽入都之路。」

〔二〕無：原作「撫」，據《外集詩注》改。

〔三〕自注：「借用。」

〔四〕高秋自南歸：四庫本作「今秋忽來歸」。

17 次韻奉送公定〔一〕元豐元年北京作

去年君渡河，棗下實離離。今年君渡河，剥棗詠豳詩。直緣恩義重，不憚鞍馬疲。詩書半行李，道路費歲時。親交歎存没〔二〕，學問訪闕遺。我多後時悔，君亦見事遲。即此有真意，定非兒女知。虚名無用處，北斗與南箕。燕趙游俠子，長安輕薄兒。狂掉三寸舌，躐登九級墀。覆手雲雨翻，立談光陰移。歃血盟父子，指天出肝脾。從來國器重，見謂骨相奇。築巖發夢寐，獵渭非熊螭。百工改繩墨，一世擅文詞。全人脰肩肩，甕盎嫵且宜。大槐陰黄庭，女蘿綿絡之。昭陽兩兄弟〔三〕，還自妒蛾眉。工顰又宜笑，百輩來茹咨。班姬輕鴻毛，更合衆口吹。引繩痛排抵〔四〕，蒙蔽枉成帷。唯恐出己上，殺之如弈棋。塵埃百年琴，絶絃爲鍾期。落落虎豹文，義難管中窺。至今揚子雲，不與俗諧嬉。歲晚草玄經，覃思寫天維。脱身天禄閣，危於劍頭炊。卧聞策董賢，閉門甘忍飢。五侯盛賓客，騶轡交横馳。時通問字人，得酒未曾辭。近者君家翁，天與脱羈鞿。已爲冥冥鴻，矰繳尚安施。養蘭尋僧圃，愛竹到水湄。北闕免朝請，西都分保釐。文章九鼎重，富貴一黍累。趙良請灌園〔五〕，但爲商君嗤。棄甲尚文過，兕多牛有皮。出仕書掣肘，歸來菊荒籬。不爲五斗折，自無三徑資。勝箭洗蹀血，歸鞍懸月支。斯人萬户侯，造物付鑪錘。我觀史臣篇，疏略記糟醨。譬如官池蛙，誰能問公私。君懷明月珠，簸弄滄海涯。深房珮芳蘭，固是王所姬。南貢尚包橘，漢濱莫大隨。每來促談麈〔六〕，風生庭竹枝。骯髒得家法，伊優不能爲。但聽呼樗蒲，便足解人頤。功成在漏刻，穎利處囊錐。失勢落坑穽，寒窀如愁鴟。得馬折足禍，亡羊多歧悲。屢敵因心計，伏兵幾面欺。長戈仰闕來，吐款受羈縻。萬事只如此，畢竟誰成虧。愛君方寸間，醇樸乃器師。安得擺俗纏，東崗並鋤犁。由來在陰鶴，不必振羽儀。送行傾車蓋，載酒滿鴟夷。天高木葉落〔七〕，潦退河流卑。屯雲搴大幕〔八〕，新月吐半規。人生會面難，取醉聽狂癡。語穽發欺笑〔九〕，詩鋒犯嘲譏。懸知履霜來，少別爲不怡。天津媚河漢，闕角掛秋霓。中有鬼與神，赤舌弄陰機。夜光但十襲，出懷即瑕疵。去去善逆旅，凍醪約重持。山藥倒藤架，紅梨帶寒曦。坐須騎奴還，淹留歲恐期。無爲出門念，牽衣嬰孺啼。短韻願成誦，時時寄相思。

〔一〕原注：「公定，名悰，師厚之子。」《外集詩注》：「謝師厚二子，愔字公静，悰字公定。」

〔二〕存没：《外集詩注》作「存亡」。

〔三〕昭陽：原作「韶陽」，據《外集詩注》、四庫本改。

〔四〕報：自注：「音痕。」

〔五〕請：四庫本作「欲」。

〔六〕促：四庫本作「捉」。

〔七〕落：《外集詩注》作「下」。

〔八〕大：《外集詩注》作「六」。

〔九〕欺笑：原校：「一作期笑。」

18 種決明

皇后富嘉種，決明注方術〔一〕。耘鋤一席地，時至觀茂密。縹葉資芼羹，緗花馬蹏實。霜叢風雨餘，簸簸場功畢。枕囊代曲肱，甘寢聽芬苾。老眼願力餘，讀書真成癖。

〔一〕注：《外集詩注》作「著」。

宋黄文節公全集・外集卷第二

詩

五言古

1 都下喜見八叔父 元豐三年改官都下作〔一〕

一别七冬夏，幾書通置郵。冥鴻難借問，江鯉多沈浮。心因夢想去，迹爲山川留。叔趨丹鳳闕，身向卧龍洲。邂逅入關馬，同時解轡鞦。别後事萬端，向來身百憂。咨嗟舊田園，慟哭新松楸。稍詢耆舊間，大半歸山丘。小兒攜婦子，襁褓皆裹頭〔二〕。青鐙照逆旅〔三〕，呼酒濯亂愁。破啼爲笑語，霜夜盡更籌。歲寒叔舊節，況又高春秋。老松心梗概，緑竹氣和柔。言如不出口，體若不勝裘。德音潤九里，政事無全牛。詩成戲筆墨，清甚韋蘇州。篆籀有志氣，當於古人求。自悲聞道晚，涉世如虚舟。雖無觸物意，儻亦遭罵咻。稍窺性命學，未窮言行尤。息心待自信，渺如大河流。隄防小不密，一決敗數州。安得心

服禮，不見爲瘖疣。荆雞變化材，鵠卵滯陰幽。願因啄抱力，浩蕩碧雲遊。〔四〕

〔一〕原注：「八叔父即夷仲給事，時爲集賢校理，判尚書刑部。」

〔二〕襁褓：原作「褓褓」，據《外集詩注》改。

〔三〕青：原作「清」，據《外集詩注》改。

〔四〕原注：「畚注：按《國史》元豐三年，夷仲給事除權，發遣河東提點刑獄公事、兼提舉義勇保甲，公改官入汴，與之相見。其『一别七冬夏』句，當是熙寧間公在北京，給事嘗體量河北、河東災傷，道經由相見，至此七年耳。」

2　次韻答叔原會寂照房呈稚川〔一〕

客愁非一種，歷亂如蜜房。食甘念慈母，衣綻懷孟光。我家猶北門，王子渺湖湘。寄書無雁來，衰草漫寒塘。故人哀王孫，交味耐久長。置酒相暖熱，愜於冬飲湯。吾儕癡絶處，不減顧長康。得閒枯木坐，冷日下牛羊。坐有稻田衲，頗薰知見香。勝談初亹亹，修綆汲銀牀。聲名九鼎重，冠蓋萬夫望。老禪不掛眼，看蝸書屋梁。韻與境俱勝，意將言兩忘。出門事衮衮，斗柄莫昂昂。月色麗雙闕，雪雲浮建章。苦寒無處避，唯欲酒中藏〔二〕。

〔一〕稚：原作「穉」，據《外集詩注》改。按穉、稚雖爲異體字，然此爲人名，諸書均作「稚」，今從之，全書同。

〔三〕原注：「按元豐三年公入京改官太和，猶寄家北京，故詩中有『我家猶北門』之句。」

3 同王稚川晏叔原飯寂照房 得房字

高人住寶坊，重客款齋房。市聲猶在耳，虛静生白光〔一〕。幽子遺淡墨，窗間見瀟湘。蒹葭落鳧雁，秋色媚横塘。博山沈水煙，淡與人意長。自攜鷹爪牙，來試魚眼湯。寒浴得温湢，體净心凱康〔二〕。盤飧取近市，厭飫謝羶羊。裂餅羞豚膾，包魚芰荷香。平生所懷人，忽言共榻牀〔三〕。常恐風雨散，千里鬱相望。斯游豈易得，淵對妙濠梁。雅人王稚川〔四〕，易親復難忘。晏子與人交，風義盛激昂。兩公盛才力〔五〕，宫錦麗文章。鄙夫得秀句，成誦更懷藏。

〔一〕虛静：《外集詩注》作「静虛」。

〔二〕心：《外集詩注》作「意」。

〔三〕言：四庫本作「兹」。

〔四〕雅人：《外集詩注》作「雅雅」。

〔五〕才力：四庫本作「才名」。

4 次韻叔原會寂照房 得照字

風雨思齊詩，草木怨楚調。本無心擊排，勝日用歌嘯。僧窗茶煙底，清絶對二妙。俱含萬里情，雪梅開嶺徼。我慙風味淺，砌莎慕松蔦。中朝盛人物，誰與開顔笑。二公老諳事，似解寂寞釣。對之空歎嗟，樓閣重晚照。

5 次韻稚川 得寂字

平生萬里興，斂退著寸尺。向來類竊鐵，少日已争席。曩過招提飯，愜當易爲適。食鮭如舉士，名下無遺索。談餘天雨花，茶罷風生腋。誰言塵土中，有此坐上客。言前傾許可，胸次開壖塞。同是蠹魚癡，還歸理編册。長安千門雪，蟹黄熊有白。更約載酒行，無爲守岑寂。

6 竹軒詠雪呈外舅謝師厚并調李彦深 元豐元年北京作

破臘春未融，土膏寒不發。數聲鳴條風，一夜灑窗雪。開軒萬物曉，落勢良未歇。鏗鏗青琅玕，閲此歲凛冽。摧埋頭搶地，意氣終自潔。君子謂此君，全身斯明哲。屋頭維女貞，顔色少澤悦〔一〕。稍能窺藩籬，亦有固窮節。佳興冉冉生，門外無車轍。寫之朱絲絃，清坐待明月。

〔一〕顔：《外集詩注》作「額」。

7 丙寅十四首效韋蘇州 并序

二月丙寅，率李原彦深、謝愔公静游百花洲。適爲游人所擅，見拒於晨門。因賦「何人有酒身無事，誰家多竹門可款」之句。行，繫馬李氏園，步至廣濟僧舍，謁寇萊公祠，用吏部韻〔一〕。

雪霽草木動〔二〕，春融煙景和。嘉辰掩關坐〔三〕，如此節物何。同游得二子，晤對不在多。

其二

不知鞍馬倦，想見淵渚春。清晝鑠芳園，誰家停畫輪。高柳極有思，向風招遊人。

其三

漸嘉樓外花，嘉賞亭邊柳。作者歸山丘，今春爲誰有。千秋萬歲後，還復來游

否。〔四〕

其四

城南有佳園，風物迎馬首。但賞主人竹，不飲主人酒。紅日媚紫苔，輕風泛青柳〔五〕。

其五

三公未白髮，十輩乘朱輪。只取人看好，何益百年身。但願長今日，清樽對故人。

其六

江梅香冷淡，開遍未全疏。已有耐寒蝶，雙飛上花須。今夜嚴城角，肯留花在無。

其七

我思五柳翁，解作一生事。得錢送酒家，便静尋山寺。念我還如此，翁應會人意。

其八

庭空日色静，樓迥鐘聲遲。褐叟已争席，馴鴉更不疑。同來復同去，竟别我爲誰。

其九

謝甥有逸興，李髯非不嘉。苦思夢春草，醉狂眠酒家。斯遊無俗物，傲睨至昏鴉。

其十

寺古老僧静，亭陰修竹多。萊公作州日，部曲屢經過。衆推識公面，蒼石眠緑莎。

其十一

盛時衆吹嘘，謫去衆毁辱。不爲公存亡，幽蘭春自緑。欲書見相傳〔六〕，安得南山竹。

其十二

昔公調鼎實，指顧九廟尊。郡國富士馬，于今開塞垣。誰能起公死，爲國守北門。

其十三

出身世喪道，解綬饑驅我。杯中得醉鄉，去就不復果。豈爲俗人言〔七〕，達人儻予可。

其十四

少小尚狷介，與人常不款〔八〕。置身稍雍容，遇酒輒引滿。自是鶴足長，難齊鳧脛短。

〔一〕「謁」下二句，《外集詩注》作「謁寇忠愍萊國公祠堂，用吏部詩韻作」。光緒本原注：「《宋史》元豐元年二月丙午朔。序云丙寅，二十一日也。公静，師厚之子。」

〔二〕雪齋：四庫本作「雪盡」。

〔三〕嘉辰：《外集詩注》作「嘉晨」。

〔四〕自注：「漸嘉樓，陽夏謝希深作。嘉賞亭，范文正公作。」

〔五〕青：《外集詩注》作「春」。

〔六〕見：《外集詩注》作「名」。

〔七〕爲：原作「謂」，據《外集詩注》改。

〔八〕人常：原作「常人」，據《外集詩注》改。

8 寄南陽謝外舅 元豐元年自假至南陽歸北京作

謝公遂偃蹇，南陽無舊廬。天與解縷紱，元非傲當塗。庖丁釋牛刀，衆手斫大瓠〔一〕。白雲曲肱卧，青山滿牀書。妙質落川澤，果然天網疏。然知今人巧〔二〕，未覺古人迂。築場歲功休，夜泉鳴竹渠。胸懷鬱磊隗，此物諒時須。兒能了翁事，安用府中趨。孫能誦翁詩，乃是千里駒。人生行樂耳，用舍要自如。我方神其拙，社櫟官道樗。公猶憂斧斤，睥睨斲樽壺。萬古身後前，芭蕉秋雨餘。少年喜狡獪，叱化粒成珠。謨功可歌舞，學古則暖姝。所好果不同，未可一理驅。眇思忘言對〔三〕，安得南飛鳧。鄙心生蔓草，萌芽望耘鉏。離筵如昨日，春柳見霜枯。未辱錦繡段，時蒙雙鯉魚。憶昔參几杖〔四〕，雍容覰規模。引接開藻鑒，高明通事樞。門生五七輩，寂寞半白鬚。談經落麈尾，行樂從籃輿。看竹辟疆宅，閱士黄公壚。雪屋煮茶藥，晴簷張畫圖。幽寺促鐙火，青氈置樗蒱。遶牀叫一擲，十白九雉盧。蔡澤來分功，袁耽必上都。開旗縱七走，破竹殄群胡。成梟燭爲明，挾長朋佐呼。終飲見温克，所争匪錙銖。誰令運甓翁，見謂牧豬奴。事託丈人重，乃愛屋上烏。舊言如對面，形迹滯舟車。風簾想隱几，天籟鳴寒梧。尚喜讀書否，還能把酒無。鄴城渺塵沙，冠蓋若秋蕖。相過問寒温，意氣馳九衢。楚客雖工瑟，齊人本好竽。永懷溟海量，北斗不可斠。勝夜親筆墨，因來明月珠。

〔一〕軱：原作「觚」，據《外集詩注》改。

〔二〕然知：原注：「一作故知。」《外集詩注》作「故知」。

〔三〕思：原作「忠」，據《外集詩注》改。

〔四〕昔：原作「在」，據《外集詩注》改。

9 次韻正仲三丈自衡山返命舍驛過外舅師厚贈答〔一〕 熙寧十年北京作

昏昏市井氣，呫呫兒女語。禽喧聲百種，春作事萬緒。人間雞黍期，天上德星聚。乖離略十年，髮白齒齟齬〔二〕。太史禱衡丘，佐王用貔虎。子雲免大夫，草玄空自苦。人生只爾是，付與甕頭醑。

〔二〕原注：「正仲，名存。師厚，名景初。」

〔三〕齟齬：四庫本作「齟齬」。

10 次韻謝外舅病不能拜復官夏雨眠起之什 元豐元年北京作

丈人養痾卧，此道取衆棄。强飯尚可飽，力田苦常匱。欲從群兒嬉，出語不嫵媚。軒窗坐風涼，編簡勘遺墜。自安井無禽，未歎旅焚次。夏暑極陽功，時霖作陰事。呼兒疏藥畦〔二〕，植杖按瓜地。南山雲氣佳，北極冕旒邃。自欣鬢髮白〔三〕，得見衣裳治。山林收枯槁，草木洗憔悴。舐痔以車來，探珠遭龍睡。腹便時蒙嘲，身退得自恣。伊優無下僚，骯髒謝高位。誰能領斯會，好在漆園吏。

〔二〕疏：原作「蔬」，據《外集詩注》改。

〔三〕鬢：《外集詩注》作「鬢」。

11 次韻師厚五月十六日視田悼李彦深 元豐二年北京作

南雁傳尺素，飛來卧龍城。頗知高卧久〔一〕，忽作田野行。湛湛陂水滿，欣欣原草榮。

日華麗山川，秀色奪目精。對酒不滿懷，攬物有餘清。念昔讀書客，遠人遺世情。南畝道觀餉，西郊留勸耕。共遊如昨日，笑語絶平生。此士今已矣，賓筵老無成〔二〕。猶倚謝安石，深心撫嫠惸。〔三〕

〔一〕頗知高：《外集詩注》作「高頗知」。

〔二〕老無成：《外集詩注》作「無老成」。

〔三〕原注：「元注：『彦深去年五月十三日與之遊西郊』，元年丙寅二十一日復率遊百花洲。故公悼之，有『共遊如昨日』之句。」

12 次韻師厚食蟹 元豐元年北京作

海饌糖蟹肥，江醪白蟻醇。每恨腹未厭，誇談齒生津〔一〕。三歲在河外，霜臍常食新。朝泥看郭索，暮鼎調酸辛。趨蹌雖入笑，風味極可人。憶觀淮南夜，火攻不及晨。横行葭葦中，不自貴其身。誰憐一網盡，大去河伯民。鼎司費萬錢，玉食羅常珍。吾評揚州貢，此物真絶倫。

〔一〕談：《外集詩注》作「説」。

13 次韻謝外舅食驢腸

垂頭畏庖丁，趨死尚能鳴。説以雕俎樂，甘言果非誠。生無千金轡，死得五鼎烹。禍胎無腸胃，殺身和椒橙。春風都門道，貫魚百十并。騎奴吹一吷，駔駿不敢争。物材苟當用，何必渥洼生。忽思麒麟種〔一〕，突兀使人驚。

〔一〕種：《外集詩注》作「楦」。

14 次韻師厚答馬著作屢贈詩

嘗聞馬南郡，少有拔俗韻。寒灰幾見溺，鎩翮常思奮。桐薪鳴竈間，劍氣吐吴分。多言世益嗤，當律心自隱。家雖四立壁，仕要三無愠。會將漁父意，往就莊生問。

15 次韻外舅謝師厚病間十首〔一〕

貝錦不足歌，請陳《江漢》詩。美人出江漢，窈窕世未窺。折蘭不肯珮，告我以蠶飢。獨歸豈憚遠，三危露如飴。

其二

德人更疢疾，術智益灑落。反身見萬古，道不在卜度。胸中有鏌鋣，老境要志弱。謝公賦達生，達生真可託。

其三

引鏡照清骨，驚非曩時人。天地入喻指，芭蕉自觀身。程力則已病〔二〕，征財又室貧。古來支離疏，粟帛王所仁〔三〕。

其四

葅寒知園秋，飯白問米賤。婦孫勸甘旨，霜兔頗宜麪。黄花不舉酒，佳句餘嫪戀。經行宴坐堂，鼠跡書几硯。

其五

桃李一春期，松柏千歲永。經玄事寂寞，髮白官閒冷。草緑艾如張，波清蜮伺影〔四〕。東里與無趾，渠有幸不幸。

其六

病餘兒廢鋤〔五〕，門巷草芊眠。來者何所聞，披草足跫然。封侯謝骨相〔六〕，使鬼無金錢〔七〕。夢作白鷗去，江湖水黏天。

其七

民生自煎熬，煮豆以萁爨。居然忘本根，光陰不供玩。藏山夜半失，烏合歸星散。因病見不生，達人果大觀。

其八

開田種白玉，飽牛事耕犁。雨露非無澤，得秋常苦遲。猛虎擅文章，班班被諸兒。長松抱勁節，惟有歲寒知。

其九

謝公蒔蘭茝，真意付此物。惠然風肯來，香爲一披拂。遥知醉吟姿，黽勉向朱紱。揞笻橘柚黄，僧屋對像佛。

其十

身病心輕安，道肥體癯瘦。好懷當告誰，四牆棗紅皺。負暄不可獻，捫蝨坐清晝。端有真富貴，千秋萬年後。

〔一〕《外集詩注》無「外舅謝」三字。

〔二〕程：《外集詩注》作「陳」。

〔三〕王所仁：原校：「一作王至仁。」

〔四〕伺：《外集詩注》作「司」。

〔五〕兒廢鋤：原校：「一作廢兒鋤。」四庫本校：「一作呼兒鋤。」

〔六〕謝：四庫本作「無」。

〔七〕使鬼無：四庫本作「爲賈寡」。

16 寄耿令幾父過新堂邑作迺幾父舊治之地 元豐七年德平作〔一〕

呼船凌大河，驅馬踏平沙。道傍開新邑，千户有生涯。四衢平且直，緑槐陰縣衙。問誰作此邑，耆舊對予嗟。前日耿令君，遷民出坳窊。始遷民懷土，異端極紛拏。既遷人氣和，草木茂萌芽。桃李雖不言，春風滿城花。陵陂青青麥，煙雨潤桑麻。自非耿令君，大澤荒蒹葭。白頭晏起飯，襁褓語嘔啞。自非耿令君，漂轉隨魚蝦。豈弟民父母，不專司斂賒。令君兩男兒，有德必世家。問令今安在，解官駕柴車。當時舞文吏，白璧强生瑕。令君袖手去，不忍試虎牙。人往惜事廢，感深知政嘉。我聞耆舊語，歎息至昏鴉。定知循吏傳，來者不能加。今爲將軍客，軒蓋湛光華。幕府省文書，醉歸接羅斜。懷寶仁者病，偷安道之邪。勉哉思愛日，贈言同馬檛。

〔二〕七年：原作「元年」，據《外集詩注》原目改。以下二篇亦作於元豐七年。

17 放言十首

廢興宜有命，得失但自知。踽踽衆所忌，悠悠誰與歸。吾義苟不存，豈更月攘雞。風清聞鶴唳，想見南山棲。

其二

匣中緑綺琴，欲撫已絶絃。問絃何時絶，鍾期謝世年。正聲不可聞，千載寂寞間。未有顔叔子，安知柳下賢。

其三

輕肥馬上郎，枯槁林下士。聲名斲自然，勢利焚和氣。智人不駭俗，同朝皆用事。物外有華胥，時時夢中至。

其四

蘭楫桂爲舟，大江可遠游。堅車無良馬，出門敗吾輈。一身交萬物，用我未易周。安得柳下惠，窮年與之遊。

其五

微雲起膚寸，大蔭彌九州。至仁雖愛物，用捨如春秋。晴空不成雨，遠岫行歸休。何疑陶淵明，一去如驚鷗。

其六

黄鵠送黄鵠，中道言别離。送君不憚遠，愁見獨歸時。羅網翳稻粱，江湖水瀰瀰。行行不相見，勉哉冥冥飛。

其七

蟬聲已紓遲，秋日行晼晚。長年困道路，驅馬方更遠。從事常厭煩，歸心自如卷。旨甘良未豐，安得懷息偃。

其八

月滿不踰望，日中爲之傾。天地尚乃爾，萬物能久盈。明德忌皣皣，高才貴冥冥。忽解扁舟去，懷哉張季鷹。

其九

榨牀在東壁，病起繞壁行。新醅浮白蟻，渴見解朝酲。小槽垂玉筯，音響有餘清。疾風春雨作，静夜山泉鳴。安得朱絲絃，爲我寫此聲。想知舜南風，正爾可人情。

其十

弄水清江曲，采薇南山隅。當吾無事時，此豈不我娱。喬木好鳥音，天風韻虚徐。遐心游四海，萬里不須臾。回首古衣冠，荆樊老丘墟。欲付此中意，歸翻蟲蠹書。短生憂不足，此道樂有餘。

18 送伯氏入都

貧賤難安處，别離更增悲。經營動北征，慈母待春衣。短箠驅瘦馬，青草牧中嘶。送行不知遠，可忍獨歸時。太華物華春〔一〕，街柳囀黃鸝。九衢生紫煙，到家使人迷。知音者誰子，倦客無光輝。王侯不可謁，秣馬興言歸。豈無他人遊，不如我壎篪。陳書北窗下，自此有餘師。

〔一〕《外集詩注》校：「案句疑有誤。」

19 次韻孔四著作北行滹沱 元豐三年北京作

駝褐蒙風霜，雞聲眇墟里。青鐙進豆粥，落月踏冰水。平生不龜藥，才可衛十指。持比千户封，誰能優劣此。

20 次韻寄李六弟濟南郡城橋亭之詩一首〔一〕 元豐元年北京作

客心如頭垢，日欲撩千篦。聞人説江南，喜氣吐晴霓。伏枕夢歸路，子規吟翠微〔二〕。濟南似江南，舊見今不疑。洗心欲成游，王事相奪移。駑馬戀棧豆，豈能辭縶緤。本無封侯骨，見事又重遲。徒能多嗜酒〔三〕，大腹如鴟夷。惟思一漁舟，載網橫渺瀰。矯首歷下亭〔四〕，朱欄轉清溪。春風吹桃李，三月自成蹊。翠葉張日幄，紅英鋪地衣。此中有佳興，不醉定自非。況當郡政成，野藹麥兩岐。與民同觀游，永夜不闔扉。女牆上金樞，天如青琉璃。想子果下歸，馬飽生芻嘶。

〔一〕《外集詩注》無「一首」二字，又題下注：「德叟。」

〔二〕子規：原作「子歸」，據《外集詩注》改。

〔三〕嗜：《外集詩注》作「著」。

〔四〕矯首：《外集詩注》作「矯貢」，并校：「當是矯首，諸本皆誤。」

21 和甫得竹數本于周翰喜而作詩和之 元豐七年德平作

初矦一畝宫，風雨到卧席。前日築短垣，昨日始封植。平生歲寒心，樂見歲寒色。翩翩佳公子，爲致一窗碧。憶公來相居，筮吉龜墨食。人言陋如何，我自適其適。自眼對俗徒，醉帽坐攲側。人知愛酒爾〔一〕，不解心得得。阿堵絶往還，此君是賓客。清風吹月來，驩甚齒折屐。有節似見聖，無言諒知默。數回長者車，猶恨地未僻。陰雨打葉時，曲肱自宴息。心游萬物初，何處尋轍迹。從來修竹林，乃是逸民國。

〔一〕爾：《外集詩注》作「耳」。

22 寄題欽之草堂〔一〕

河南有伏流〔二〕，經營太行根〔三〕。盛德不終晦，發爲清濟源。公家濟源上〔四〕，太行正當門。修竹帶藩籬，百禽鳴朝暾〔五〕。仰視浮雲作，俯窺流水奔。相望有盤谷，李愿故居存。主人國之老，實惟商巖孫。班行昔供奉，屢進逆耳言〔六〕。天子色爲動，群公聲亦吞。肅肅冰霜際〔七〕，不改白玉温。出處士所重，其微難具論〔八〕。公勿懷草堂〔九〕，朝廷待公尊。

〔一〕原注：「欽之即傅堯俞，草堂在河陽。」按《山谷年譜》卷一八，此爲元豐七年作。但秦觀《淮海集》卷二（四部叢刊本）亦有此詩，題作《寄題傅欽之草堂》，則作者尚存疑。

〔二〕河南：《淮海集》作「河陽」。

〔三〕太：原作「大」，據《淮海集》改，下同。

〔四〕公家：《淮海集》作「斯堂」。

〔五〕以上二句《淮海集》在下二句之後，又「竹」字原作「行」，據《淮海集》改。

〔六〕屢：《淮海集》作「亟」。

〔七〕肅肅：《淮海集》作「蕭條」。

〔八〕具：原作「共」，據《淮海集》改。

〔九〕懷：《淮海集》作「思」。

23 見子瞻粲字韻詩和答三人四返不困而愈崛奇輒次舊韻寄彭門 元豐二年北京作〔一〕

公材如洪河，灌注天下半。風日未嘗攖，晝夜聖所歎。名世三十年〔二〕，窮無歌舞玩。

入宫又見妒，徒友飛鳥散。一飽事難諧，五車書作伴。風雨暗樓臺，雞鳴自昏旦。雖非錦繡贈，欲報青玉案。文似《離騷經》，詩窺《關雎》亂。賤生恨學晚，曾未奉巾盥。昨蒙雙鯉魚，遠託鄭人緩。風義薄秋天，神明還舊貫。更磨薦禰墨，推挽起疲懦。忽忽未嗣音，微陽歸侯炭。仁風從東來，拭目望齋館。鳥聲日日春，柳色弄晴暖。漫有酒盈樽，何因見此粲。

其二

人生等尺捶，豈耐日取半。誰能如秋蟲，長夜向壁歎。朝四與暮三，適爲狙公玩。臭腐暫神奇，噫嘻即飄散。我觀萬世中，獨立無介伴。小黠而大癡，夜氣不及旦。低首甘豢養，尻脽登俎案。所以終日飲，醉眠朱碧亂。無人明此心，忍垢待濯盥。仰看東飛雲，只使衣帶緩。先生古人學，百氏一以貫。見義勇必爲，少作衰俗懦。忠言願回天，不忍斅吞炭。還從股肱郡，待詔圖書館。投壺得賜金，侏儒餘飽暖。寧令東方公，但索長安粲。

其三

元龍湖海士，毁譽略相半。下牀卧許君，上牀自永嘆。丈夫屬有念，人物非所玩。坐令結歡客，化爲煙霧散。武功有大略，亦復寡朋伴。詠歌思見之，長夜鳴鶡旦〔三〕。東南望彭門，官道平如案。簡書束縛人，水不能亂。斯人媲秬鬯〔四〕，可用圭瓚盥。誠求活國醫，何忍棄和緩。開疆日百里，都内錢朽貫。銘功甚儁偉，迺見儒生懦。且當置是事，勿使冰作炭。上帝群玉府，道家蓬萊館。曲肱夏簟寒，炙背冬屋暖。只令文字垂，萬世星斗粲。〔五〕

〔一〕《外集詩注》：「據《東坡集》，乃熙寧七年冬《除夜病中贈段屯田》，時在密州。山谷和章乃元豐初。」

〔二〕三十：《外集詩注》作「二十」。

〔三〕鶡：《外集詩注》作「曷」。

〔四〕斯人：《外集詩注》作「斯文」。

〔五〕原注：「按當注：詩中有『昨蒙雙鯉魚，遠託鄭人緩』之句，鄭人即前與東坡書『自衛州試舉人歸，于鄭掾處得所賜教』云云。書末又有『冬春愆雪』之語。而此詩亦云『鳥聲日日春，柳色弄晴暖』，卒章有云『東南望彭門，官道平如案』，二詩與書當是此年春一時所作。」

宋黄文節公全集·外集卷第三

詩

五言古

1 次韻答堯民 元豐二年北京作

君聞蘇公詩〔一〕，疾讀思過半。譬如聞韶耳，三月忘味歎。我詩豈其朋，組麗等俳玩。不聞《南風》絃，同調《廣陵散》。鶴鳴九天上，肯作家雞伴。晁子但愛我，品藻私月旦。官閒樂相從，梨栗供杯案。門静鳥雀嬉，花深蜂蝶亂。忽蒙加禮貌，齋戒事搢盥。問大心更小〔二〕，意督詞反緩。君材於用多，舞選弓矢貫。聰明回自照，勝己果非懦。我如相繪事，素質施朽炭。古來得道人，非獨大庭館。晁子已不疑，冬寒春自暖。繫表知藥言，擇友得苟粲。

〔二〕聞：原作「開」，據《外集詩注》改。

〔三〕問：原作「門」，據《外集詩注》改。

2 再和寄子瞻聞得湖州〔一〕

天下無相知，得一已當半。桃僵李爲仆，芝焚蕙增歎。佳人在江湖，照影自娱玩。一朝入漢宫，掃除備冗散。何如終流落，長作朝雲伴。相思欲面論，坐起雞五旦。身慚尸廪禄，有罪未見案。公文雄萬夫，皦皦不自亂。臧穀皆亡羊，要以道湔盥。傳聲向東南，王事不可緩。春波下數州，快若七札貫。椎鼓張風帆，相見激衰懦。空文不傳心，千古付煨炭。安得垂天雲，飛就吴興館。魚饜柳絮肥，筍煮溪沙暖。解歌使君詞，樽前有三粲。

〔一〕原注：「《宋史》：是年二月蘇軾知湖州。」

3 用明發不寐有懷二人爲韻寄李秉彝德叟 元豐元年北京作

竹貫四時清〔一〕，月通雲氣明〔二〕。外弟有佳質〔三〕，妙年推老成。後凋對霜雪〔四〕，不昧處陰晴。盛德當如此〔五〕，古人畏後生〔六〕。

其二

在昔授子書，髫彼垂兩髮。乖離今十年，樹立映先達。青鐙哦妙句〔七〕，如酌春酒滑。把書念攜手，惆悵至明發。

其三

人生不如意，十事恒八九。未見歷下人，徒傾歷城酒。從來親骨肉，不免相可不。但願崇事實，虚名等箕斗。

其四

蚤知鵲山亭，李杜發佳思。彌年聽傳誇，登覽通夢寐。遥憐坐清曠，落筆富新製。尚因賓客集，瀝酒使我醉。

其五

往在舅氏旁，獲拚堂上帚。六經觀聖人，明如夜占斗。索居廢舊聞，獨學無新友。羡子杞梓材，未曾離矯揉。

其六

安詩無恙時，學行超輩儕。華屋落丘山，百憂滿人懷。此士如不亡，仲子抱奇材〔八〕。

不獨典刑在，神明還觀來。

其七

少時誦詩書〔九〕，貫穿數萬字。邇來窺陳編，記一忘三二。光陰如可玩，老境翻手至。良醫曾折足，説病乃真意。

其八

桃李春成徑，本自不期人。歷下兩寒士，簞瓢能懷親〔一〇〕。恥蒙伐國問，肯卧覆車塵。子既得此友，從之求日新。

〔一〕原校：「一作竹節晚逾緑。」
〔二〕原校：「一作月華寒更明。」
〔三〕質：原校：「一作處。」
〔四〕對霜雪：原校：「一作到冰霜。」
〔五〕原校：「一作觀物憶相見。」
〔六〕原校：「一作契闊難爲情。」
〔七〕哦妙：原校：「一作誦佳。」。
〔八〕仲子：原校：「一作叔也。」

〔九〕時：原校：「一作年。」

〔一〇〕懷：聚珍本作「悦」。

4 賦未見君子憂心靡樂八韻寄李師載

同陞吏部曹，往在紀丁未。別離感寒暑，歲星行十二。我慚雞蓋穀，子歎天且劓。空餘山梁期，尚不昧初志。

其二

會合良難期〔一〕，繫匏各異縣。千里共明月，如披故人面。浮雲蔽高秋，此豈心中願。霧重豹成文，水清魚自見。

其三

齊地穀翔貴，排門無爨饋。二仲有甘旨，奉親亦良勤。原田水洸洸〔二〕，何時稼如雲。無民願豐歲〔三〕，政自不忘君。

其四

古人有成言，歲暮於君子。斧揮郢人鼻，琴即鍾期耳。新詩凌建安，高論到正始。徒言參隔辰，未負石投水。

其五

白雪非衆聽，夜光忌暗投。古來不識察，浪自生百憂。三月楚國淚，千年郢中樓。無因杭一葦，濁水拍天流。

其六

河南李茂彦，内藴邁俗心。濬沖有涇渭，一顧重千金。事親知色難，勝己又勇沈。外物既難必，求之首陽岑。

其七

飄風從東來，雨足盡西靡[四]。萬物逐波流，金石終自止。渭因涇使濁，菲以葑故毁。智所無奈何，誰能爲樗里。

其八

紛紛車馬客，如集市人博。彼雖有求來，我但快一噱[五]。忽逢媚學子，時亦撼關鑰。何當攜手期，濠上得魚樂。

〔一〕難：《外集詩注》作「艱」。

〔二〕洸洸：原作「洗洗」，據《外集詩注》改。

〔三〕無民：《外集詩注》校：「疑是庶民。」又「豐歲」，《外集詩注》作「歲豐」。

〔四〕雨：原作「兩」，據《外集詩注》改。

〔五〕快：原作「使」，據《外集詩注》改。

5 以同心之言其臭如蘭爲韻寄李子先 熙寧四年葉縣作

往日三語掾，解道將毋同。我觀李校書，超邁有古風。談道屢入微，閉門長蒿蓬。誰能賞遠韻，太守似安豐。

其二

流水鳴無意，白雲出無心。水得平淡處，渺渺不厭深。雲行不能雨，還歸碧山岑。斯人似雲水，廊廟等山林。

其三

俗士得失重，舍龜觀朵頤。六經成市道，駔儈以爲師。吾學淡如水，載行欲安之。惟有無心子，白雲相與期。

其四

摧藏褫冠冕〔一〕，寂寞歸丘園。一瓢俱好學，伯仲吹箎壎。政以此易彼，高車宅朱門〔二〕。得失固有在，難爲俗人言。

其五

攜手日不足〔三〕，七年坐乖離。愁思不能眠，起視夜何其。殘月掛破鏡，寒星滿天垂。明明故人心，維斗終不移。

其六

窮閻蒿蔓氈〔四〕，富屋酒肉臭。酒肉令人肥，蒿蔓令人瘦。欲從鐘鼎食，復恐憂患構。秦時千户侯，寂寞種瓜後。

其七

客從濟南來，遺我故人書。墨淡字疏行，故人情有餘。上言猶健否，次問意何如。只今意何有〔五〕，思食故溪魚。

其八

吾子有嘉德，譬如含薰蘭。清風不來過，歲晚蒿艾間。古來百夫雄，白首在澗槃。非關自取重，直爲知人難。

〔一〕冠冕：原本作「冕冠」，據《外集詩注》改。
〔二〕宅：《外集詩注》作「擇」。
〔三〕日：《外集詩注》作「力」。
〔四〕蒿：原作「蒿」，據《外集詩注》改。下同。
〔五〕意：原校：「一作思。」

6 次韻晁元忠西歸十首 元豐六年太和作

我田失耕耘，歲暮拾枯萁〔一〕。枯萁不可食〔二〕，日晏抱長饑。猛虎依山林，眼有百步威。一從粱鶩食，風月何時歸。

其二

聖莫如東家，長年困行路。公養爲淹留，豈不以食故。林薄鳥遷巢，水寒魚不聚。孤士似無家，轉蓬何由住。

其三

前有熊羆咆，後有虎豹號。已出澗谷底，更陟山阪高。五日一並食，十年一緼袍。未知歸宿處，豈憚鞍馬勞。

其四

麗姬封人子，弄影愛朝日。晉國始得之，涕泣甘首疾〔三〕。憂危與安樂，一生誰能必。同牀食芻豢，迺悔沾襟失。

其五

怨句識之推，商歌知甯戚。我占晁氏賢，乃在賦行役。同遊羿彀中，儻免非爾力。滔滔今如此，去邦將安適。

其六

熱避惡木陰，渴辭盜泉水。曾回勝母車，不落抱玉淚。晁氏《猛虎行》，噭噭壯士意。人生高唐觀，有情何能已〔四〕。

其七

腰垂九井璜，耳著明月璫。蘭蓀結襟帶，芰荷製衣裳。其人雖甚遠，其室大道傍。當身不著意，千載永相望。

其八

風雨去家行，手龜面黧黑。屠龍非世資，學問求自得。我思《脊令》詩，同飛復同息。兄弟無相遠，急難要羽翼。

其九

人言貧在家，殊勝富作客〔五〕。雞棲牛羊下，君子亦安息。千里求明師，贏糧從事役〔六〕。學問非物外，室虛生純白。

其十

開田望食麥，春隴無秀色。深耕不償勤，牛耳徒濕濕。豐凶誰主張，坐令愁煎迫。河清會有時，得酒灑胸臆。

〔一〕拾枯萁：原校：「一作採蕨薇。」

〔二〕枯萁：原校：「一作蕨薇。」

〔三〕涕泣：《外集詩注》作「泣涕」。

〔四〕自注：「晁詩云：安得龍山潮，駕回實河水。水從樓前來，中有美人淚。」

〔五〕富：原作「當」，據《外集詩注》改。

〔六〕贏：原作「營」，據《外集詩注》改。

7 過家 元豐六年赴德平作

絡緯聲轉急，田車寒不運。兒時手種柳，上與雲雨近。舍旁舊傭保，少換老欲盡。宰木鬱蒼蒼，田園變畦畛。招延屈父黨，勞問走婚親。歸來翻作客，顧影良自哂。一生萍託水，萬事雪侵鬢。夜闌風隕霜，乾葉落成陣。鐙花何故喜，大是報書信。親年當喜懼，兒齒欲毀齔。繫船三百里，去夢無一寸。

8 上冢

自公返蓬蓽，税駕上丘壟。霜露此日悲，松楸十年拱〔一〕。養雛數毛羽，初不及承奉。康州斷腸猿，風枝割永痛〔二〕。少年不如人，登仕無前勇。髪疏齒牙摇，鯨波怒號洶。願爲保家子，敢議世輕重。稱觴太夫人，魚菜贍庖供。

〔一〕十：《外集詩注》作「千」。

〔二〕原校：「一作風樹終日痛。」

9 明叔知縣和示過家上冢二篇輒復初韻〔一〕

敝邑荷佳政，耕桑及時運。令君平生歡，遠别喜親近。吾友徐光禄，死戰萬事盡。不見東陵侯，惟見瓜連畛。且當置是事，椎牛會賓親。百年共如此，破涕作嘲哂。枯荷野塘水，照影驚顔鬢。功名黄粱炊，成敗白蟻陣。少時無老境，身到乃盡信。此來見抱子，别日多未齔。夜闌如夢寐，寒燭泣餘寸。

其二

女蘿上杉松，野葛蔓畦壟。蛛絲綱祠屋，芝菌生畫拱。去國二十年，雪涕夙嚴奉。更歷飽艱難，抑搔知痒痛。聞道下士笑，轉物大人勇。平生隨風波，歸來夢猶洶。持此寸草心，負荷九鼎重。柔嘉無牛羊，保身以爲供。

〔一〕輒復初韻：《外集詩注》作「復次韻」。又原注：「明叔，名知章，治平二年進士，元豐中知分寧。」

10 次韻叔父聖謨詠鶯遷谷 治平二年作

鵶舊頗强聒〔一〕，僕姑常勃磎。黄鳥懷好音，秋菊染春衣。嚶嚶求朋友，憂患同一枝。

提壺要酤我，杜宇賦式微。黄鳥在幽谷，韜光養羽儀。晴風曜桃李，言語自知時。先生丘中隱，喬木見雄雌。引子遷緑陰，相戒防禍機。李杜死刀鋸，陳張怨棄遺。不如聽黄鳥，永晝客争棋。

〔一〕舊：《外集詩注》作「舅」。史容注引陸龜蒙《挑菜詩》「行歇每依鴉舅影」，謂：「鴉舅亦當是一種草木之名，山谷特借鴉舅字以名鴉耳。」

11 詠清水巖呈郭明叔 并序 元豐六年德平還家作

清水巖號爲天下勝處，去縣庭才三十里〔一〕，一山空洞，如覆青玉盎也。寒泉在其間，甚壯急，至巖口，伏流入石鼻中。巖下有石鐘鼓磬，其聲清越不敞〔二〕，衮衮跑跑，能警動人，世間金革聲亦不足道也。巖前平衍，略可坐千人，不審旌旆嘗因公事一游否。

嘗聞清水巖，空洞極明好。虎狼僊部曲〔三〕，鐘鼓天擊考。雲生卧龍石，水入煉丹竈。有意攜管絃，山祇應洒掃。

〔一〕三十：《外集詩注》作「二十」。

〔二〕不：四庫本作「宏」。

〔三〕僊：《外集詩注》作「遷」。

12 次韻清水巖

西安封域中，清水巖泉好。金堂茂芝朮，仙吏書勳考。桃源人已往，千古遺井竈。雙鳧能來游，俗子跡可掃。

13 次韻章禹直開元寺觀畫壁兼簡李德素〔一〕元祐八年居家作

丹青古藏壁，風雨飽侵食。拂塵開藻鑒，志士淚霑臆。靈山遠飛來，不可以智測。龍神湛回向，擁衛立劍戟。依稀吴生手，旌旆略可識。鴻濛插樓殿，毫髮數動植。廣林瞻二聖〔二〕，有衆拱萬億。飛行湊六合，攬取著一席。人人開生面，絶妙推心得。李侯天機深，指點目所及。三生石上夢，天樂鳴我側。幽尋前日事，晦明忽復易。章生南溟鵬，籠檻鎖六翮。能同寂寞遊，濁酒聊放適。西風葉蕭蕭，蟋蟀依牆壁。家無萬金産，四鄰碪聲急。藜羹傲鼎食，藍縷亦山立。並船有歌妹，粉白眉黛黑。期公開顔笑，醉語雜翰墨。不須談俗事，衹令人氣塞。

〔一〕原注：「禹直，名嗣功，以上書言新法，羈管洪州。」

〔三〕廣林：原作「廣牀」，據《外集詩注》改。

14 食筍十韻 元豐四年太和作

洛下斑竹筍，花時壓鮭菜。一束酬千錢〔一〕，掉頭不肯賣。我來白下聚，此族富庖宰。繭栗戴地翻，觳觫觸牆壞。⿰角戢⿰角戢入中厨，如償食竹債。甘葅和菌耳，辛膳胹薑芥。烹鵝雜股掌，炮鱉亂帬介〔二〕。小兒哇不美，鼠壤有餘嘬。可貴生于少，古來食共噫。尚想高將軍，五溪無人采。

〔一〕千錢：《外集詩注》作「千金」。

〔二〕帬：原作「羣」，據《外集詩注》改。按帬即裙，指鱉之裙邊。

15 蕭巽葛敏修二學子和予食筍詩次韻答之〔一〕

北饌厭羊酪，南庖豐筍菜。自北初落南，幾爲兒所賣。習知價廉平，百態事烹宰。鹽晞枯腊瘦，蜜漬真味壞。就根煨茁美，豈念炮烙債。咀吞千畝餘，胸次不薑芥。二妙各能詩，才名動江介。詩論多佳句，膾炙甘我嘬。因君思養竹，萬籟聽秋噫。從此繕藩籬，下令禁漁采〔二〕。

其二

韭黄照春盤，菰白媚秋菜。惟此蒼竹苗，市上三時賣。江南家家竹，翦伐誰主宰。半以苦見疏，不言甘易壞。葛陂雕龍睡，未索兒孫債。獺膽能分杯，虎魄妙拾芥。此物于食殽，如客得儐介。思入帝鼎烹，忍遭饞涎嘬。懶林供翰墨，碪杵風號噫。每下歎枯株，焚如落樵采。

〔二〕「答之」下《外集詩注》有「二首」二字。

〔三〕下令禁漁采：原校：「一作下書示漁采。」

16 胡朝請見和食筍詩輒復次韻〔一〕

人笑庾郎貧，滿胸飯寒菜。春盤食指動，筍苗入市賣。回首萬錢厨，不羨廊廟宰。民生暫神奇，胞雋伐性壞。忍持芭蕉身，多負牛羊債。籜龍不稱冤，易致等拾芥〔二〕。蕭蕭煙雨姿，壯士持戈介。駢頭沸鼎烹〔三〕，可口垂涎嘬。霜叢負後凋，玉食香餘噫。續詩無全功，葑菲儻可采。

〔一〕《外集詩注》無「食筍詩輒」四字。

〔二〕拾芥：原作「十芥」，據《外集詩注》改。

〔三〕鼎烹：《外集詩注》作「鼎鼎」。

17　寄李次翁　元豐五年太和作

雨斷山川明，花深鳥烏樂。枯骨不霑名，古今同一壑。惟有在世時，聊厚不爲薄。南箕與北斗，親友多離索。斯文如舊歡，李侯極磊落。頗似元魯山，用心撫疲弱。不以民爲梯，俯仰無所怍。胸中種妙覺，歲晚期必穫。然膏夜讀書，見聖宜有作。文字寄我來，官郵遠飛槖。世緣心已死，儻得萬金藥。

18　題高君正適軒

至静在平氣，至神惟順心。道非貴與賤，達者古猶今。功名屬廊廟，閒暇歸山林。畜魚觀群嬉，籠鳥聽好音。不如一丘壑，隨願得飛沉。開門納日月，呼客解纓簪。詩書撫塵迹，歌舞送光陰。妖嫺傾國笑，絲竹感人深。豁然開胸次，風至獨披襟。樊籠鎖形質，物外有幽尋。

19 寄晁元忠十首 元豐六年太和作

國工裁白璧，巧冶鑄干將。成爲萬乘器，貫日吐寒光。其誰湔拂汝，歲月海生桑。蛛網連城玉，苔生百鍊剛。

其二

子雲賦逐貧，退之文送窮。二作雖類俳，頗見壯士胸。晁子行問津〔一〕，欲濟無山藭。著書蓬蒿底，端有古人風。

其三

沙擁大江水，泥封函谷關。古來世上雄，宰木風雨寒。魯儒守一經，亦有澗谷槃。何事窮愁極，江南庾子山。

其四

河清無人待，蘭芳無人采。山空露團團，葛蔓石磊磊。世有傾國媒〔二〕，一笑珠百琲。往時禰處士，顛倒孔北海。

其五

楚宮細腰死，長安眉半額。比來翰墨場〔三〕，爛漫多此色。文章本心術，萬古無轍迹。

吾嘗期斯人，隱若一敵國。

其六

北書來無期，雁不到梅嶺。欲泛雙鯉魚〔四〕，楓葉江路永。平生中心願，褊短不獲騁。富貴安可爲，吾亦有岑鼎。

其七

濟岱有佳人，肌膚若冰雪。我願從之遊，補我黥與刖。子不解人嗔，真成一癡絶。櫟社定頽然，聊用神吾拙。

其八

山公懷涇渭，濬沖遭鑒賞。代豈無若人，吹嘘青雲上。念君如濟水，抱清伏泉壤。行潦酌尊彝，吾猶恃源往。

其九

蛾眉在蒿萊，金玉千里音。遥思甑生塵，汗漫觀古今。沉冥驚人句，摹寫詠時禽。無爲愁肝腎，君子要刳心。

其十

臨川往長懷，神交可心晤。文章不經世，風期南山霧。化蟲哦四時，悲喜各有故。吾獨無間然，子規勸歸去。

〔一〕行問：《外集詩注》作「問行」。

〔二〕媒：原校：「一作姝。」

〔三〕比來：原作「此來」，據《外集詩注》改。

〔四〕欲泛：《外集詩注》作「欲之」，史注「之字誤」。四庫本作「欲遺」。

20 次韻周法曹遊青原山寺〔一〕

市聲故在耳，一原謝塵埃。乳竇響鐘磬，翠峰麗昭回。俯看行磨蟻，車馬度城隈。水猶曹溪味，山自思公開。浮圖踴金碧，廣厦構瓌材。蟬蛻三百年，至今猿鳥哀。祖印平如水〔二〕，有句非險崖〔三〕。心花照十方，初不落梯階。我行暝託宿，夜雨滴華榱。殘僧四五輩，法筵歎塵埋。石頭麟一角，道價直九陔。廬陵米貴賤，傳與後人猜。曉躋上方上，秋塍亂萁荄〔四〕。寒藤上老木，龍蛇委筋骸。魯公大字石，筆勢欲崩摧。德人曩來游，頗有嘉客陪。憶當擁旌旗，千騎相排豗。且復歌舞隨，絲竹寫煩哇。事如飛鴻去，名與南斗偕。松竹吟高丘，何時更能來。回首翠微合，于役王事催。猨鶴一日雅，重來尚徘徊。

〔一〕《外集詩注》：「即周元翁。」
〔二〕祖：四庫本作「禪」。
〔三〕有：四庫本作「偈」。
〔四〕原注：「碑本荄字韻下有兩句云：蓮子委箭鏃，葵花反金杯。」

21 喜知命弟自青原歸

爲吏困米鹽，曲肱夢靈泉。諒非調鼎手，正覺荷鋤便。在公雖勤苦，歸喜叔山禪。去我忽數日，草蟲傍牀煎。屋角烏烏樂，行輿響檐肩。包解分柿栗，兒女鬧樽前。白紵繞祖塔，香攜青原煙。玄珠一百八，夜紉湘縷穿。高林風落子，老僧選霜堅。袖中出新詩，山水含碧鮮。五言吾老矣，佳句付惠連。

22 元翁坐中見次元寄到和孔四飲王夔玉家長韻因次韻率元翁同作寄溢城〔一〕

雨罷山澤明，日長花柳困。遊絲上天衢，觀物得無悶。時從顧曲人，筍饌酌春醞。季子未識面，想見眉目俊。新詩如鳴絃，快讀開鄙吝。銅官魯諸生，事道三無愠。比來工五字，句法妙何遜。枯棋覆吴圖，青簡玩秦燼。葉暗黄鳥時，風號報花信。遥仰吟思苦，江錦割向盡。應煩王公子，又破黄封印。

〔一〕原注：「夔玉，名球，太和人，侍郎王贄之子。」

23 次孔四韻寄懷元翁兄弟并致問毅甫〔一〕元豐五年太和作

書帙蠹魚乾，鑪香眠鴨困。佳人來無期，詩句且排悶。遥知烏衣游，棋局具肴醖。争道嘲不恭，鏖兵勞得俊。頗尋文獻盟，不落市井吝。四月明朱夏，南風解人愠。風前懷二陸，家法窺抗遜。身有三尺桐，爨下得餘燼。端可張洞庭，寥闊世未信。爲我謝孔君，舉酒取快盡。世故安足存，青天飛烏印〔二〕。

〔一〕次：《外集詩注》作「再次」。

〔二〕烏：《外集詩注》作「鳥」。

24 四月戊申賦鹽萬歲山中仰懷外舅謝師厚

只今漢龐公，白髪佐州郡。窮通視寒暑，仕已誰喜愠。長松卧澗底，桴雷多裂璺。未須論才難，世人無此韻。禪悦稱性深，語端入理近。涣若開春冰，超然聽年運。臨民秉三尺，朱墨不可紊。傳聞但言歸，心許手自隱。欲知南陂稻，得幾就收捃。胥疏江湖濱，不邇金玉訓。濡需且肉食，觳觫恐鐘釁。龍移山發洪，虎乳月生暈。竹聲寒夏簟，輟寢中夜聽。寄聲向鹿門，儻賜勞苦問。

宋黃文節公全集·外集卷第四

詩

五言古

1 寄懷元翁 元豐五年太和作

歲年豐稻秔，井邑盛煙火。北園曾未窺，王事方勤我。花枝互低昂，鳥語相許可。觀物見歸根，撫時終宴坐。搔首望四鄰，諸賢皆最課。極工簿領書〔一〕，甚辨米鹽顆。平生短朱墨，吏考仰丞佐。初無公侯心，骨相本寒餓。明窗懷玉友，清絶吟楚些。念君方坐曹，無因奉虛左。

〔一〕工：原作「上」，據《外集詩注》改。

2 對酒次前韻寄懷元翁

花光漸寒食，木燧催國火。沽酒烏勸人，懷賢吾忘我。事往墮甑休，心知求田可。可人不在眼，樽俎思促坐。有生常倥偬，無暇天所課。不解聞健飲，俄成一蓬顆。泥鈞埏萬物，寒暑勤五佐。豈其懷愛憎，私使我窮餓。醉魂招不來〔一〕，浪下巫陽些。夢成少年嬉，走馬章臺左。

〔一〕魂招：《外集詩注》作「招魂」。

3 次韻吉老遊青原將歸 元豐六年太和作

欣欣林皋樂，賞心天際翔。清樽鱠魴鯉，朱果實圓方。醉罷聽疏雨，衾寒夢國香。雨餘山吐月，的皪滿簾霜。展轉復展轉，鍾魚曉琅琅。思歸笑迎門，兒女相扶將〔一〕。

〔一〕相扶：原作「扶相」，據《外集詩注》改。

4 次韻知命永和道中

靈骨閟金鑣，梵宮超玉繩。道人住香火，獨先開静行。呼船久無人，月沉河漢傾。虚舟不受怒，故在蓼灘横。

5 飲潤父家〔一〕元豐四年太和作

齋閤寒麝薰，書帙映斜景。偶來樽俎同，延此笑言頃。宫綫添尺餘，朝來日未永。一醉解語花，萬事畫地餅。要似虎頭癡，何須樗里癭。

〔一〕原注：「潤父舊名渥，字潤父，後更名育，字懋達，會稽人，時爲吉州司理。公以兄弟合宗，見公所作《黄育字序》。」

6 次前韻寄潤父〔一〕

昏昏迷簿領，匆匆貴晷景〔二〕。嘗盡身百憂，迄無田一頃。喜從吾宗遊，九里河潤永。呼兒跪酒樽，戒婦饌湯餅。老夫何取焉，君悦甕盎癭。

〔一〕《外集詩注》無「前」字。

〔二〕匆匆：四庫本作「匆匆」。

7 送酒與周法曹用贈潤父韻〔一〕元豐五年太和作

遥知謝法曹，詩句多夏景。聞道學書勤，墨池方一頃。大字甚未遒〔二〕，小字逼智永。

我有何郎樽，清江醞玉餅〔三〕。還書及斗數，與君酌楠瘿。

〔一〕贈潤父：《外集詩注》作「前」，題注云：「吉州司法周元翁也。」

〔二〕甚：《外集詩注》作「苦」。

〔三〕醞：《外集詩注》作「醖」。

8　癸丑宿早禾渡僧舍

城頭渡可涉，早禾渡可蝌。試問安用舟，春水三丈餘。是維一都會，駔儈權征輸。鬱鬱多大姓，儒冠頗詩書。以武斷鄉曲，舊俗小未除。厭囂謝近市，斬絶得僧區。此地美水竹，林明見浴鳬。相追唓蔆藻，天樂非世娱。憶在田園日，放浪友禽魚。今來長山邑，忍饑撫惸孤〔一〕。出入部曲隨，咳唾吏史趨。形骸束簪笏，可意一事無。謀生理未拙，仰愧擁腫樗。曲肱晴簷底〔二〕，結網看蜘蛛。

〔一〕饑：原作「飽」，據《外集詩注》改。

〔二〕底：《外集詩注》作「低」。

9　宿觀山

莫發白下地，瞑投觀山宿。横溪赤欄橋，一徑入松竹。野僧如鶖鶬，避堂具鐙燭。我眠興視夜，部曲始炊熟。筧水煙際鳴，萬籟入秋木。平生蕭灑興，本願終澗谷。世累漸逼人，如垢不靧沐。已成老翁爲〔一〕，作吏長碌碌。

〔一〕爲：四庫本作「焉」。

10 勞阮入前城 乙卯飯後

刀阮石如刀，勞阮人馬勞。窈窕篁竹陰，是常主逋逃。白狐跳梁去，豪豬森怒嗥。雲黄覺日瘦，木落知風饕。輕軒息源口，飯羹煮溪毛。山農驚長吏，出拜家騷騷。借問淡食民，祖孫甘餔糟。賴官得鹽喫，政苦無錢刀。

11 乙卯宿清泉寺

稅輿陟高岡，卻立倚天壁。就輿亂清溪，轉石飛霹靂。十步一沮洳，五步一枳棘。上方未言返，豁見平土宅。田家雞犬歸，佛廟檀欒碧。蓮蕩落紅衣，泉泓數白石。人如安巢鳥，稍就一枝息。鍾魚各知時，吾亦自得力。

12 丙辰仍宿清泉寺

山農居負山，呼集來苦遲。既來授政役，謡詠謂余欺〔一〕。按省其家資〔二〕，可忍鞭抶之。恩言諭公家，疑阻久迺隨。滕口終自愧，吾敢乏王師。官寧憚淹留，職在拊㛹嫠。所將部曲多，溷汝父老爲。西山失半壁，且復下囊韜。嘑鴉散篇帙，休吏税巾衣。石泉鼓坎坎，竹風吹參差。書冷行熠燿，壁蟲催杼機。昏釭夜未央，高枕夢登巇。

〔一〕諑：原作「詠」，據《外集詩注》改。

〔二〕資：《外集詩注》作「貲」。

13 丁巳宿寶石寺

鐘磬秋山静，鑪香沉水寒。晴風蕩濛雨，雲物尚盤桓。瀹茗赤銅椀，筧泉蒼煙竿。紅榴罅玉房，幺橘委金丸。枕簟已思燠，飯羹可加餐。觀己自得力，談玄舌本乾。理窟乃塊然，世故浪萬端。牛刀經肯綮，古人貴守官。摩挲發硎手，考此一丘槃。

14 戊午夜宿寶石寺視寶石戲題

石形卧蒼牛，贔屭古松陰。松風與溪月，相守歷古今。初無廊廟姿，又不能礎碪。呈文謝珉光，撫質愧球琳。金馬與碧雞，光景動照臨。圯橋授書老，陳倉雊時禽。是皆爲國器，不爾事陸沉。浮雲有儻來，得名豈其心。諒如曲轅社，長存斧斤尋〔一〕。智士貽美謚，自珍非世琛。不材以爲寶〔二〕，吾與汝同音〔三〕。

〔一〕存：四庫本作「免」。

〔二〕寶：四庫本作「幸」。

〔三〕汝：四庫本作「石」。光緒本原注：「按此詩舊載本集十二卷内，今依次登此。」

15 己未過太湖僧寺得宗汝爲書寄山蕷白酒長韻詩寄答

從學晚聞道，謀官無見功。早衰觀水鑒，内熱愧鄰邦。北鄰有宗侯〔一〕，治劇乃雍容。摩手撫鰥寡，藁碪磔强梁。桃李與荆棘，稱物施露霜。政經甚縝密，私不蚍蜉通。吏舍無請賕，家有侯在堂。府符下鹽策，縣官勸和羹。作民敏風雨，令先諸邑行。我居萬夫上，闒惰世無雙。此邑宅巖巖，里中頗秦風。翁媪無恙時，出分如蜂房。一錢氣不直，白梃及父兄。簪筆懷三尺，揖我爲我臧〔二〕。向來豪傑吏，治之以牛羊。我不忍敵民，教養如兒甥。荆雞伏鵠卵，久望羽翼成。訟端洶洶來，諭去稍聽從。尚餘租庸調，歲歲稽法程。按圖索家資，四壁達牖窗。搒目鞭扑之，桁楊相推振。身欲免官去，駑馬戀豆糠。所以積廩鹽，未使户得烹。八月釃社酒，公私樂年登。遣徒與會稽，而悉走荻篁。吾惟不足遣，夙駕略我疆。邑西軼戾地〔三〕，是嘗嬰吾鋒。齟齕其强宗，彼乃可使令。夙夜于遠郊，草露沾帷裳。入磴履虎尾，捫蘿觸蠆芒。借問夕何宿，煙邊數峰横。松竹不見天，蟠空作秋聲。谷鳥與溪瀨，合絃琵琶箏。稅駕亂石間，巖寺鳴疏鐘。山農頗來服，見其父孫翁。苦辭王賦遲，户户無積藏。民病我亦病，呻吟達五更。韻爲誦書語〔四〕，行歌類楚狂。舉鞭問嘉禾，秣馬可及城。惜哉憂城旦，不得對榻牀。灑筆付飛鳥，北風吹報章。書回銀鉤壯，句與麝煤香。浮蛆撥官醅，傾壺嫩鵝黄。山氣常蓊匒〔五〕，此物可屢觴。蘋藥割紫藤，開籠喜手封。味温頗宜人，芼以石飴薑。舉杯引藥糜，詠詩對寒江。寄聲甚勞苦，相思秋月明。我邑萬户鄉，其民資嚚凶。欲割以壽公，使之承化光。反以來壽我，中有吞舟鯨。銅墨俱王命，職思慰孤惸。何時賭一擲，燒燭呪明瓊。

〔一〕北：《外集詩注》作「比」。

〔二〕爲：《外集詩注》作「謂」。

〔三〕軵：《外集詩注》校：「當作軱，音孤。」引《莊子》注：「軱，戾大骨也。」

〔四〕誦書：原校：「一作書空。」《外集詩注》校：「一作書生語。」

〔五〕匒：《外集詩注》作「匌」。

16 庚申宿觀音院

谷底一墟落，地形如盎盆。榱題相照耀，其民頗家温。土風甚于秦，不可借釜甗〔一〕。

僧屋無陶瓦，翦茅蒼竹樊。借問僧安在，乞飯走諸門。人鬨烏烏語，簟涼風水文。旁有蜂蜜廬，頗聞衙集喧。將雨蟻争丘，鏖兵復追奔。紅英委鳳翼，赤幘峩雞冠〔二〕。汲烹寒泉窟，伐竹古松根。相戒莫浪出，月黑虎夔藩。

〔一〕甗：原注：「音言。」

〔二〕峩：原注「莪」，據《外集詩注》改。

17 辛酉憩刀阬口

群山黛新染，蒙氣寒鬱鬱。掃除迎將家，下簟脱巾韈。南北舍小棠，況可清煩暍。烏聲廢晝眠〔一〕，聊以休吏卒。竹雞苦唤人，覺坐觀法窟。無外同一家，惟己非萬物。清波兩鴛鴦，善游且能没。驚人相追飛，甚念失其匹。春鉏貌閒暇，羨魚情至骨。廣道策堅良，熙熙集于苑〔二〕。爛額始論功，儻能謀曲突。

〔一〕晝：《外集詩注》作「書」。

〔二〕苑：《外集詩注》作「菀」。

18 金刀阬迎將家待追漿阬十餘户山農不至因題其壁

窮鄉阻地險，篁竹嘯夔魖。惡少擅三窟，不承吏追呼。老翁燕無凶〔一〕，偃蹇坐里閭。

後生集聞見〔三〕，官不禁權輿。懷書斥長吏，持杖鏖公徒。遂令五百里，化爲豺豕墟。古來沈牛羊，檄水臣鰐魚。猛虎剥文章，矧而民髮膚。哀哉奉其身，曾不如烏烏。破家縣令手，南面天子除。要能伐强梁，然後活惸孤。屬爲民父母，未教忍先誅？山川甚秀拔，人物亦詩書。十室有忠信，此鄉何獨無？

〔二〕《外集詩注》校：「此句疑舛誤。」

〔三〕集：《外集詩注》作「習」。

19 和答魏道輔寄懷十首〔一〕元祐八年還家時作

堂堂陽元公，人物妙晉東。魏侯多能事，彷彿見家風。長魚無波濤，坐與蝦蜆同。諸山摇落盡，旅食歲時窮。

其二

平生弄翰墨，客事半九州。天未逢故人，園蔬當肴羞。酒闌豪氣在，尚欲椎肥牛。虞卿不窮愁，後世無《春秋》。

其三

雷行萬物春，天震而地撼。閉塞成冬冰，楚越自肝膽。貂狐諒柔温，藜藿自羹糝。相思牛羊下，城鼓寒紞紞。

其四

劍埋豐城獄，氣與斗牛平〔二〕。皇明燭九幽，湔祓用神兵。誰言黃沙磧，矢盡鼓不鳴。至今門下士，落涕爲荆卿。

其五

別時燕辭屋，草黃秋半分。今來冬日至，稍添刺繡文。百年幾會合，美酒不屢醺。犀牛可乞角，窮士難薦論。

其六

排江鬼瞰室，貫朽粟紅陳〔三〕。君行誰爲容，款門定生嗔。諒無綈袍故，盡是白頭新。天涯阿介老，有鼻可揮斤。

其七

赤豹負文章，歲晚智刳剔。渴飲南山霧，饑食西山蕨。封狐託脂澤，眉頰頗秀發。時時一樽酒，婆娑弄風月。

其八

猛虎倚山號，强梁不敢前。失身檻穽間，摇尾乞人憐。男子要身在，萬金自保全。雲黄雉兔伏，霜鶻莫空拳。

其九

生涯共七十，去日良已半。短長相觖望，面盡酒可斷〔四〕。大道體甚寬，窘束非達觀。莫問夜如何，醉從雞號旦。

其十

明駝思千里，駑馬怯負荷。小人蠹詩書，安樂北窗卧。瓢空且乞飯，兒寒教補破。機巧生五兵，百拙可用過。

〔二〕原注：「道輔，名泰，襄陽人，曾子宣夫人之弟，作《東軒筆録》《碧霞腴》《漢南隱書》，自號漢南處士。道輔嘗留豫章。」

〔三〕斗牛：《外集詩注》作「牛斗」。

〔三〕陳：原作「塵」，據《外集詩注》改。

〔四〕面：原校：「一作向。」

20 代書 元豐四年太和作

阿熊去我時，秋暑削甘瓜。離别日月除，蓮房倒箭靫。得書報平安，肥字如棲鴉。汝才躍鑪金，自必爲鏌鋣。窮年抱新書，挽條咀春葩。弄筆不能休，屈宋欲作衙。屈指推日星，許身上雲霞。安知九天關，虎豹守夜叉。祝田操豚蹏，持狹所欲奢。文章六經來，汗漫十牛車。譬如觀滄海，細大極龍蝦。古人以聖學，未肯廢百家。舊山木十圍，齋堂緑陰遮。紅稻香盂飯，黄雞厭食鮭。摩挲垂腴腹，頗復讀書耶。念汝齒壯矣，無婦助烹茶。父兄亦憐汝，須兒牧犬猳。且伐千章材〔一〕，贈行當馬檛。贏糧果後時，定隨八月槎。覺民在中林〔二〕，丁丁聞兔罝。奉身甚和友，斡父辦咄嗟。臺源吟松籟，先生岸巾紗。留客醉風月，盤筯供柔嘉。仍工朱絲絃，洗心拂奇邪。孤臣發楚調，傾國怨胡笳。把筆學周鼓，字形錐畫沙。詩書乃甫好〔三〕，不爲蓬生麻。元明祖師禪，妙手發琵琶。已無富貴心，鼓吹一池蛙。天民服農圃，頗復秋斂賒。下田督耒耘，入嶺按新畬。悉力輸王賦，至今困生涯。知命叔山徒，鑪香嚴佛花。唯思苾芻園，脱冠著袈裟。起家望兩季，佩金蹋朝韡。嘉魚在南國，宗廟薦鱨鯊。我爲萬夫長，朝論不齒牙。刺頭簿領中，蚤虱廢搔爬。世累已纏縛，官箴易疵瑕。何時煙雨裏，驅羊入金華。遣奴迫王事，不暇學驚蛇〔四〕。

〔一〕材：《外集詩注》作「木」。

〔二〕中林：《外集詩注》作「林中」。

〔三〕《外集詩注》無「字形」、「詩書」二句。

〔四〕學：原校：「一作草。」

21 寄陳適用〔一〕元豐五年太和作

日月如鶩鴻，歸燕不及社。清明氣姸暖，亹亹向朱夏。輕衣頗宜人，裘褐就椸架。已非紅紫時，春事歸桑柘。空餘車馬迹，顛倒桃李下。新晴百鳥語，各自有匹亞。林中僕姑歸，苦遭拙婦罵。氣候使之然，光陰促晨夜。解甲號清風，即有幽蟲化。朱墨本非工，王事少閑暇。幸蒙餘波及，治郡得黄霸。邑鄰陳太丘，威德可資借。決事不遲疑，敏手擘泰華。頗復集紅衣，呼僚飲休假〔二〕。歌梁韻金石，舞地委蘭麝。寄我五字詩，句法窺鮑謝。亦嘆簿領勞，行欲問田舍。相期黄公壚，不異秦人炙。我初無廊廟，身願執耕稼。今將荷鉏歸，區芋畦甘蔗。觀君氣如虹，千輩可陵跨。自當出懷璧，往取連城價。賜地買歌僮，珠翠羅廣厦。富貴不相忘，寄聲相慰藉。

〔一〕原注：「適用，名汝器，知廬陵。」

〔三〕假：《外集詩注》作「暇」。

22 寄題安福李令適軒

琳宫接叢霄，渌水連翠微。幽花露林薄，好鳥娱清輝。道人勤洒掃，令尹每忘歸。孝慈民父母，虎去蝗退飛。來思僚友同，歌舞醉紅衣。定知與民樂，吏瘦吾民肥。

23 寄題安福李令先春閣

宫殿繞風煙，江山壯城郭。令君埶桃李，面春築飛閣。春至最先知，雨露徧花藥。是日勸農桑，冰銷土膏作。絃歌出縣齋，徘徊問民瘼。雞犬聲相聞，嬰此簿領縛。安得攜手嬉，烹茶煨鴨腳。

24 和孫公善李仲同金櫻餌唱酬二首

人生欲長存，日月不肯遲。百年風吹過，忽成甘蔗滓。傳聞上世士，烹餌草木滋。千秋垂緑髮，每恨不同時。李侯好方術，肘後探神奇。金櫻出皇墳，刺橐覽霜枝。寒窗司火候，古鼎凍膠飴。初嘗不可口，醇酒和味宜。至今身七十，孺子色不衰。田中按耘鉏，孫息親抱持。卻笑鄰舍公，未老須杖藜。

其二

假守富春公，秋毫聽民詞。夙夜臨公廳，歸卧酸體肢。李侯來饋藥，期以十日知。深中護靈根，金鑠祕玉笓。不須許斧子，辛勤采玉芝〔一〕。我方困健訟，撾翁争一錐。不能鳴絃坐，頗似巫馬期。敢乞刀圭餘，歸和卯飲巵。儻令憂民病，從此得國醫。

〔一〕采：原作「來」，據《外集詩注》改。玉芝：《外集詩注》校：「一本作五芝。」

25 二月二日曉夢會于廬陵西齋作寄陳適用

燕寢著鑪香，愔愔閒窗闥。夢到郡城東，笑談西齋月。行樂未渠央，苦遭晴鳩聒。江郡梅李白，士女嬉城闕。聞道潘河陽，滿城花秀發。頗留載酒車，共醉生塵韈。想見舞餘姿，風枝斜蠆髮。鄙夫不舉酒，春事亦可悅。雨足肥菌芝，沙暄饒筍蕨。海牛壓風簾，野飯薰僧鉢。飽食愧公家，曾無助毫末。勸鹽推新令，王欲惸獨活。此邦淡食傖，儉陋深刺骨〔一〕。公困積山丘〔二〕，賈豎但圭撮。縣官恩乳哺，下吏用鞭撻。政恐利一源，未塞兔三窟。寄聲賢令尹，何道補黥刖。從來無研桑，顧影愧簪笏。何顏課殿上，解綬行《采葛》。

〔一〕刺：《外集詩注》作「次」。

〔三〕山丘：《外集詩注》作「丘山」。

26 次韻周德夫經行不相見之詩 元豐六年太和作

春風倚樽俎，緑鬢少年時。酒膽大如斗，當時淮海知。醉眼概九州，何嘗識憂悲。看雲飛翰墨，秀句詠蛛絲。樂如同隊魚，游泳清水湄。波濤倏相失，歲月秣馬馳。客事走京洛，鄉貢趨禮闈。艱難思一臂，講學抱群疑。邂逅無因得，君居天南陲。誰言井底坐〔一〕，忽枉故人詩。清如秋露蟬，高柳噫衰遲。感歎各頭白，民生竟自癡。過門不我見，寧復論前期。杯酒良難必，況望功名垂。吉守鄉丈人，政盛犬生氂〔二〕。緑柳陰鈴閣，紅蓮媚官池。開軒納日月，高會無吏譏。琵琶二十四，明妝百騎隨。爲公置樂飲，纔可慰路岐。矧公妙顧曲，調笑才不羈。幕中佳少年，多欲從汝嬉。人事喜乖牾，曾莫把一卮。朝雲高唐觀，客枕勞夢思。主翁悲琴瑟，生憎見蛾眉。君亦晚坎坷〔三〕，有句怨棄遺。夜光暗投人，所向蒙詆嗤〔四〕。相思秋日黄，西嶺含半規。老矣失少味，尚能詩酒爲。忽解扁舟下，何年復來兹。寄聲緩行李，激箭無由追。

〔一〕底：《外集詩注》作「裏」。

〔二〕盛：《外集詩注》作「成」。

〔三〕晚：原作「脱」，據《外集詩注》改。

〔四〕所：《外集詩注》作「行」。

27 寄傅君倚同年〔一〕治平四年除葉縣尉作

有情清江水，東下投豫章。故人江上居，不寄書一行。相思對明月，談笑如清光。向風長歎息，孤雁起寒塘。傾寫鬱結懷，因之東南翔。姑氏有淑質，幽林蘭静芳。願因奉箕帚，蘋藻羞蒸嘗。念君方策名，要津邁騰驤。引車入里門，觀者塞路傍。邕邕求匹好，羔雁委潘楊。顧惟蓬茅陋，豈能屈東牀。眷言南鳴雁，七子伊在桑。幸緣一日雅，結好永不忘。

〔一〕原注：「君倚，名肩，娶公從姑。」

28 次韻章禹直魏道輔贈答之詩 元祐八年洪州作

我老倦多故，心期馬少游。願爲春眠蠶，吐絲自綢繆。翩翩魏公子，閲世無全牛。吹嘘鼓萬物，領袖傾九流。昨來懷白璧，往撼西諸侯。中丞文武將，良非衛霍侔。誓開河源地，畫作《禹貢》州。壯士捐軀死，鯨鯢尚吞舟。客心無一寸，草食隨百憂。故人道舊語，末路非前籌。重來滕王閣，楓葉江上秋。章子飽經術，賦詩如曹劉。太學得虛名，權勢殊未尤〔一〕。禍機發無妄，對吏抵搶頭〔二〕。遇逢椎鼓赦〔三〕，帝澤萬邦休。章江三年拘，解裝買莫愁〔四〕。麗姬泣又悔，生故難豫謀。邂逅識面晚，困窮理相收。夜語倒樽酒，參旄偃風旒。兩公但取醉，古今共高丘。

〔一〕勢：原作「世」，據《外集詩注》改。
〔二〕抵：四庫本作「祇」。
〔三〕椎：原作「權」，據《外集詩注》改。
〔四〕買：四庫本作「賣」。

29 次韻道輔雙嶺見寄三疊

明如九井璜，美如三危露。貞觀魏公孫，今來功名誤。兒時漢南柳，搖落傷歲暮。時不與我謀，羲和促天步。一疊

生涯魚吹沫，文彩豹藏霧。人言壺公老，渠但未得趣。飲酒入壺中，茫然失巾屨。時不與我謀，今君向何處。二疊

蓮塘倒箭靫，桂影涼霜兔〔一〕。平生知音地，地下無尺素。十夜九作夢，虜乘鶩沙度。時不與我謀，征西枕戈去。三疊

〔一〕涼：原校：「一作落。」

30 次韻道輔旅懷見寄

歲華其將晚，霜葉不可風。生理魚乞水，歸心鳥飛空。風塵化衣黑，旅宿夢裙紅。人言家無壁，自倚筆有鋒。轉蓬且半歲，交臂各衰翁。扁舟去日遠，明月與君同。露晞百年駛，麟獲萬事窮。裝懷酒澹淡〔一〕，塞意霧空濛。諸公尚無恙，不見陳元龍。

〔一〕「澹」下原注「菼」。「淡」下原注「琰。」

31 寄餘干徐隱甫 元豐六年太和作

江行長邅回，風水憂索米。相逢解人頤，豪士徐孺子〔一〕。鸕鷀葭葦間，煮茗當酌醴。夜船餉蒸鵝，白髮厭甘旨。東江始分風，苕網饋百紙。遣兵夜賦詩，月冷石齒齒。別來星環天，再見艷桃李。寄聲良勞勤，報我闕雙鯉。但聞佳邑政，杻械生菌耳。頗聞延諸儒，破訟作詩禮〔二〕。顧予白下邑，庭聚雨前蟻。珥筆誦漢章，錐刀争未已。初無得民具，名

實正爾爾。願聞庖丁方，江湖天到水。遥知解千牛，袖手笑血指。書來儻垂教〔三〕，改事從此始。

〔一〕豪：《外集詩注》作「高」。

〔二〕破訟作：四庫本作「披訟皆」。

〔三〕垂教：原校：「一作教吾。」

32 次韻秋郊晚望

道同一指馬，心解廢耳目。短生行衰謝，黄落看草木。無懷世不知〔一〕，有酒客可速。誰能縛詩書，閉門抱羈獨。披襟臨江皋，萬籟發空谷。風力斜雁行，山光森雨足。壁蟲先知寒，機織日夜促。居人思行人，裘褐誰結束。行人喜歸來，邂逅天從欲。可奈甑生塵，嚴霜凍杞菊。

〔一〕懷：四庫本作「財」。

33 寄上高李令懷道 上高，古筠州，江西屬邑。

李侯湖海士，瓜葛附婚友。平生各轉蓬，未曾接樽酒。寄聲維勞勤，江路常永久。節物居然秋，蜕蟲悲高柳。傳聞闢學館，鼓士薦豚韭。能使珥筆黔，稍知忠信有。驕虎縮爪距，詩禮開户牖。事勝感邦人，伐山謀不朽。武功筆如椽，文字爛瓊玖。謂予有書癖，摹篆寫科斗。不珍金石刻，要我一揮肘。安知乃兒戲，敢傳萬世後。摩拂幼婦篇，慙非换鵝手。公其勤勞來，嘉政民父母。不用琢蒼崖，豐碑在人口。

34　讀方言

八月梨棗紅，繞牆風自落。江南風雨餘，未覺衣衾薄。壁蟲憂寒來，催婦織衣著〔一〕。荒畦杞菊花，猶用充羹臛。連日無酒飲，令人風味惡。頗似揚子雲，家貧官落魄。忽聞輶軒書，跫蹤讀勞輔齶。虚堂漏刻間，九土可領略。願多載酒人，喜我識字博。設心更自笑，欲過屠門嚼。往時抱經綸，待價一丘壑。卜師非熊羆，夢相解靡索。所欲吾未奢，儻使耕可穫。今年美牟麥，厨饌豐餅拓〔二〕。摩挲腹中書，安知非糟粕。

〔一〕「衣」下原注「去聲」。「著」下原注「音斫」。

〔二〕拓：《外集詩注》作「飥」。

宋黄文節公全集·外集卷第五

詩

五言古

1 送彦孚主簿〔一〕元豐六年太和作

斯文當兩都，江夏世無雙。叔度初不言，漢庭望風降。中間眇人物，潛伏老崆谾〔二〕。本朝開典禮，棫樸作株樁。世父盛文藻，如陸海潘江。三戰士皆北，韔弓錦韜杠。白衣受傳詔，短命終螢窗。夢升卧南陽，耆舊無兩龐。空鑱歐陽銘，松風悲隴瀧〔三〕。四海群從間，爾來頗琤淙〔四〕。主簿吾宗秀，其能任爲邦。軀幹雖眇小，勇沈鼎可扛。擇師別陳許，取友觀羿逄。折腰佐髯令，邑訟銷吠尨。時邀府中飲，下箔蠟燒釭。紅裳笑千金，清夜酒百缸。同僚有惡少，嘲謔語亂哤。君但隱几笑，諸老嘆敦厖。況乃工朱墨，氣和信甚矼。持此應時須，十年擁麾幢。相逢常抵掌，衙鼓趨鼕鼕〔五〕。簿書敗清談，汗顔吏樅樅〔六〕。臨分何以贈，要我賦蘭茳。黄華雖衆笑，白雪不同腔。野人甘芹味，敢饋厭羊羫。顧余百短拙，飽腹饛胮肛〔七〕。惟思解官去〔八〕，一丘事耕耧〔九〕。君當取富貴，鐘鼓羅擊撞。伏藏龃龉徑，猶想足音跫。

〔一〕原注：「彦孚，姓黄。」
〔二〕谾：原注：「許江反。」
〔三〕瀧：原注：「音雙。」
〔四〕琤：原注：「士耕反。」淙：原注：「士江反。」
〔五〕韸韸：原作「韼韼」，據《外集詩注》改。原注：「音龐。」
〔六〕樅：原注：「〔音〕窗。」
〔七〕胮：原注：「音龐。」肛：原注：「許〔兵〕〔江〕反。」
〔八〕惟：原作「維」，據《外集詩注》改。
〔九〕耧：原注：「〔音〕窗。」

2　謝曹子方惠二物二首　元祐三年祕書省作

飛來海上峰，琢出華陰碧。炷香上裹裹〔一〕，映我鼻端白。聽公談昨夢，沙暗雨矢石。今此非夢耶，煙寒已無迹。右博山鑪

其二

短喙可候煎，枵腹不停塵。蟹眼時探穴，龍文已碎身。茗椀有何好，煮餅被寵珍。石交諒如此，湔祓長日新。右煎茶缾

〔一〕烓：原作「注」，據《外集詩注》改。

3 題老鶴萬里心 元祐二年祕書省作

仙人駕飛騎，朝會白雲衢。老驥不服乘〔一〕，清唳徹九虚。野田篁竹底，毰毸伴雞凫，時因長風起，猶欲試南圖。

〔一〕不服：《外集詩注》作「不伏」。

4 和劉景文

追隨城西園，殘暑欲退席。夜涼雨新休，城譙掛蒼壁。佳人攜手嬉，調笑忘日夕。劉侯本將家，今爲讀書客。詩名二十年，風雅自推激。牛鐸調黄鐘，薪餘合琴瑟。食無千户封，句有萬人敵。頗類鄴侯家，連牆架書册。殘編汲縣冢，半隸鴻都壁。渠成亦秦利，願

公多購獲。竟須卜比鄰，勞苦相飲食。身有小醜女，已自喜翰墨。要傳未見書，遮眼差有益。人生但安樂，券外豈吾力。分鹿誰覺夢，亡羊路南北。公今百寮底，雪髮不勝幘。愛公欲湔拂，顧我已頭白。

5 寄忠玉提刑〔一〕元祐五年祕書省作〔二〕

市骨蘄千里〔三〕，量珠買娉婷。駑駘參逸駕，西子泣深屏。吾人材高秀，胸次別渭涇〔四〕。嚴能喜劇部〔五〕，持節按祥刑。萑蒲稍衰息〔六〕，郡縣或空囹。讀書頭愈白，見士眼終青〔七〕。今時斤斧地，虛次待發硎。早晚紫微禁〔八〕，占來有使星。

〔一〕《外集詩注》：「山谷有真蹟稿本，題云《贈送忠玉提刑朝奉》。」（按：以下史容列真蹟稿本之異文，今隨文附注。）

〔二〕原注：「《實録》是年六月己未，右宣德郎馬瑊提點淮南西路刑獄。又八月戊戌，新淮南西路提點刑獄馬瑊爲兩浙路提點刑獄。」

〔三〕蘄千里：真蹟作「收駔駿」。

〔四〕別：真蹟作「有」。

〔五〕喜：真蹟作「宜」。

〔六〕稍：真蹟作「頗」。

〔七〕終：真蹟作「自」。

〔八〕紫微禁：真蹟作「太微垣」。

6 和答莘老見贈 元豐八年祕書省作

往歲在辛丑，從師海瀕州。外家有行役，拜公古邗溝。兒曹被鑒賞，許以綜九流。仍許歸息女，采蘋助春秋。斯文開津梁，盛德見虛舟。離合略十年，每見仰清修。久次不進遷，天禄勤校讎。文武脩衮職，諫垣始登收。身趨鄴公城〔一〕，逐臣既南浮。變彼丞中饋，家庭供百羞。堂堂來問寢，忽爲雲霧休。遺玩猶在篋，汝水遶墳丘。南箕與北斗，日月行置郵。相逢輦轂下，存没可言愁。當年小兒女，生子欲勝裘。甌越委琴瑟，江湖拱松楸。持節轉七郡，治功無全牛。還朝蒙嗟識，明月豈暗投。抱被直延閣，疏簾近奎鉤。三生石上夢，記是復疑不。隱几付天籟，閱人如海鷗。襟懷俯萬物，顔鬢與百憂。長歌可當泣，短生等蜉蝣。悲歡令人老，萬世略同流。軒冕來逼身，白蘋晚滄洲。履拂知道肥〔二〕，净室見天游。小人樂蛙井，癡甚顧虎頭。世緣真嚼蠟，骨相謝封侯。松根養茯苓，歲晏望華輈。

〔一〕鄴：《外集詩注》：「當作葉，傳寫誤耳。山谷初仕，爲汝州葉縣尉，葉本楚地，楚惠王以封沈諸梁，謂之葉公。」

〔三〕拂：原作「佛」，據《外集詩注》改。

7 奉和公擇舅氏送吕道人研長韻〔一〕元祐元年祕書省作

奉身玉壺冰，立朝朱絲絃。妙質寄郢匠，素心乃林泉。力耕不罪歲，嘉穀有逢年。校書天祿閣，蓺竹老風煙。提攜寒泉泓〔二〕，松煤厭磨研。籍甚在臺省，六經勤傳箋。諫草蠹穿穴，江湖渺歸船。春官酌典禮，日月麗秋天。少也長母家，學海頗尋沿。諸公許似舅，賤子豈能賢。新詩先舊物，包送比青氈。繆傳黃梅鉢，未印少林禪。汲井滌敗墨，蒼珪謝磨鐫。玉蟾瀉明滴，要須筆如椽。眷求盡耆德，舅氏且進還。山龍用補衮，舟楫功濟川。當身任百世，舊學不虛捐。私持殺青簡，緝綴報餐錢。屢書願無愧，儻繼《麟趾》篇。

〔一〕原注：「公擇時爲禮部侍郎。」

〔二〕提攜：《外集詩注》作「攜提」。

8 次韻答王四

病懶百事廢，不惟書問疏。新詩苦招喚，是日鎖直廬。潢汙深一尺，人道覆行車。晴夜遥相似，秋堂對望舒。

9 次韻叔父夷仲送夏君玉赴零陵主簿 元豐三年改官都下作

田竇堂上酒，未醉已變態。何如東陵瓜，子母相鈎帶。富貴席未暖，珠玉作災怪。茅茨雖長貧，終有懿親在。丈人困州縣，短髮餘會撮〔一〕。居然枳棘棲，坐閲歲月代。青雲已迷津，濁酒未割愛。簿領能無休，飣餖唤魚菜。羈旅苦地褊〔二〕，江湖見天大。萬里一帆檣，長風可倚賴。因行訪幽禪，頭陀煙雨外。

〔一〕撮：原作「最」，據《外集詩注》改。

〔二〕褊：《外集詩注》作「偏」。

10 松下淵明 元祐三年祕書省作〔一〕

南渡誠草草，長沙濟艱難。夜半舟移岸，今無晉衣冠。松風自度曲，我絃不須彈。慧遠香火社，遺民文字禪。雖非老翁事，幽尚亦可歡。客來欲開説，觴至不得言。

〔一〕按底本此詩與《正集》卷二《題伯時畫松下淵明》詩相同，惟「艱難」作「勤艱」，「八面」作「八表」，「幽尚」作「清尚」，今删，而將《外集詩注·松下淵明》詩補入。光緒本原注：「按此詩已登《正集》而互有不同。《正集》云：『南渡誠草草，長沙想艱難。松風自度曲，我琴不須彈。遠公香火社，遺民文字禪。雖非老翁事，幽尚亦可觀。客來欲關説，觴至不得言。』（按：此所載實與《正集》所録不同。）又第三第四句一本云『平生一杯酒，政在管葛間』，又『平生夢管葛，把菊見南山』，各集錯出，今並録。」

11 過致政屯田劉公隱廬〔一〕元豐三年道經南康作

兒時拜公牀，眼碧眉紫煙。舍前架茅茨，鑪香坐僧禪。女奴煮甖粟〔二〕，石盆瀉機泉。今來掃門巷，竹間翁蜕蟬。堂堂列五老，勝氣失江山。石盆爛黄土，茅齋薪壞椽。女奴爲民妻，又瘞蒿里園。當年笑語地，華屋轉朱欄。課兒種松子，傘蓋上參天〔三〕。投策數去日，木行天再環。先生古人風，鐵膽石肺肝。眼前不可意，壯日掛其冠。解衣廬君峰，洗耳瀑布源。霧豹藏文章，驚世時一斑。衆人初易之，久遠乃見難。憶昔子政在，爲翁數解顔。五兵森武庫，河漢落舌端。王陽已富貴，塵冠不肯彈。呻吟刊十史，凡例墨新乾。宰

木忽拱把，相望風隧寒。百楹書萬卷，少子似翁賢。〔四〕

〔一〕《外集詩注》注：「劉涣，字凝之。」

〔二〕粟：《外集詩注》作「粟」。

〔三〕上參天：原校：「一作高參天。」

〔四〕原注：「按公自戊申赴葉縣尉，至庚午方改官歸政，與詩中『木行天再環』之句正合。」

12 泊大孤山作〔一〕

匯澤爲彭蠡，其容化鯤鵬。中流擢寒山，正色且無朋。其下蛟龍卧，宫譙珠貝層。朝雲與暮雨，何處會高陵。不見凌波韈，靚妝照澄凝。空餘血食地，猿嘯枯楠藤。高帆駕天來，落葉聚秋蠅。幽明異禮樂，忠信豈其憑。風波浩平陸，何向非履冰〔二〕。安得曠達士，霜晴嘗一登。

〔一〕《外集詩注》載山谷自注：「庚申十二月作。」

〔二〕向：《外集詩注》作「況」。

13 貴池〔一〕

横雲初抹漆，爛漫南紀黑。不見九華峰，如與親友隔。憶當秋景明，九老對几席。何曾閉蓬窗，卧聽寒雨滴。不食貴池魚，喜尋昭明宅。筆硯鼠行塵，芝菌生銅鬲。思成佳句夢，貽我錦數尺。屬者浪吞舟，風雹更附益。老翁哭婦兒，相將難再得。存亡如日月，薄蝕行道失。流俗暗本源，謂神吐其食。神理儻有私，丘禱久以默。

〔一〕自注：「池人祀昭明爲郭西九郎，時新覆大舟，水死（按：《外集詩注》『死』下有『者』字）十二人，以爲神之威也。」

14 大雷口阻風

號艫下滄江，避風大雷口。天與水模糊，不復知地厚。誰家上江帆〔一〕，狂追雪山走。孤村無十室，旅飯困三韭〔二〕。黄蘆麋鹿場，此地廣千肘。得禽多文章，肯顧魚貫柳。莽蒼天物悲〔三〕，彫弓故在手。鹿鳴猶念群，雉媒竟賣友。商人萬斛船，掛席上牛斗。横笛倚柁樓，波深蒼龍吼。失水不能神，伐葭作城守。欲寄大雷書，往問長干婦。何當楫迎汝，秦淮緑如酒。

〔一〕帆：《外集詩注》作「船」。

〔二〕困：四庫本作「餘」。

〔三〕莽蒼：四庫本作「暴殄」。

15 庚寅乙未猶泊大雷口〔一〕

廣原嗥終風，發怒土囊口。萬艘萍無根，乃知積水厚。龍鱗火熒熒，鞭笞雷霆走。公私連檣休，森如束春韭。倚笻蒹葭灣，垂楊欲生肘。雄文酬江山，惜無韓與柳。五言呻吟內，慚愧陶謝手。送菜煩鄰船，買魚熟溪友。兒童報晦冥，正晝見箕斗。吾方廢書眠，鼻鼾鞲囊吼。猶防盜窺家，嚴鼓申夜守。治城謝公墩，牛渚蕩子婦。何時快登臨，篙師分牛酒。

〔一〕原注：「《宋史》元豐是年十二月己丑朔，庚寅蓋初二日。」

16 乙未移舟出口〔一〕

江湖吞天胸，蛟龍垂涎口。養軀無千金，特爲親故厚。本心非華軒，而與馬争走。聘婦緝落毛，教兒耨葱韭。衣食端須幾，將老猶掣肘。安能詭隨人，曲折作杞柳。桓公甕盎癭，楚國不龜手。生涯但如此，那問託婚友。久陰快夜晴，天文若科斗。村南鬼火寒，村北風虎吼。野人驅雞豚，縛落堅纏守。劉郎弓石八，猛氣壓馮婦〔二〕。一試金僕姑，歸飲軟臂酒。

〔一〕自注：「畏風濤復入，遂宿焉。同行有劉三班，善射，沙夾遇盜，劉手殺三人。」

〔三〕壓：《外集詩注》作「厭」。

17 丙申泊東流縣〔一〕

前日發大雷，真成料虎頭。今日伐鼓出，棹歌傲陽侯。滄江百折來，及此始東流。東流會賓客，建德椎羊牛。野語尚信然，小市黄蘆洲。唯有采薪翁，經營往來舟。櫧櫪盡斤斧，山童煙雨愁。

〔一〕原注：「語曰：東流速客，驚動建德。」

18 阻風銅陵

頓舟古銅官〔一〕，晝夜風雨黑。洪波崩奔去，天地無限隔。船人謹維笮，何暇思掛席。憑江裂嵌空，中有暗水滴。洞視不敢前，潭潭蛟龍宅。網師登長鱣，賈我腥釜鬲。班班被文章，突兀喙三尺。言語竟不通，噞喁亦何益。魁梧類長者，卒以筌餌得。浮沉江湖中，波友永相失。有生甚苦相〔二〕，細大更噉食。安得無垢稱，對榻忘語默。

〔一〕官：原作「宫」，據《外集詩注》改。銅陵縣古有銅官。

〔三〕苦：原作「若」，據《外集詩注》改。

19 金陵

豪士阻江海，瓜分域中權。真人開關梁，曾不費一弦〔一〕。六朝妙人物，蔓草縈寒烟。至今哀江南，詠歌在漁船。窮山虎豹穴，摩衲擁高年〔二〕。青天行日月，坐看磨蟻旋。身將時共晚，道與世相捐。猶能攬壯觀，巨浸朝百川。〔三〕

〔一〕一弦：原作「弦弦」，據《外集詩注》改。四庫本作「鏃弦」。

〔二〕摩：《外集詩注》作「磨」，四庫本作「破」。

〔三〕《外集詩注》載山谷自注：「時秀禪師在鍾山寺。」史容注：「秀乃圜通禪師法秀也。」

20 十月十三日泊舟白沙江口〔一〕

岸江倚帆檣，已專北風權。飛霜挾月下，百筦直如弦。緑水去清夜，黄蘆摇白煙。篙人持更柝，相語聞並船。平生濯纓心，鷗鳥共忘年。風吹落塵網，歲星奔回旋。險艱自得力，細故可棄捐。至今夢洶洶，呼禹濟黄川〔二〕。

〔一〕泊：原作「治」，據《外集詩注》改。題下原注：「真州，唐永正縣之白沙鎮也。」

〔三〕黄川：原注：「河出崑崙墟，色白；所渠并千七百，一川色黄。」（按後句原作「其渠一千七百，一川黄色」，據《外集詩注》改，此是《爾雅・釋水》之文。）

21　發白沙口次長蘆

篙師救首尾，我爲制中權。掛席滿風力，如推强弩絃〔一〕。曉放白沙口，長蘆見炊烟。一葉託秋雨，滄江百尺船。反觀世風波，誰能保長年。念昔聲利區，與世闘周旋。大道甚閒暇，百物不廢捐。誰知目力浄，改觀舊山川。

〔一〕推：《外集詩注》作「椎」。

22　阻風入長蘆寺

福公開百室，不借鄰國權。法筵森龍象，天樂下管絃。我來雨花地，依舊薰鑪烟。金碧動江水，鐘魚到客船。茗椀洗昏著，經行數徂年。歲寒風落山，故鄉喜言旋。林回負赤子，白璧乃可捐。侍親如履冰，風雨淼暗川。

23 次韻伯氏長蘆寺下

風從落帆休，天與大江平。僧坊晝亦静〔一〕，鐘磬寒逾清。淹留屬暇日，植杖數連甍。頗與幽子逢，煮茗當酒傾。攜手霜木末，朱欄見潮生。檣移永正縣，烏度建康城。薪者得樹雞，羹盂味南烹。香秔炊白玉，飽飯愧閒行。叢祠思歸樂，吟弄夕陽明。思歸誠獨樂，薇蕨漸春榮。

〔一〕静：原作「浄」，據《外集詩注》改。

24 贈别李端叔

我觀江南山，如目不受垢。憶食江南薇，子獨於我厚。在北思江山，如懷冰雪顔。千峰上雲雨，岑絶何由攀。當時喜文章，各有兒子氣。爾來頷須白，有兒能拜起。讀書浩湖海，解意開春冰。成山更崇崛，顧我魄丘陵。白玉著石中，與物本落落。涇渭相將流，世不名清濁。乞言既不易，贈言良獨難。古來得道人，掛舌屋壁間。牧羊金華道，載酒太玄宅。支頤聽晤語，願君喙三尺。我行風雨夜，船窗聞遠雞。故人不可見，故人心可知。

25 曉放汴舟

秋聲滿山河，行李在梁宋〔一〕。川塗事雞鳴，身亦逐群動。霜清魚下流，橘柚入包貢。又持三十口，去作江南夢。

〔一〕行李：《外集詩注》作「李行」。

26 次盱眙同前韻

去此二十年，持家西過宋。起予者白鷗，歸興岌飛動。宮殿明寶坊，山川開禹貢。破浪一帆風，更占夢中夢。

27 外舅孫莘老守蘇州留詩斗野亭庚申十月庭堅和〔一〕

謝公所築埭，未歎曲池平。蘇州來賦詩，句與秋氣清。僧構擅空闊，浮光飛棟甍。唯斗天司南，其下百瀆傾。貝宮産明月，含澤遍諸生。槃礴淮海間，風煙侵十城。籟簫吹木末，浪波沸庖烹。我來杪揺落，霜清見魚行。白鷗遠飛來，得我若眼明。佳人歸何時，解衣繞厢榮。

〔一〕原注：「斗野亭在揚州召伯埭，《淮海秦少游集》有《和孫莘老召伯斗野亭》古詩，即此韻。」

28 庭堅得邑太和六舅按節出同安邂逅于皖公溪口風雨阻留十日對榻夜語因詠誰知風雨夜復此對牀眠別後更覺斯言可念列置十字字爲八句寄呈十首〔一〕元豐四年赴太和作

鵠白不以烏，蘭香端爲誰。外家秉明德，晚與世參差。乖離歲十二，會面卒卒期。何言瀼丘底，玉稻同一炊。

其二

滄江渺無津，同濟共安危。四海非不廣，舅甥自相知。孔鸞在榛梅，鷦鷯亦一枝。千里同明月，相期不磷緇。

其三

少小長母家，拊憐輩諸童。食貧走八方，略已一老翁。不能成宅相，頗似舅固窮。何以報嘉德，取琴作《南風》〔二〕。

其四

德人心寂寥，立朝實莊語。虎節坐山城，孤雲猶能雨。文章被甥姪，孝友諧婦女。偃息一畝宫，植梅當歌舞。

其五

江都克家才，萬卷書插架。願言渠出仕，從舅問耕稼。誰云瀕老境，此子即長夜。歸歟淼前期，蒔橘鉏甘蔗。〔三〕

其六

曩窺涉世方，白駒且場縠。平生漫歲晚，志尚向山木。返身觀小醜，真成覆車犢。否臧太磊磊，從此更三復。

其七

負薪反羊裘，愛表只傷裏〔四〕。補紉雖云工，歲晏安可恃。洗心如秋天，六合無塵滓。浮雲風去來，在彼不在此。

其八

阿髯學升堂〔五〕，斡母思靡悔。文成蓺桃李，不言行道兑。阿蘇妙言語〔六〕，機警欲無對。子姓何預人，蘭玉要可佩。

其九

解衣卧相語，濤波夜掀牀。十年身百憂，險阻心已降。涉旬風更雨，宿昔燭生光。衾幬無端冷，明月一船霜。

其十

親依爲日淺，愛不舍我眠。教我如牧羊，更著後者鞭。得邑邇梅嶺，開花向春妍。碌碌幸苟免，稱觴大人前。

〔一〕更覺：《外集詩注》無「更」字。

〔二〕原校：「一作鼓琴歌南風。」

〔三〕原注：「按江都尉李攄，字安詩。」

〔四〕只：原校：「一作亦。」

〔五〕自注：「德叟。」

〔六〕自注：「阿蘇，舅氏幼子。」

29 同蘇子平李德叟登擢秀閣 元豐三年歸江南作

築屋皖公城，木末置曲欄。歲晚對烟景，人家橘柚間。獨秀司命峰，衆口讓高寒。松竹二橋宅〔一〕，雪雲三祖山〔二〕。衰懷造勝境，轉覺落筆難。蘇李工五字，屬聯不當慳。

〔一〕橋：《外集詩注》作「喬」。

〔二〕《外集詩注》校：「《纂異》一本作『暮雨二喬宅，孤雲三祖山』。」

30 靈龜泉上

太靈壽日月，化石皖公陂。偶無斧斤尋，不作宰上碑。傾首若有謂，指泉來自西。泉甘崖木老，坐嘯欲忘歸。風流裴通直〔一〕，商略從我嬉。蒔梅盈百科，洗石出崛奇。更約聘石工，鑱我靈龜詩。舅弟李德叟〔二〕，好學古須眉〔三〕。卿家北海公，筆法可等夷。爲我書斯文，要與斗牛垂。

〔一〕風流裴通直：原校：「一作裴髯喜幽事」。

〔二〕《外集詩注》作「舅弟妙學古」，并引元注：「舅弟，李德叟。」

〔三〕《外集詩注》作「亦復古鬚眉」。

31 發舒州向皖口道中作寄李德叟

黑雲平屋簷〔一〕，晨夜隔星月。曉裝商旅前，冰底泥活活。野人讓畔耕〔二〕，蹇馬不能滑。駝裘惜蒙茸，俱落水塘缺。孤村小蝸舍，乞火乾履襪。前登極峥嶸〔三〕，他日飛鳥没。寒花委亂草，耐凍鳴風葉〔四〕。江形篆平沙，分派回勁筆。鬅弟不俱來，得句漫剞劂〔五〕。卻望同安城，惟有松鬱鬱。遥知浦口晴，諸峰見明雪〔六〕。

〔一〕黑：《外集詩注》作「墨」。校云：「一作崔嵬雲壓空」。

〔二〕讓畔耕：《外集詩注》校：「一作侵畔耕。」

〔三〕峥嶸：《外集詩注》校：「一作高寒。」

〔四〕「寒花」二句：《外集詩注》校：「一作『耐凍風葉間，梅萼零亂發』。」

〔五〕《外集詩注》校：「一作『漫得句奇屈』。」

〔六〕明雪：《外集詩注》校：「一作松雪。」

32 豐城〔一〕元豐四年赴太和作

豐城邑巖巖，水種六萬户。石隄眠長虹，輟棹日沈霧。令君政有聲，新亭延客步。淚寶室，萬世同此度。拆中台〔三〕，木拱孔章墓。不能從兒嬉，歲晚龍蛇去。空餘寒泉泓，因雨長蛙鮒。鉛刀藏落世父碑，心傾文饒賦。憶昔兩神兵，埋玉思武庫〔二〕。寒光射漢津，兩賢紆一顧。張公

〔一〕《外集詩注》載山谷自注：「亭上有李衛公《劍池賦》、世父長善《石隄記》。」

〔二〕埋玉：原作「埋獄」，據《外集詩注》改。

〔三〕中台：原作「中臺」，據《外集詩注》改。

33 定交詩效鮑明遠體呈晁无咎〔一〕元豐三年北京作

建西金爲政，摇落草木衰。除瓜壠畝浄，邵平無米炊。滿家色藜藿，詩書不賙饑。平生晁公子，政用此時來。定交無一物，秋月以爲期。執持荆山璧，要我雕琢之。破斧不能柯，況乃玉無疵。危冠論百揆，備樂奏四時。成功彼有命，用舍君自知。收身渺江湖，歲晚白鳥嬉。開徑蒲葦中，倚鉏望君歸。閉塞乃非道，不才當汝爲。

34 又

建鼓求亡子，元非入耳歌。除去緑綺塵，水深山峨峨。滿堂悦秦聲，君獨用此何。平

分感秋節，空闊湛金波。定夜百蟲息，高論聽懸河。執攬北斗柄，斟酌四時和。破屋仰見星，得子喜且多。危柱無安絃，野水自盈科。成道在禮樂，成山在丘阿。收此桑榆景，相從寄琢磨。開懷溟海闊，百怪出蛟鼉。閉藏願自愛，驚人取譴訶。

〔一〕題下原注：「以『建除滿平定執破危成收開閉』十二字冠爲句首。」

35 碾建溪第一奉邀徐天隱奉議并效建除體 元豐八年德平作

建溪有靈草，能蜕詩人骨。除草開三徑，爲君碾玄月。滿甌泛春風，詩味生牙舌。平斗量珠玉，以救風雅渴。定知胸中有，璀璨非外物。執虎探虎穴，斬蛟入蛟室。破鏡掛西南，夜闌清興發。危言諸公上，殊勝弄翰墨。成仁冒鼎鑊，聞已歸諫列。收汝救月弓，蛙腹當拆裂。開雲照四海，黄道行堯日。閉門斵車輪，出門同軌轍。

36 再作答徐天隱

建德真樂國，萬里渺中州。除蕩俗氛盡，心如九天秋。滿船載明月，乃可與同游。平生期斯人，共挾風雅輈。定知詩客來，夜虹貫斗牛。執斧修月輪，鍊石補天陬。破的千古下，乃可泣曹劉。危柱鳴哀箏，知音初見求。成功在漏刻，堯舜去共吺〔一〕。收此文章戲，往作活國謀。開納傾萬方，皇極運九疇。閉姦有要道，新舊隨材收。

〔一〕吺：原注：「音兜。」

37　重贈徐天隱

建極臨萬邦，稽古陛下聖。除書日日下，有耳家相慶。滿意見升平，父老扶杖聽。平生所傳聞，似仁祖德性。定鼎百世長，櫜弓四夷静。執事當在朝〔一〕，官冷殊未稱。破帽風皷皷，簡易不騎乘。危顛相扶持，泉石供嘲詠。成樂澗阿中，傲世似未敬。收潦下秋船，期公拜嘉命。開元貞觀事，身得見全盛。閉門長蓬蒿，或許老夫病。

〔一〕在：《外集詩注》作「前」。

38　八音歌贈晁堯民往長與堯民論出處之致未竟故終言之〔一〕元豐二年北京作

金生寒沙中，見別會有時。石上千年柏，材高用苦遲。絲亂猶可理，心亂不可治。竹齋聞履聲，迺是故人來。匏苦只多葉，水深難爲涉。土牀不安席，象牀卧曄曄。革與井同功，守道非關怯。木直常先伐，檮櫟萬世葉。

〔二〕「往長」至「言之」：《外集詩注》作小字題注。

39 八音歌贈晁堯民

金荷酌美酒，夫子莫留殘。石有補天材，虎豹守九關。絲窠將柳花，入户撲衣冠。竹風摇永日，思與子盤桓。匏瓜豈無匹，自古同心難。革急而韋緩，只在揉化間。木桃終報汝，藥石理予顔〔一〕。

〔一〕《外集詩注》：「原闕『土』字韻一聯。按别本『自古同心難』下一聯云『土硬非道器，要君斲鼻端』，始足八音。」

40 古意贈鄭彦能〔一〕元祐元年祕書省作

金欲百鍊剛，不欲繞指柔。石羊卧荒草，一世如蜉蝣。絲成蠶自縛，智成龜自囚。竹箭天與美，豈願作嚆矢。匏枯中笙竽，不用繫牆隅。土偶與木偶，未用相賢愚。革轍要合道，覆車還不好。木訥赤子心，百巧令人老。

〔一〕《外集詩注》題作《古意贈鄭彦能八音歌》，史容注云：「山谷有此詩真蹟，跋云：『吾友鄭彦能，今可爲縣令師也。以予寒鄉士，不能重之於朝，故作此詩贈行，以識吾愧。元祐元年丙寅，黄庭堅題。』」

41 贈无咎〔一〕 元豐三年北京作

金馬避世客，談諧玩漢朝。石門抱關人，長往閉寂寥。絲蟲日夜織，勞苦則以食。竹生罹斧斤，高林乃其賊。匏樽酌吾子，雖陋意不淺。土德貴重遲，水德貴深遠。革能談鯤鵬，晚乃得莊周。木雁兩不居，相期無待遊。

〔一〕《外集詩注》題作《贈无咎八音歌》。

42 銅官縣望五松山集句 元豐三年赴太和作

北風無時休，崩浪聒天響。蛟鼉好爲祟，此物俱神王〔一〕。我來五松下，白髮三千丈。松門閉青苔，惜哉不得往。今日天氣嘉，清絶心有向。子雲性嗜酒，況乃氣清爽。此人已成灰，懷賢盈夢想。衣食當須幾，吾得終疏放。弱女雖非男，出處同世網。搔背牧雞豚，相見得無恙。

〔二〕俱神王：原作「神俱王」，據《外集詩注》改。

六言古

43 戲呈田子平〔一〕

茸割即非茸割，肥羊自是肥羊。老夫纔堪一筋，諸生贊詠甘香。卻歎佳人纖手，晚來應廢紅妝。荆州衣冠千户，厚意獨有田郎。

〔一〕《外集詩注》題作《戲呈田子平六言》，繫于建中靖國元年。

宋黄文節公全集·外集卷第六

詩

七言古

1 清江引〔一〕

江鷗摇蕩荻花秋，八十漁翁百不憂。清曉采蓮來盪槳，夕陽收網更横舟。群兒學漁亦不惡，老妻白頭從此樂。全家醉着篷底眠，舟在寒沙夜潮落。〔二〕

〔一〕原注：「嘉祐六年，時公年十七。」

〔二〕原注：「趙伯山《中外舊事》云：先生少有詩名，未入館時，在葉縣、大名、德州、德平詩已卓絶。後以史事待罪陳留，偶自編《退聽堂》詩，初無意盡去少作。胡直孺少汲建炎初帥洪州，首爲先生類詩文爲《豫章集》，命洛陽朱敦儒、山房李彤編集，而洪炎玉父專其事，遂以『退聽堂』爲斷，以前好詩皆不收，殊謬誤也。按録此，俾海内有識者共曉云。」按：此注乃據黄罃《年譜》。

2 還家呈伯氏〔一〕 熙寧四年葉縣還家作

去日櫻桃初破花，歸來着子如紅豆。四時驅迫少須臾，兩鬢飄零成老醜〔二〕。永懷往在江南日，原上急難風雨後。私田苦薄王税多，諸弟號寒諸妹瘦。扶將白髮渡江來，吾二人如左右手。苟從禄仕我遭回，且慰家貧兄孝友。强趨手版汝陽城，更責愆期被訶詬。法官毒螫草自摇，丞相霜威人避走。賤貧孤遠蓋如此，此事端於我何有。一囊粟麥七千錢〔三〕，五人兄弟二十口。官如元亮且折腰，心似次山羞曲肘。北窗書册久不開，筐篋黄塵生鏁鈕。何當略得共討論，況乃雍容把杯酒。意氣敷腴貴壯年，不蚤計之且衰朽。安得短船萬里隨江風，養魚去作陶朱公。斑衣奉親伯與儂，四方上下相依從。用舍由人不由己，乃是伏轅駒犢耳。

〔一〕《外集詩注》引元注云：「葉縣作。」

〔二〕《外集詩注》校：「《纂異》：蜀本作『四時略無一日閑，兩鬢已落年少後』。」

〔三〕七千：《外集詩注》作「七十」。

3 流民歎 葉縣作

朔方頻年無好雨，五種不入虚春秋。邇來后土中夜震，有似巨鼇復戴三山遊。傾牆摧棟壓老弱，寃聲未定隨洪流。地文劃劙水觱沸，十户八九生魚頭。稍聞澶淵渡河日數萬，河北不知虚幾州。纍纍襁負襄葉問，問舍無所耕無牛。初來猶自得曠土，嗟爾後至將何怙。刺史守令真分憂，明詔哀痛如父母。廟堂已用伊吕徒，何時眼前見安堵。疏遠之謀未易陳，市上三言或成虎。禍災流行固無時，堯湯水旱人不知。桓侯之疾初無證，扁鵲入秦始治病。投膠盈掬俟河清，一簞豈能續民命。雖然猶願及此春，略講周公十二政。風生郡口方出奇，老生常談幸聽之。

4 次韻答張沙河〔一〕元豐二年北京作

張侯堂堂身八尺，老大無機如漢陰。猛摩虎牙取吞噬，自歎日月不照臨。策名日已汗軒冕，逃去未必焚山林。我評君才甚高妙，孤竹截管空桑琴。四十未曾成老翁，紫髯垂頤鬱森森。眉宇之間見風雅，藍田煙霧生球琳。胸中碨磊政須酒〔二〕，東海可攬北斗斟。古人已悲銅雀上，不聞向時清吹音。百年毁譽付誰定，取醉自可結舌瘖。使公繫腰印如斗，駟馬高蓋驅駸駸。親朋改觀婢僕敬，成都男子寧異今。又言屋底甚縣罄，兒婚女嫁取千金。古來聖賢多不飽，誰能獨無父母心。衆雛墮地各有命，强爲百草憂春霖。艾封人子暗目睫，與王同牀悔沾襟。隴鳥入籠左右啄，終日思歸碧山岑。一生能幾開口笑，何忍更遺百慮侵。忽投雄篇寫逸興，仰占乾文動奎參。自陳使酒嘗罵坐，惜予不與朋合簪〔三〕。君材蜀錦三千丈，要在刀尺成衣衾。南朝例有風流癖，楚地俗多詞賦淫。屈原《離騷》豈不好，只今漂骨滄江潯。政令夷甫開三窟，獵以我道皆成禽。温恭忠厚神所勞，於魚得計豈厭深。丈夫身在要勉力，豈有吾子終陸沈。鄙人相士蓋多矣，勿作蔡澤笑噤吟。

〔一〕原注：「沙河縣乃河北西路，去北京不遠。」

〔二〕碨磊：《外集詩注》作「壘塊」。

〔三〕合：《外集詩注》作「盍」。

5 古風次韻答初和甫二首〔一〕元豐甲子德平鎮作

饑思河鯉與河魴，渴思蔗漿玉碗涼。冬願純綿對陰雪，夏願綌絺度盛陽。萬端作計身愁苦，一事不諧鬢蒼浪。調笑天街吟海燕，藜羹脱粟非公狂。

其二

君吟春風花草香，我愛春夜璧月涼。美人美人隔湘水，其雨其雨怨朝陽。蘭荃盈懷報瓊玖，冠纓自潔非滄浪。道人四十心如水，那得夢爲蝴蝶狂。

〔一〕原注：「公生乙酉，至是年四十。和甫名虞世，名士，善醫，有《養生必用方》行世。」

6 次韻答和甫盧泉水三首 並序

和甫作《盧泉之水》，不求于古樂府，而規摹暗合。予爲和成三疊。自予官河外，罕得逆耳之言於朋友，和甫愛我也，居有藥言，吾不欲其思盧泉也，故作其一。父母之邦，有如仲尼、柳下惠而懷安之，以吾之樂雙井，知和甫之不忘盧泉也，故作其二。坐進此道者，於物無擇〔一〕，清漳之波，濁河之流，盧泉之水，求其異味而不得也，親樂之，身安之，斯可矣，故作其三。夫三言者雖不同，惟知言者領其不異也。

初侯不能六尺長，少日結交皆老蒼。勢利不可更炎涼，解纓從我濯滄浪。與君論心松柏香，何爲獨憶盧泉之上多緑楊。盧泉如練照秋陽，泉上之人猶謗傷。此邦雖陋有佳士，勿厭風沙吹茫茫。願君不負上池水，囊中探丸起人死。

其二

盧泉之木百尺長，下蔭泉色如木蒼。蘋風荷雨灑面涼，倒影摇蕩天滄浪。綱登錦鱗蒲荇香，何以貫之柳與楊。古來希價入咸陽，貪功害能相中傷。君今已出紛争外，但思煙波春淼茫。奉親安樂一杯水，盧泉之濱可忘死。

其三

舍後鐘梵鑪煙長，舍前簾影竹蒼蒼。事親煖席扇枕涼，中有一士鬢蒼浪。同心之言蘭麝香，與遊者誰似姓楊。朝發枉渚夕辰陽，懷瑾握瑜祇自傷。東有濁河西清漳，胡爲搔頭盧泉思茫茫〔二〕。清明在躬不在水，此曹狡獪可心死〔三〕。

〔一〕擇：原作「澤」，據《外集詩注》改。

〔二〕盧泉：四庫本作「慮患」。

〔三〕狡獪可：四庫本作「跰躃顧」。

7 贈趙言 元豐三年北京作

饒陽趙方士，眼如九秋鷹。學書不成不學劍，心術妙解通神明。醫如俯身拾地芥，相如仰面觀天星〔一〕。自言方術雜鬼怪，萬種一貫皆天成。大梁卜肆傾賓客，二十餘年聲籍籍。得錢滿屋不經營，散與世人還寄食。北門塵土滿衣襟，廣文直舍官槐陰。白雲勸酒終日醉，紅燭圍棋清夜深。大車駟馬不回首，强項老翁來見尋。向人忠信去表襮，可喜政在無機心。輕談禍福邀重糈，所在多於竹葦林。翁言此輩無足聽，見葉知根論才性。飛騰九天沈九泉〔二〕，自種自收皆在行。先期出語駭傳聞，事至十九中時病。輪囷離奇惜老大，成器本可千萬乘。自歎輕霜白髮新，又去驚動都城人。都城達官老於事，嫌翁出言不娬媚。有手莫炙權門火，有口莫辯荆山玉。吴宫火起燕焚巢，當時卞和斮兩足。千里辭家卻入門，三春榮木會歸根。我有江南黄篾舫，與翁長入白鷗群。

〔二〕觀：原作「覬」，據《外集詩注》改。

〔三〕泉：《外集詩注》作「淵」。

8 次韻晁補之廖正一贈答詩〔一〕元豐二年北京作

晁子抱材耕谷口，世有高賢踐台斗。頃隨計吏西入關，關夫數日傳車還。封侯半屬妄校尉，射虎猛將猶行間。無因自致青雲上，浪説諸公見嗟賞。驥伏鹽車不稱情，輕裘肥馬鳳凰城。歸來作詩謝同列，句與桃李争春榮。十年山林廖居士，今隨詔書稱舉子。文章宏麗學西京，新有詩聲似侯喜。君不見古來良爲知音難，絶絃不爲時人彈。已喜瓊枝在我側，更恨桂樹無由攀。千里風期初不隔，獨憐形迹滯河山。

〔一〕原注：「公再答明略詩云『使年七十今中半』，蓋公是年三十有五也。補之字无咎，正一字明略。」

9 再次韻呈廖明略

吾觀三江五湖口，湯湯誰能議升斗。物誠有之士則然，晚得廖子喜往還。學如雲夢吞八九，文如壯士開黄間。十年呻吟江湖上，青楓白鷗付心賞。未減北郭漢先生，五府交書不到城〔二〕。相者舉肥驥空老，山中無人桂自榮。君既不能如鍾世美，匭函上書動天子。且向華陰郡下作參軍，要令公怒令公喜。君不見晁家樂府可管絃，惜無傾城爲一彈。從軍補掾百僚底，九關虎豹何由攀〔三〕。男兒身健事未定，且莫著書藏名山。

〔二〕自注：「漢汝南廖扶。」

〔三〕關：原作「闕」，據《外集詩注》改。

10 走答明略適堯民來相約奉謁故篇末及之

君不見生不願爲牛後，寧爲雞口。吾聞向來得道人，終古不忒如維斗。希價咸陽諸少年，可推令往挽令還。俗學風波能自拔，我識廖侯眉宇間。省庭無人與争長，主司得之如受賞。東家一笑市盡傾，略無下蔡與陽城。生珠之水砂礫潤，生玉之山草木榮。觀君詞章亦如此，諒知躬行有君子。更約探囊閲舊文，蛛絲鐙花助我喜。賢樂堂前竹影班，好鳥自語莫令彈。北鄰著作相勞苦，整駕謁子邀同攀〔一〕。應煩下榻煮茶藥，坐待月輪銜屋山。

〔一〕子：原作「予」，據《外集詩注》改。

11 答明略并寄无咎

可以忘憂惟有酒，清聖濁賢皆可口。前日過君飲不多，明日解酲無五斗。古木清陰丹井欄，夜來涼月屋頭還。論交撥置形骸外〔一〕，得意相忘樽俎間。冰壺不可與夏蟲饗，秋月不可與俗士賞。已得樽前兩友生，更思一士濟陽城。雖無四至九卿之規畫，猶有千秋萬歲之真榮。空名未食太倉米，今作斑衣老萊子。卿家嗣宗望爾來，不獨我聞足音喜。西風索寞葉初乾，長鋏歸來亦罷彈。窮巷蓬蒿深一尺，朱門廉陛高難攀。吾儕相逢置是事，百世之下仰高山。

〔一〕交：《外集詩注》作「文」。

12 再次韻呈明略并寄无咎

夏雲涼生土囊口，周鼎湯盤見科斗。清風古氣滿眼前，乃是户曹報章還。只今書生無此語，已在貞元元和間。一夫鄂鄂獨無望，千夫唯唯皆論賞。野人泣血漫相明，和氏之璧無連城。參軍拄笏看雲氣，此中安知枯與榮。我夢浮天波萬里，扁舟去作鴟夷子。兩士風流對酒樽，四無人聲鳥聲喜。夢回擾擾仍世間，心如傷弓怯虛彈。不堪市井逐乾没，且願朋舊相追攀。寄聲小掾篤行李，落日東面空雲山。

13 再答明略二首

挾策讀書計餬口，故人南箕與北斗。江南江北萬重山，千里寄書聲不還。當時朱弦寫心曲，果在高山流水間。枯桐滿腹生蛛網，忍向時人覓清賞。廖侯文字得我驚，五嶽縱橫守嚴城。萬夫之下不稱屈，定知名滿四海非真榮。富於春秋已如此〔一〕，他日卜鄰長兒子。一丘各自有林泉，扶將白頭親宴喜。秋風日暮衣裳單，深巷落葉已如彈。數來會面復能幾，六龍去人不可攀。短歌溷公更一和，聊乞淮南作小山。

其二

廖侯言如不出口，銓量古今膽如斗。度越崔張與二班，古風蕭蕭筆追還。前日辭家來射策，聲名籍甚諸公間。華陰白雲鎖千嶂，勝日一談誰能賞。君不見曩時子產識然明，知音鬱鬱閉佳城。勿以匣中之明月，計校糞土之朝榮。我去丘園十年矣，種桑可蠶犢生子。使年七十今中半，安能朝四暮三浪憂喜。據席談經只强顔，不安時論取譏彈。愛君草木同臭味，頗似瓜葛相依攀。我有仙方煮白石，何時期君藍田山。

〔一〕於：原作「如」，據《外集詩注》改。

14 次韻謝子高讀淵明傳 熙寧八年北京作

枯木嵌空微暗淡，古器雖在無古絃。袖中政有《南風》手，誰爲聽之誰爲傳。風流豈落正始後，甲子不數義熙前。一軒黄菊平生事，無酒令人意缺然。

15 次韻孔著作早行 元豐三年北京作

棄置鉏犂就車馬，從來計出古人下。塵埃好在三尺桐，不疑萬世期子野。明經使者著書郎，風雨乘驛忘夙夜。回車過門問無恙，何意深巷勤長者。聖師之後蓋多賢，領略世故有餘暇。白面長身雖不見〔一〕，好古發憤尚類也。自然身如警露鶴，每先鳴雞整初駕。北行河決所至郡，肅肅王命哀鰥寡。力排滹沱避城郭，深澤疲民且田舍。賈生三策藏胸中，羿矢百中不虛捨。行歸定拜關内侯，但賜黄金恐非價。

〔一〕面：原校：「一作而。」

16 次韻无咎閻子常攜琴入村 元豐二年北京作

士寒餓，古猶今。向來亦有子桑琴，倚檻嘯歌非寓淫〔一〕。伯牙山高水深深，萬世丘壟一知音。閻君七絃抱幽獨，晁子爲之《梁父吟》。天寒絡緯悲向壁，秋高風露聲入林。冷絲枯木拂珠網，十指乃能寫人心。村村擊鼓如鳴鼉，豆田見角穀成螺。歲豐寒士亦把酒，滿眼飣餖梨棗多。晁家公子屢經過，笑談與世殊臼科。文章落落映晁董，詩句往往妙陰何。閻夫子，勿謂知人難，使琴抑怨久不和。明光晝開九門肅〔二〕，不令高才牛下歌。

〔一〕檻：《外集詩注》作「楹」。

〔二〕晝：《外集詩注》作「畫」。

17 贈張仲謀

車如雞棲馬如狗，閉門常多出門少。去天尺五張公子，官居城南池館好〔一〕。健兒快馬紫游韁，迎我不知沙路長。江榆老柳媚寒日〔二〕，枯荷小鴨凍野航。津人刺船起應客，遥知故人一水隔。下馬索酒呼三遲，騎奴笑言客竟癡。向來情義比瓜葛，萬事略不置町畦。追數存亡異憂樂，燭如白虹貫酒卮。開軒臨水弄長笛，吹落殘月風凄凄。城頭漏下四十刻，破魔驚睡聽新詩。君詩清壯悲節物，政與秋蟲同一律。爾來更覺苦語工，思婦霜碪擣寒月。朱顔緑髮深誤人，不似草木長青春。潔身好賢君自有，今日相看進于舊。以兹敢傾一杯酒，爲太夫人千歲壽〔三〕。

〔一〕池：原作「地」，據《外集詩注》改。

〔二〕江榆老：《外集詩注》作「高榆老」，四庫本作「江榆溪」。

〔三〕歲：《外集詩注》作「萬」。

18 送薛樂道知鄖鄉 元祐二年祕書省作

黄山葉縣連牆居，謝公席上對樗蒲。雙鬟女弟如桃李，蚤許歸我舍中雛。平生同憂共安樂，歲晚相望青雲衢〔一〕。去年樽酒輦轂下，各喜身爲反哺烏。城頭歸烏尾畢逋，春寒啄雪送行車。解珮我無明月珠，折柳下對千里駒〔二〕。念君胸中極了了，作吏辦事猶詩書。濁酒挽人作年少，關防心地亦時須。鄖鄉縣古民少訟，但問自己不關渠。登臨一笑雙白髮，宜城凍笥供行厨〔三〕。人生此樂他事無，行李道出漢南都。寄聲諸謝今何如，謝公書堂迷竹塢。手種竹今青青否，我思謝公淚成雨，屬公去灑穰下土。

〔一〕望：《外集詩注》作「看」。

〔二〕下：《外集詩注》作「不」。

〔三〕宜：原作「宣」，據《外集詩注》改。史容注：「鄭鄉屬均州，宜城屬襄陽府。」

19 對酒歌答謝公静 元豐元年北京作

我爲北海飲〔一〕，君作東武吟。看君平生用意處，蕭灑定自知人心。南陽城邊雪三日，愁陰不能分皂白。摧輪踠蹄沈數尺〔二〕，城門晝閉眠賈客。移人僵尸在旦夕，誰能忍飢待食麥〔三〕。身憂天下自有人，寒士何者愁填臆。民生政自不願材，可乘以車可鞭策。君不見海南水沈紫栴檀，碎身百鍊金博山。豈如不蒙斧斤賞，老大絶崖霜雪間。投身有用禍所集，何況四達之衢井先汲。昨日青童天上回，手捧玉帝除書來。一番通籍清都闕，百身書名赤城臺。飛昇度世無虚日，怪我裋褐趨塵埃。顧謂彼童子，此何預人事。但對清樽即眼開，一杯引人著勝地。傳聞官酒亦自清，徑須沽取續吾瓶。南山朝來似有意，今夜儻放春月明。

〔一〕北海：原作「壯海」，據《外集詩注》改。

〔二〕踠：《外集詩注》作「涴」。沈：《外集詩注》作「泥」。

〔三〕飢：原作「長」，據《外集詩注》改。

20 戲贈彦深〔一〕

李髯家徒立四壁，未嘗一飯能留客。春寒茅屋交相風，倚牆捫虱讀書策。老妻甘貧能養姑，寧剪髮鬒不典書〔二〕。大兒得飧不索魚，小兒得褌不索襦。庾郎鮭菜二十七，太常齋日三百餘。上丁分膰一飽飯，藏神夢訴羊蹴蔬〔三〕。世傳寒士有食籍，一生當飯百甕葅。冥冥主張審如此，附郭小圃宜勤鉏。葱秧青青葵甲緑，早韭晚菘羹糝熟。充虚解戰賴湯餅，芼以蓱虀與甘菊〔四〕。幾日憐槐已著花，一心咒筍莫成竹。群兒笑髯窮百巧，我謂勝人飯重肉。群兒笑髯不若人，我獨愛髯無事貧。君不見猛虎即人厭麋鹿，人還寢皮食其肉。濡需終與豕俱焦，飫肥擇甘果非福。蟲蟻無知不足驚，横目之民萬物靈。請食熊蹯楚千乘，立死山壁漢公卿。李髯作人有佳處，李髯作詩有佳句。雖無厚禄故人書，門外猶多長者車。我讀揚雄《逐貧賦》，斯人用意未全疏。

〔一〕《外集詩注》引元注：「李原字彦深，厚之弟，居南陽。」光緒本原注：「時公在北京，因假至南陽。」

〔二〕髮：《外集詩注》作「髻」。

〔三〕訴：原作「訢」，據《外集詩注》改。史容注引《啓顔録》云：「有人常食蔬，忽食羊肉，夢五藏神曰：羊踏破菜園。」

〔四〕 蓱：原作「菥」，據《外集詩注》改。

21 和謝公定征南謡

傳聞交州初陸梁，東連五溪西氐羌。軍行不斷蠻標盾，謀主皆收漢畔亡。合浦譙門腥血沸，晉興城下白骨荒。謀臣異時坐致寇，守臣今日愧包桑。已遣戈船下瀧水，更分樓船浮豫章。頗聞師出三鴉路，盡是中屯六郡良。漢南食麥如食玉，湖南驅人如驅羊。營平請穀三百萬，祁連引兵九千里。少府私錢不可知，大農計歲今餘幾。土兵蓄馬貔虎同，蝮蛇毒草篁竹中。未論芻粟捐金費，直愁瘴癘連營空。我思荆州李太守，欲募蠻夷令自攻。至今民歌「尹殺我」，州郡擇人誠見功。張喬祝良不難得，誰借前筯開天聰。詔書哀痛言語切，爲民一洗横尸血。摧鋒陷堅賞萬户，塹山堙谷窮三穴。南平舊時頗臣順，欲獻封疆請旄節。廟謀猶計病中原，豈知一朝更屠滅。天道從來不争勝，功臣好爲可喜説。交州雞肋安足貪，漢開九郡勞臣監。吕嘉不肯佩銀印，徵側持戈敵百男。君不見往年瀕海未郡縣，趙佗閉關罷朝獻。老翁竊帝聊自娱，白頭抱孫思事漢。孝文親遺勞苦書，稽首請去黄屋車。得一亡十終不忍，太宗之仁千古無。〔一〕

〔二〕原注：「酱注：按《國史》，熙寧六年四月，招沈起經略交廣。八年十二月，下詔征交趾。九年正月己卯，交賊陷邕州。九月二日，郭逵伐交趾。其次富良降，十二月乾德班師。（按：此文有誤。《宋史·神宗紀》熙寧九年十二月：「癸卯，郭逵敗交趾於富良江，獲其僞太子洪真，李乾德遣人奉表詣軍門降，逵遂班師。」）公定有〔時〕〔詩〕，公蓋偶和之云。」

22 和答梅子明王揚休點密雲龍 元祐二年祕書省作

小璧雲龍不入香，元豐龍焙承詔作。二月甞新官字盞，游絲不到延春閣。去年曾□減光輝，人間十九人未知。外家春官小宗伯，分送蓬山裁半璧。建安甆椀鷓鴣班，谷簾水與月共色。五除試湯飲墨客，泛甌銀粟無水脈。辟宫邂逅王廣文，初觀團團破龍紋。諸公自别淄澠了，兔月葵花不足論。石磑春芽風雪落，煮澆肺渴初不惡。河伯來觀東海若，鹿逢朱雲真折角。子真雲孫唾成珠，廟堂只今用諸儒。鍊成五石補天手，上書致身可亨衢。顧我賜茶無骨相，他年幸公肯相餉。

23 送劉道純

五松山下古銅官，邑居褊小水府寬。民安蒲魚少嚚訟，簿領未減一丘槃。胸中崢嶸書萬卷，簸弄日月江湖間。稠人廣衆自神王，按劍之眼白相看。老身風波諳世味，如食橘柚知甘酸。麒麟圖畫偶然耳，半枕百年夢邯鄲。平生樽俎宫亭上，涉世忘味皆朱顔。此時阿翁尚無恙，追琢秀句酬江山。堂堂今爲蜕蟬去，五老偃蹇無往還。大梁城中笏拄頰，頷髭今成雪點斑。青雲何必出公右，亨衢在天無由攀。椎鼓轉船如病已，夢想樓臺落星灣。子政諸兒喜文史〔一〕，阿秤亦聞有筆端。丹徒布衣未可量，詩書且對藜藿盤。穴中生涯識陰雨，木末牖户知風寒。我今四壁戀微禄，知公未能長掛冠。

〔一〕子政：原作「子正」，據《外集詩注》改。按子政，漢劉向字，此處借指劉恕。

24 次韻子瞻春菜

北方春蔬嚼冰雪，妍暖思采南山蕨。韭苗水餅姑置之，苦菜黄雞羹糝滑。蓴絲色紫菰首白，蔞蒿牙甜蔊頭辣〔一〕。生葅入湯翻手成，芼以薑橙誇縷抹。驚雷菌子出萬釘，白鵝截掌鼈解甲。琅玕林深未飄籜〔二〕，軟炊香秔煨短茁。萬錢自是宰相事，一飯且從吾黨説。公如端爲苦筍歸，明日青衫誠可脱。

〔一〕蔊：原注：「音罕。菜辛辣如火焊人，故名。」

〔二〕林：《外集詩注》作「森」。

25 六舅以詩來覓銅犀用長句持送舅氏學古之餘復味禪悦故篇末及之 元祐元年祕書省作

海牛壓紙寫銀鉤，阿雅守之索自收〔一〕。長防玩物敗兒性，得歸老成散百憂。先生古心冶金鐵，堂堂一角誰能折。兒言觳觫持贈誰，外家子雲乃翁師。不着鼻繩袖兩手，古犀牛兒好看取。

〔一〕阿雅：自注：「師奴僧號。」

26 次韻子瞻與舒堯文禱雪霧猪泉唱和〔一〕 元豐元年北京作

老農年饑望人腹，想見四溟森雨足。林回投璧負嬰兒，豈聞烹兒翁不哭〔二〕。未論萬户無炊煙，蛛絲蝸涎經杼軸。使君閔雪無肉味，煮餅青蒿下鹽菽。豈云翦爪宜侵肌〔三〕，霜不殺草仍故緑。幽靈奰贔西山霧，牲肥酒香神未瀆。得微往從董父餐，寧當罪繫葛陂淵。卜擇祠官齊博士，暴露致告蒼崖顛。請天行澤不汲汲，爾亦枯魚過河泣。生鵝斬頸血未乾，風馬雲車坐相及。百里旌旗灑玉花，使君義動龍蛇蟄〔四〕。老農歡喜有春事，呼兒飯牛理蓑笠。博士勿嘆從公疲，明年麥飯滑流匙。

〔一〕原注：「按《東坡年譜》，是年有《和舒堯文祈雪》詩。」

〔二〕豈聞：《外集詩注》作「聞豈」。

〔三〕爪：原作「瓜」，據《外集詩注》改。又「侵」《外集詩注》作「剪」。

〔四〕動：《外集詩注》作「重」。

27 答王道濟寺丞觀許道寧山水圖〔一〕元祐二年祕書省作

往逢醉許在長安，蠻溪大硯磨松煙。忽呼絹素翻硯水，久不下筆或經年。異時踏門闖白首，巾冠敧斜更索酒。舉杯意氣欲翻盆，倒卧虚樽將八九。醉拈枯筆墨淋浪，勢若山崩不停手。數尺江山萬里遥，滿堂風物冷蕭蕭。山僧歸寺童子後，漁伯欲渡行人招。先君笑指溪上宅，鸕鷀白鷺如相識。許生再拜謝不能，元是天機非筆力。自言年少眼明時，手揮八幅錦江絲。贈行卷送張京兆，心知李成是我師。張公身逐銘旌去，流落不知今主誰。大梁畫肆閱水墨，我君槃礴忘揖客。蛛絲煤尾意昏昏，幾年風動人家壁。雨雪涔涔滿寺庭，四圖冷落讓丹青。笑酬肆翁十萬錢，卷付騎奴市盡傾。王丞來觀皆失席，指點如見初畫日。四時風物入句圖，信知君家有摩詰。我持此圖二十年，眼見緑髮皆華顛〔二〕。

許生縮手入黃泉，衆史弄筆摩青天。君家枯松出老翟，風煙枯枝倚崩石。蠹穿風物皆愛惜，不誣方將有人識。

〔二〕《外集詩注》題下注：「《外集》十二卷又載一篇云：『往逢醉許在長安，蠻溪大硯磨松煙。忽呼絹素翻硯水，久不下筆或經年。一日踏門撼門鈕，巾帽敧斜猶索酒。舉盃意氣欲翻盆，倒臥虛樽將八九。醉拈枯筆嘗墨色，勢若山崩不停手。數尺江山萬里遥，滿堂風物冷蕭蕭。山僧歸寺童子後，漁伯欲渡行人招。先君笑指溪上宅，鸕鶿白鷺如相識。許生再拜謝不能，乃是天機非筆力。自陳精力初未衰，八幅生絹作四時。蚤師李成最得意，什襲自藏人已知。貴人取去棄牆角，流落幾姓知今誰。大梁畫肆閱水墨，四圖完然當物色。自言早過許史門，常賣一聲偶然得。雨雪涔涔滿寺庭，四圖冷落讓丹青。往來睥睨誰比數，十萬酬之觀者驚。客還次第閱春夏，坐見歲序寒峥嶸。王丞來觀歎嘖嘖，亦如我昔初見日。新詩雌黃多得實，信知君家有摩詰。我持此圖二十年，眼見緑髮皆華顛。許生縮手入黃泉，衆史弄筆摩青天。君家枯松老出翟，頗似破屏有骨骼。一時所棄願愛惜，不誣方將有人識。』比此篇多一韻，其間大同小異。恐此是改定本，因附見。」

〔三〕眼見：《外集詩注》作「眼前」。

28 聽崇德君鼓琴 熙寧四年葉縣作

月明江靜寂寥中，大家斂袂撫孤桐。古人已矣古樂在，彷彿雅頌之遺風。妙手不易得，善聽良獨難。猶如優曇華，時一出世間。兩忘琴意與己意，迺似不著十指彈。禪心默默三淵静，幽谷清風淡相應。絲聲誰道不如竹，我已忘言得真性。罷琴窗外月沈江，萬籟俱空七絃定。

29 次韻答楊子閩見贈 元豐四年太和作

金盤厭飫五侯鯖，玉壺澆潑郎官清。長安市上醉不起，左右明妝奪目精。結交賢豪多杜陵，桃李成蹊卧落英。黄綬今爲白下令〔一〕，蒼顔只使故人驚。督郵小吏皆趨版，陽春白雪分吞聲。楊君青雲貴公子，歎嗟簿領困書生。贈我新詩甚高妙，淚斑枯笛月邊横。文章不直一杯水，老矣忍與時人争。江城歌舞聊得醉，但願數有美酒傾。莫要朱金纏縛我，陸沈世上貴無名。

〔一〕自注：「太和縣，古白下。」

宋黄文節公全集·外集卷第七

詩

七言古

1 答永新宗令寄石耳〔一〕元豐六年太和作

飢欲食首山薇，渴欲飲潁川水。嘉禾令尹清如冰，寄我南山石上耳。筠籠動浮煙雨姿，淪湯磨沙光陸離。竹萌粉餌相發揮，芥薑作辛和味宜。公庭退食飽下筯，杞菊避席遺萍虀。雁門天花不復憶，况乃桑鵝與楮雞。小人藜羹亦易足，嘉蔬遺餉荷眷私。吾聞石耳之生常在蒼崖之絶壁，苔衣石腴風日炙。捫蘿挽葛採萬仞，仄足委骨豺虎宅。佩刀買犢劍買牛，作民父母今得職。閔仲叔不以口腹累安邑，我其敢用鮭菜煩嘉禾。願公不復甘此鼎，免使射利登嵯峨。

〔一〕原注：「永新蓋太和鄰邑。」

2 寄張宜父

建德之國有佳人，明珠爲佩玉爲衣。去國三歲阻音徽，所種桃李民愛之。射陽城邊春爛漫，柳暗學宫鳥相唤。追隨裘馬多少年，獨忍長飢把書卷。讀書萬卷不直錢〔一〕，逐貧不去與忘年〔二〕。虎豹文章被禽縛，何如達生自娱樂。

〔一〕不直錢：原校：「一作筆有神。」

〔二〕忘年：原校：「一作交親。」

3 高至言築亭于家園以奉親總其觀覽之富命曰溪亭乞余賦詩余先君之敝廬望高子所築不過十牛鳴地爾故余未嘗登臨而得其勝處〔一〕

逸人生長在林泉，更築亭皋名意在。明月清風共一家，全以山川爲眼界。鳥度雲行閲古今，溪濱木末聽竽籟。老夫平生行樂處，只今許公分一派〔二〕。

〔一〕園：《外集詩注》作「圃」。

〔三〕令：原作「令」，據《外集詩注》改。

4 彪陂 元豐五年太和作

彪陂之水清且泚，屈爲印文三百里。呼船載過七十餘，褰裳亂流初不記〔一〕。竹輿嘔啞山徑涼〔二〕，僕姑呼婦聲相倚。篁中猶道泥滑滑，僕夫慘慘耕夫喜。窮山爲吏如漫郎，安能爲人作嚆矢。老僧迎謁喜我來，吾以王事篤行李。知民虛實應縣官，我寧信目不信耳。僧言生長八十餘，縣令未曾身到此。

〔一〕《外集詩注》引元注云：「乘舟上十餘渡，徒涉者不可復記。」

〔二〕嘔啞：《外集詩注》作「嶇嶇」。

5 上權郡孫承議〔一〕

公家簿領如雞棲，私家田園無置錐。真成忍罵加餐飯，不如江西之水可樂饑〔二〕。他人勤拙猶相補，身無功狀堪上府。公誠遣騎束縛歸，長隨白鷗卧煙雨。

〔一〕原注：「公作吉州姚公墓銘云：姚公没于元豐辛酉八月己未。孫此後來攝郡事。」

〔二〕江西：《外集詩注》作「西江」。

6 奉答茂衡惠紙長句〔一〕

陽山老藤截玉肪，烏田翠竹避寒光〔二〕。羅侯包贈室生白，明於機上之流黄。愧無征南蠆尾手〔三〕，爲寫黄門《急就章》。羅侯相見無雜語，苦問潙山有無句。春草肥牛脱鼻繩，菰蒲野鴨還飛去。故將藤面乞伽陀，願草驚蛇起風雨。長詩脱紙落秋河，要知溪工下手處。卻將冰幅展似君，震旦花開第一祖。

〔一〕原注：「茂衡，太和人。」

〔二〕烏田：原校：「一作烏孫。」

〔三〕征南：原作「南征」，據《外集詩注》乙。

7 長句謝陳適用惠送吴南雄所贈紙

廬陵政事無全牛，恐是漢時陳太丘。書記姓名不肯學，得紙無異夏得裘。琢詩包紙送贈我，自狀明月非暗投。詩句縱横翦宫錦，惜無阿買書銀鉤。蠻溪切藤卷盈百，側釐羞滑繭羞白〔一〕。想當鳴杵碪面平，桄榔葉風溪水碧。千里鵝毛意不輕，瘴衣腥膩北歸客。君侯謙虚不自供，胡不贈世文章伯。一涔之水容牛蹄，識字有數我自知。小時雙鉤學楷法，至令兒子憎家雞〔二〕。雖然嘉惠敢虛辱，煮泥續尾成大軸。寫心與君心莫傳，平生落魄不問天。樽前花底幸好戲，爲君絶筆謝風煙。已無《商頌》猗那手，請續《南華》內外篇。

〔一〕側釐：《外集詩注》作「側理」。

〔二〕至令：四庫本作「至今」。

8 和答師厚黄連橋壞大木亦爲秋雹所碎之作〔一〕元豐元年北京作

溪橋喬木下，往歲記經過。居人指神社，不敢尋斧柯。青陰百尺蔽白日，烏鵲取意占作窠。黄泉浸根雨長葉，造物著意固已多。風摧電打掃地盡〔二〕，竟莫知爲何譴訶。獨山冷落城東路，不見指名終不磨。

〔一〕之作：《外集詩注》無此二字。

〔二〕電：原校：「一作雹。」

9 上大蒙籠〔一〕元豐五年太和乙卯晨起作

黄霧冥冥小石門，苔衣草路無人迹。苦竹參天大石門，虎迒兔蹊聊倚息。陰風搜林山鬼嘯，千丈寒藤繞崩石。清風源裏有人家，牛羊在山亦桑麻。向來陸梁嫚官府，試呼使前問其故〔二〕。衣冠漢儀民父子，吏曹擾之至如此。窮鄉有米無食鹽，今日有田無米食〔三〕。但願官清不愛錢，長養兒孫聽驅使。

〔一〕《外集詩注》題下注「乙卯晨起」，蓋原詩如此。

〔二〕試：原校：「一作一。」

〔三〕《外集詩注》校：「當作『今日有鹽無食米』。」

10 江西泊舟後作〔一〕元豐六年赴德平作

江水冥冥沙石陰，一舸行盡春已深。浪花緑蔓曳錦帶，短籚刺水抽玉簪。饑魚未沈波面筒，小舫正横溪上風。清輝濯浄遠山碧，白鳥飛入蒼煙叢。

〔一〕按此詩《山谷外集詩注》在下一首詩題之次行并低格，首云：「《江西泊舟後作》，（注云：太和小舫板上塵土中得此詩。）莆田李才甫。」以下即此詩。然後提行頂格，方爲山谷之詩「老大無機如漢陰」云云。據此，此詩實爲李才甫作，山谷偶於太和小舫中得之，後追次其韻，非山谷之詩也。清厲鶚編《宋詩紀事》卷三四録作李才甫詩，是也。

11 追憶予泊舟西江事次韻

老大無機如漢陰，白鳥不去相知深。往事刻舟求墜劍，懷人揮淚著亡簪〔一〕。城南鼓罷吹畫筒〔三〕，城北歸帆落晚風。人煙犬吠西山麓，鬼火狐鳴春竹叢。

〔一〕「著」下原注「直略反」。

〔三〕「吹」下《外集詩注》有小字「去」。

12 次韻郭明叔長歌〔一〕

君不見懸車劉屯田，騎牛澗壑弄潺湲。八十唇紅眼點漆，金鍾舉酒不留殘。君不見征西徐尚書，爲國捐軀矢石間。龍章鳳姿委秋草，天馬長辭十二閑。何如高陽酈生醉落魄〔二〕，長揖輟洗驚龍顏。丈夫當年傾意氣，安用蚓食而蝎跧〔三〕。古人已作泉下土，風義可想猶班班。郭侯忠信如古人，薦書飛名上九關。詩書自可老斲輪〔四〕，智略足以解連環。銅章屈宰山水縣，友聲相求不我頑。鵬翼垂天公直起〔五〕，燕巢見社身思還。文思舜禹開言路，即看承詔著豸冠。尚趨手版事直指，少忍吏道之多艱。黄花零落一尊酒〔六〕，别有天地非人寰。

〔一〕原注：「按嵤注載公有此詩真蹟云：『謹次韻上答知縣奉議惠賜長歌，邑子宣德郎黄庭堅再拜上。』其間與印本有同異處。（點校者按：以下所舉異文隨文附注，此略。）此帖見藏泉江劉薦家。」

〔二〕何如：真蹟作「都不如」。

〔三〕蝎跧：真蹟作「蝸跧」。

〔四〕可：真蹟作「奇」。

〔五〕直：真蹟作「且」。

〔六〕零落：真蹟作「零亂」。

13 奉送時中攝東曹獄掾〔一〕元豐五年太和作

公退蒲團坐後亭，短日松風吟萬籟。黄葵紫菊委榛叢，雪梅靚妝欲無對。遣騎相呼近清樽〔二〕，言君曉鼓前征旆。蒼崖按轡虎豹號，野水呼船風雨晦。昨日歸來有行色，未曾從容解冠帶。府中奪我同官良，簡書趣行將數輩。王事君今困馬鞍，田園我亦思牛背。安得歸舟載月明，鸕鷀白鷗爲友生。一身不是百年物，五湖無邊萬里行。欲招蓑笠同雲水，念君未可及吾盟。富於春秋貌突兀，睥睨滿世收功名。參軍雖卑獄司命，多由陰德至公卿。頷頤折頞秦相國〔三〕，不滿三尺齊晏嬰。丈夫身在形骸外，俗眼那能致重輕。

〔一〕原注：「時中姓謝，公太和同官，時李覿子範解曹尉，時中入城攝事。」

〔二〕清：《外集詩注》作「酒」。

〔三〕頷頤折頞：《外集詩注》作「頷頤折額」，四庫本作「魋顔蹙齃」。

14 次韻和答孔毅甫〔一〕元豐四年太和作

鵬飛鯤化未即逍遥游，龍章鳳姿終作《廣陵散》。溢浦鑪邊督數錢，故人陸沉心可見。氣與神兵上斗牛，詩如晴雪濯江漢。把詠公詩闔且開，旁無知音面牆歎。我今廢書迷簿領，魚蠹筆鋒蛛網硯。六年國子無寸功，猶得江南萬家縣。客來欲語誰與同，令人熟寐觸屏風。竊食仰愧冥冥鴻，少年所期如夢中。江頭酒賤樽屢空，南山有田歲不逢。相思夜半涕無從，千金公亦費屠龍。

〔一〕原注：「毅父名平仲，嘗爲吉倅。」

15 再用舊韻寄孔毅甫

鑒中之髮蒲柳望秋衰，眼中之人風雨俱星散。往者託體同青山，健者漂零不相見。庾公樓上有詩人，平生落筆瀉河漢。置驛勤來索我詩，自説中郎識元歎。我方凍坐酒官曹，爲公然薪炙冰硯。不解窮愁著一書，豈有文章名九縣。奴星結柳送文窮，退倚北窗睡松風。太阿耿耿截歸鴻，夜思龍泉號匣中。斗柄垂天霜雨空，獨雁叫群雲萬重。何時握手香鑪峰，下看寒泉濯卧龍〔一〕。

〔一〕下：原作「不」，據《外集詩注》改。

16 寄題安福李令愛竹堂 元豐五年太和作

淵明喜種菊，子猶喜種竹。託物雖自殊，心期俱不俗。千載得李侯，異世等風流。爲官恐是陶彭澤，愛竹最如王子猶〔一〕。寒窗對酒聽雨雪，夏簟烹茶卧風月。小僧知令不凡材，自掃竹根培老節。富貴於我如浮雲，安可一日無此君。人言愛竹有何好，此中難爲俗人道。我於此物更不疏，一官窘束何由到。

〔一〕如：《外集詩注》作「知」。

17 八月十四日夜刀阬口對月奉寄王子難子聞適用〔一〕

去年對月廬陵郡，醉留歌舞踏金沙。今年今夕千峰下，新磨古鑒動菱花。寒藤老木被光景，深山大澤皆龍蛇。西風爲我奏萬籟，落葉起舞驚棲鴉。遥憐城中二三友，風流慣醉玉釵斜。今夕傳杯定何處，應無二十四琵琶。

〔二〕原注：「聞郡中數月未嘗有燕遊。子難名言臣。」按：據《外集詩注》，前一句爲山谷自注。史容注云：「子難名〔堯〕〔克〕臣。」

18 贈王環中 元豐六年太和作

丹霞不蹋長安道，生涯蕭條破席帽。囊中收得劫初鈴，夜静月明獅子吼。那伽定後一鑪香，牛没馬回觀六道。耆域歸來日未西，一鉏識盡婆娑草。

19 戲和于寺丞乞王醇老米

君不見公車待詔老詼諧，幾年索米長安街。君不見杜陵白頭在同谷，夜提長鑱掘黄獨。文人古來例寒餓，安得野蠶成繭天雨粟。王家圭田登幾斛，于家買桂炊白玉。

20 謝文灝元豐上文藁

虎豹文章非一班，乳雉五色蜃胎寒。天生材器各有用，相如名獨重太山。風流小謝宣城後，少年如春膽如斗。裕陵書稾公不朽，持心鐵石要長久〔一〕。

〔一〕心：《外集詩注》作「名」。

21 寄朱樂仲 元祐二年祕書省作

故人昔在國北門，鄰舍杖藜對樽酒。十五餘年乃一逢〔一〕，黄塵急流語馬首。懶書愧見南飛鴻，君居三十六峰東。我心想見故人面〔二〕，曉雨垂虹到望崧。

〔一〕餘年：《外集詩注》作「年餘」。

〔二〕故：《外集詩注》作「古」。

22 次韻子瞻書黄庭經尾付蹇道士

琅函絳簡蘂珠編，寸田尺宅可蘄仙。高真接手玉宸前，女丁來謁粲六妍。金鑰閉欲形完堅，萬物蕩盡正秋天，使形如是何塵緣。蘇李筆墨妙自然，萬靈拱手書已傳。傳非其人恐飛騫〔一〕，當付驪龍藏九淵。蹇侯奉告請周旋，緯蕭探手我不眠。

〔一〕騫：原注：「音軒，飛舉貌。」

23 送曹子方福建路運判兼簡運使張仲謀 元祐三年祕書省作

曹侯黄須便弓馬，從軍賦詩横槊間。阿瞞文武如兕虎，遠孫風氣猶班班。昨解弓刀丞太僕，坐看收駒十二閑〔一〕。遠方不異輦轂下，詔遣中使哀恫鰥。吾聞斯民病鹽策，天有雨露東南乾。謝君論河秉《禹貢》，詰難蠭起安如山。老郎不作患失計，懔然宜著侍臣冠。願公不落謝君後，江湖以南尚少寬。百城閲人如閲馬，泛駕亦要知才難。鹽車之下有絶足，敗群勿縱爲民殘。官焙薦璧天解顔，瀹湯試春聊加餐。子魚通印蠔破山，不但蕉黄荔子丹。道逢使者漢郎官，清溪弭節問平安。天子命我參卿事，奮髯相對亦可歡〔二〕。迴波一醉嘲栲栳，山驛官梅破小寒〔三〕。

〔一〕收：四庫本作「牧」。

〔二〕髯：《外集詩注》作「然」。

〔三〕山：原校：「一作小。」

24 戲贈曹子方家鳳兒

揀芽入湯獅子吼〔一〕，荔子新剥女兒頰。鳳郎但喜風土樂，不解生愁山疊疊。目如點漆射清揚，歸時定自能文章。莫隨閩嶺三年語〔二〕，轉卻中原萬籟簧。

〔一〕揀：原作「柬」，據《外集詩注》改。

〔二〕閩嶺：原校：「一作阿囝。」

25 題韋偃馬 元祐二年祕書省作

韋侯常喜作群馬，杜陵詩中如見畫。忽開短卷《六馬圖》，想見詩老醉騎驢。龍眠作馬晚更妙，至今似覺韋偃少。一洗萬古凡馬空，句法如此今誰工？

26 和曹子方雜言〔一〕 元祐三年祕書省作

正月尾，垂雲如覆盂，雁作斜行書。三十六陂浸煙水，想對西江彭蠡湖。人言春色濃如酒，不見插秧吴女手。冷卿小塢頗藏春，張侯官居柳對門。當風横笛留三弄，燒燭圍棋覆九軍。盡是向來行樂事，每見琵琶憶朝雲。只今不舉蛾眉酒，紅牙捍撥網蛛塵。曹侯束書丞太僕，試説相馬猶可人。照夜白，真乘黄，萬馬同秣隨低昂，一矢射落皂鵰雙。張侯猶思在戎行，横山、虎北開漢疆。冷卿智多髮蒼浪，牛刀發硎思一邦。政成十綴舞紅妝，兩侯不如曹子方。朵頤論詩蝟毛張，龜藏六用中有光。何時端能俱過我，掃除北寺讀書堂。菊苗煮餠深注湯，更碾盤龍不入香。

〔一〕《外集詩注》：「《前集》（按：見本書《正集》卷四）有《次韻答曹子方雜言》，此篇亦次韻也，而不言次韻，詩意略同，不應再出，又不稱再和。疑是先作此篇，後復竄易，故兩存耳。」按此篇與

《正集》之詩，詩意及文字皆不同，史容之説非是。

27 送張材翁赴秦簽 元豐六年太和作

金沙酴醾春縱橫，提壺栗留催酒行。公家諸父酌我醉，横笛送晚延月明。此時諸兒皆秀發，酒間乞書藤紙滑。北門相見後十年，醉語十不省七八。吏事衮衮談趙張，乃是樽前緑髮郎。風悲松丘忽三歲，更覺緑竹能風霜。去作將軍幕下士，猶聞防秋屯虎兕。祇今陛下思保民，所要邊頭不生事。短長不登四萬日，愚智相去三十里。百分舉酒更若爲，千户封侯儻來爾。

28 送吕知常赴太和丞 元豐七年德平作

我去太和欲朞矣，吕君初得太和官。邑中亦有文字樂，惜不同君澗谷槃。觀山千尺夜泉落，快閣六月江風寒。往尋佳境不知處，掃壁覓我題詩看。

29 老杜浣花谿圖引〔一〕 元祐三年祕書省作

拾遺流落錦官城，故人作尹眼爲青。碧雞坊西結茅屋，百花潭水濯冠纓〔二〕。故衣未補新衣綻，空蟠胸中書萬卷〔三〕。探道欲度羲皇前〔四〕，論詩未覺《國風》遠。干戈峥嶸暗寓縣〔五〕，杜陵韋曲無雞犬。老妻稚子且眼前〔六〕，弟妹飄零不相見。此公樂易真可人〔七〕，園翁溪友肯卜鄰〔八〕。鄰家有酒邀皆去〔九〕，得意魚鳥來相親。浣花酒船散車騎〔一〇〕，野牆無主看桃李〔一一〕。宗文守家宗武扶，落日蹇驢駄醉起。願聞解鞍脱兜鍪〔一二〕，老儒不用千户侯〔一三〕。中原未得平安報〔一四〕，醉裏眉攢萬國愁〔一五〕。生綃鋪牆粉墨落〔一六〕，平生忠義今寂寞。兒呼不蘇驢失腳〔一七〕，猶恐醒來有新作。常使詩人拜畫圖〔一八〕，煎膠續弦千古無〔一九〕。

〔一〕原注：「按嵤注載《金陵續帖》，公有草書此詩，多不同。（按：原文以下列舉草書異文，今隨文附注。）今詩當是改正。」

〔二〕以上二句草書作：「浣花溪邊築茅屋，百花潭底濯塵纓。」

〔三〕空蟠：原校：「一作峥嶸。」草書作「獨蟠」。

〔四〕探道：草書作「譚道」。

〔五〕干戈峥嶸：原校：「一作終風且霾。」

〔六〕且眼前：草書作「但眼前」。

〔七〕樂易：草書作「樂逸」。

〔八〕園翁：草書作「田翁」。

〔九〕皆去：草書作「皆出」。

〔一〇〕酒船：草書作「酒樓」。《外集詩注》引此作「江樓」。

〔一一〕無主看：草書作「爛漫列」。

〔一二〕解鞍脱：草書作「干戈解」。

〔一三〕不用：草書作「不願」。

〔一四〕平安報：草書作「平安信」。

〔一五〕醉裏眉攢：原校：「一作清揚之間。」

〔一六〕絹：《外集詩注》作「綃」。鋪牆：草書作「鋪壁」。

〔一七〕失：原作「夫」，據《外集詩注》改。

〔一八〕常使：草書作「長使」。

〔一九〕千古無：草書作「今古無」。又「煎」，四庫本作「神」。

30 奉謝劉景文送團茶 元祐二年祕書省作

劉侯惠我大玄璧，上有雌雄雙鳳迹。鵝溪水練落春雪，粟面一杯增目力〔一〕。劉侯惠我小玄璧，自裁半璧煮瓊糜〔二〕。收藏殘月惜未碾，直待阿衡來説詩〔三〕。絳囊團團餘幾璧，因來送我公莫惜。箇中渴羌飽湯餅，雞蘇胡麻煮同喫。

〔一〕栗：《外集詩注》作「粟」。注：「粟面蓋茗花也。」

〔二〕縻：《外集詩注》作「靡」。

〔三〕阿：四庫本作「匡」。

31 謝景文惠浩然所作延珪墨

延珪贋墨出蘇家，麝煤漆澤紋烏韡。柳枝瘦龍印香字，十襲一日三摩莎。劉侯愛我如桃李，揮贈要我書萬紙。不意神禹治水圭，忽然入我懷袖裏。吾不能手鈔五車書，亦不能寫論付官奴。便當閉門學水墨，灑作江南驟雨圖。

32 贈陳師道〔一〕元祐元年祕書省作

陳侯學詩如學道，又似秋蟲噫寒草。日晏腸鳴不俯眉，得意古人便忘老。君不見向來河伯負兩河，觀海乃知身一蠡。旅牀争席方歸去，秋水黏天不自多。春風吹園動花鳥，霜月入户寒皎皎。十度欲言九度休，萬人叢中一人曉。貧無置錐人所憐，窮到無錐不屬天。呻吟成聲可管絃，能與不能安足言！〔二〕

〔二〕原注：「師道，名無己，一字履常，即後山。」

〔三〕原注：「按當注：淳熙初客富川，與王景文質論詩。景文云：嘗聞榮茂世云，得之前輩，言山谷嘗與後山相遇于潁昌，因及杜詩《暮歸》詩『客子入門月皎皎，誰家擣練風淒淒』，故此詩有云『霜月入户寒皎皎』及『萬人叢中一人曉』之句。」

33 戲答仇夢得承制

仇侯能騎矍鑠馬，席上亦賦競病詩。玄冬未雷蒼蛇卧，玉山無年天馬饑〔一〕。三年荷戈對摇落，十倍乞弟亦可縛。何如萬騎出河西，捕取弄兵黄口兒。

〔一〕年：四庫本作「禾」。

34 和任夫人悟道

夫亡子幼如月魄，摧盡蛾眉作詩客。二十餘年刮地寒，見兒成人乃禪寂〔一〕。萬事新新不留故，瘦藤六尺持門户。煩惱林中即是禪，更向何門覓重悟。

〔一〕乃：《外集詩注》作「力」。

35 雜言贈羅茂衡 元豐五年太和作

嗟來茂衡，學道如登。欲與天地爲友，欲與日月並行。萬物峥嶸，本由心生。去子之取舍與愛憎，惟人自縛非天黥。墮子筋骨，堂堂法窟。九丘四溟，同一眼精。不改五官之用而透聲色，常爲萬物之宰而無死生。念子坐幽室，鑪香思青冥。是謂蟄蟲欲作，吾驚之以雷霆。

36 渡河 元豐三年北京作

客行歲晚非遠遊，河水無情日夜流。去年排堤注東郡，詔使奪河還此州。憶昔冬行河梁上，飛雪千里曾冰壯。人言河源凍徹天，冰底猶聞沸驚浪〔一〕。

〔一〕冰：《外集詩注》作「水」。

37 玉京軒〔一〕 元豐三年道經南康作

蒼山其下白玉京，五城十二樓，鬱儀結鄰常杲杲。紫雲黄霧鎖玄關，雷驅不祥電揮掃。上有千年來歸之白鶴，下有萬世不凋之瑶草。野僧雲卧對開軒，一鉢安巢若飛鳥。

北風卷沙過夜窗，枕底鯨波撼蓬島。箇中即是地行仙，但使心閒自難老。〔三〕

〔二〕自注：「玉京山在鑪峰下，落星寺僧開軒對之。」按祝穆《古今事文類聚》卷三五引此詩題作《題落星寺》。

〔三〕原注：「按嵤注載公跋此詩後云：『將旦起坐，復得長句，匆匆就竹輿，不暇寫。歲行一周，道純已凋落，爲之隕涕。故書遺超上人，可刻石於吾二人醉處。他日有與予友及道純好事者，尚徘徊碑側。元祐六年大寒後黄庭堅書。』」又《外集詩注》注云：「按《纂異》，蜀本云：『蒼山其下白玉京，廣成安期來訪道。紫雲黄霧鎖玄關，雷驅不祥電揮掃。上有千年來歸之白鶴，下有萬世不凋之瑶草。野僧雲卧對開軒，鑪香霏霏日杲杲。稻田衲子非黄冠，一鉢安巢若飛鳥。莫見仙人乞玉泉，問取紫霄耶舍老。』」

38 宫亭湖 元豐六年太和解官由湖濱入修江作

左手作圓右手方，世人機敏便可爾。一風分送南北舟，斟酌鬼神宜有此。江津留語同濟僧，他日求我于宫亭。吁嗟人蓄自有口，獨爲欒公不舉酒。欒公千歲湖冥冥，白茅縮酒巫送迎。朱幡皂蓋來託宿，不聽靈君專此屋。雄鴨去隨鷗鳥飛，老巫莫歌望翁歸。貝闕珠宫開水府，雨棟風簾豈來處。平生來往湖上舟，一官四十已包羞。靈君如願儻可乞，收此桑榆老故丘。

39 阻水泊舟竹山下 元豐三年赴太和作

竹山蟲鳥朋友語，討論陰晴怕風雨。丁寧相教防禍機，草動塵驚忽飛去。提壺歸去意甚真，柳暗花濃亦半春。北風幾日銅官縣，欲過五松無主人。

40 别蔣穎叔〔一〕

金城千里要人豪，理君亂絲須孟勞。文星合在天東壁，清都紫微醉雲璈。荆溪居士傲軒冕，胸吞雲夢如秋毫。三品衣魚人仰首，不見全牛可下刀。秦川渭水森長戟，方壺蓬萊冠巨鼇。萬釘寶帶璊瑊席，獻納論思近赭袍。連營貔虎湛如水，開盡西河擁節旄。何時出入諸公間，淮湖閲船令一毛。鑿渠決策與天合，支祈窘束縮怒濤。衣食京師看上計，陛下文武收英髦。春風淮月動清鑒，白拂羽扇隨輕舠。下榻見賢傾禮數，後車載士回風騷。斲鼻于郢，觀魚于濠。小夫閲人蓋多矣，幾成季咸三見逃。

〔一〕原注：「穎叔名之奇，嘗作江淮發運。」

41 書石牛溪旁大石上 元豐三年舒州遊山谷洞作

鬱鬱窈窈天官宅，諸峰排霄帝不隔。六時謁天開關鑰，我身金華牧羊客。羊眠野草我世間，高真衆靈思我還。石盆之中有甘露，青牛駕我山谷路。

42 何氏悦亭詠柏 元祐三年祕書省作

澗底長松風雨寒，岡頭老柏顏色悦。天生草木臭味同，同盛同衰見冰雪。君莫愛清江百尺船，刀鋸來謀歲寒節。千林無葉草根黄，蒼髯龍吟送日月。

43 薄薄酒二章 並序 元豐元年北京作

蘇密州爲趙明叔作《薄薄酒》二章，憤世疾邪，其言甚高。以予觀，趙君之言近乎知足不辱，有馬少游之餘風。故代作二章，以終其意。

薄酒可與忘憂，醜婦可與白頭。徐行不必駟馬，稱身不必狐裘。無禍不必受福，甘餐不必食肉。富貴於我如浮雲，小者譴訶大戮辱〔一〕。一身畏首復畏尾〔二〕，門多賓客少僮僕〔三〕。美物必甚惡，厚味生五兵。匹夫懷璧死〔四〕，百鬼瞰高明。醜婦千秋萬歲同室，萬金良藥不如無疾。薄酒一談一笑勝茶，萬里封侯不如還家。

其二

薄酒終勝飲茶，醜婦不是無家。醇醪養牛等刀鋸，深山大澤生龍蛇。秦時東陵千户食，何如青門五色瓜。傳呼鼓吹擁部曲，何如春雨一池蛙。性剛太傅促和藥，何如羊裘釣煙沙。綺席象牀琱玉枕，重門夜鼓不停撾。何如一身無四壁，滿船明月卧蘆花。吾聞食人之肉，可隨以鞭朴之戮；乘人之車，可加以鈇鉞之誅。不如薄酒醉眠牛背上，醜婦自能搔背痒。

〔一〕譴訶：《外集詩注》：「山谷寫本作譴何，俗本誤耳。」
〔二〕復：原校：「一作兼。」
〔三〕少：原校：「一作飽。」
〔四〕璧：原作「壁」，據《外集詩注》改。

44　嵒下放言五首 治平三年作

釣臺

林居野處而貫萬事，花落鳥啼而成四時。物有才德，水爲官師。空明湛群木之影，搏擊下諸峰之巇〔一〕。游魚静而知機〔二〕，君子樂而忘歸。

池亭

水嬉者游魚，林樂者啼鳥。志士仁人觀其大，薪翁笱婦利其小。有美一人，獨燕居萬物之表。

冠鼇臺

石生涯于寒藤，藤耈造于崖樹。鼇插翼而成鵬，隘六合而未翥。我來兮自東，攀桂枝兮容與。倚嵌巖兮顧同來，謂公等其皆去。

博山臺

石藴璵璠，山得其來之澤；木無犧象，天開不材之祥。屹金鑪之突兀〔三〕，其山海之來翔。然以明哲之火，熏以忠信之香。俯仰一時，非智所及；付與萬世，其存者長。

靈椿臺〔四〕

蒼苔古木，相依澗壑之濱；黄葛女蘿，自致風雲之上。人就陰而息迹，鳥投莫而來歸。水影林光，常相助發；溪聲斧響，直下稱提。

〔一〕摶：原作「博」，據《外集詩注》改。
〔二〕静：原作「净」，據《外集詩注》改。
〔三〕鑪：原作「瀘」，據《外集詩注》改。
〔四〕臺：原作「堂」，據《外集詩注》改。

45 題章和甫釣亭 放言 元豐六年太和還家作

斬木開亭，卻倚石壁。寒潭百雷〔一〕，古木千尺。觀魚樂而相忘，聽鳥啼而自得。去而之京洛之間數年〔二〕，猶常夢巘嵒之石。

〔一〕潭：原作「灘」，據《外集詩注》改。
〔二〕去而之：原無「之」字，據《外集詩注》補。

46 贈元發弟 放言 治平四年第後還家作

虧功一簣，未成丘山；鑿井九階，不次水澤。行百里者半九十，小狐汔濟濡其尾。故曰「時乎時，不再來」。終終始始，是謂君子。

47 二十八宿歌贈別无咎 元豐三年北京作

虎剥文章犀解角，食未下亢奇禍作。藥材根氐罹斸掘〔一〕，蜜蟲奪房抱饑渴〔二〕。有心無心材慧死，人言不如龜曳尾。衛平哆口無南箕，斗柄指日江使噫。狐腋牛衣同一燠，高丘無女甘獨宿。虚名挽人受實禍，累棋既危安處我。室中凝塵散髪坐，四壁矗矗見天下。奎蹄曲隈取脂澤，婁豬艾豭彼何擇。傾腸倒胃得相知，貫日食昴終不疑。古來畢命黄金臺，佩君一言等觜觿。月没參横惜相違，秋風金井梧桐落。故人過半在鬼録，柳枝贈君當馬策。歲晏星回觀盛德，張弓射雉武且力。白鷗之翼没江波，抽絃去軫君謂何。

〔一〕氐：原作「氏」，據《外集詩注》改。

〔二〕蜜：原作「密」，據《外集詩注》改。

48 壽聖觀道士黄至明開小隱軒太守徐公爲題曰快軒庭堅集句詠之 元豐三年赴太和作

金華牧羊兒，一粒粟中藏世界。使君從南來，清風明月不用一錢買。盧鶿杓，鸚鵡杯，一杯一杯復一杯，玉山自倒非人推。廬山秀出南斗傍，登高送遠形神開。銀河倒挂三石梁，砅崖倒石萬壑雷〔一〕。吟詩作賦北窗裏，安得青天化作一張紙。長鯨白齒若雪山，我願因之寄千里。

〔一〕倒：《外集詩注》作「轉」。

49 再和公擇舅氏雜言 元祐元年祕書省作

外家有金玉我躬之道術，有衣食我家之德心。使我蟬蛻俗學之市，烏哺仁人之林。養生事親汔師古，炊玉爨桂能至今。歲莫三十裘，食口三百指。寒不緝江南之落毛，饑不拾狙公之橡子。平生荆雞化黃鵠，今日江鷗作樊雉。人言無忌似牢之，挽入書林覷文字。更蒙著鞭翰墨場，贈研水蒼珪玉方。蓬門繫馬晚色浄，茅簷垂虹秋氣涼。湔拂垢面生寒光，漢隸書吕規其陽。吕翁之冶與天通，不但澄埿燒鉛黃。初疑蠻溪水中骨，不見鸜鵒目突兀。但見受墨無聲松花發，頗似龍尾琢紫煙。不見羅縠紋粼粼，但見含墨不泄如寒淵。往在海瀕時，晨夕親几杖。恪居有官次，遣吏問無恙。撫摩寶泓置道山，鬱鬱秀氣似舅眉宇間。其重可以回進躁之首，其溫可以解横逆之顔。烏虖端是萬乘器，紅絲潭石之際知才難。

50 奉送周元翁鎖吉州司法廳赴禮部試〔一〕元豐四年太和作

江南江北木葉黄，五湖歸雁天雨霜。繫船溢城秣高馬，客丁結束女縫裳〔二〕。貢書登名徹未央，不比長卿薄游梁。南山霧豹出文章，去取公卿易驅羊。與君初無一日雅，傾蓋許子如班揚。囚拘官曹少相見，忽忽歲晚稼滌場。一杯僚友喜多在，謝守不見空澄江。澄江如練明橘柚，萬峰相倚摩青蒼。莫堂醺醺客被酒，艷歌聒醉燭生光。椎鼓發船星斗白，明日各在天一方。寒鴉滿枝二喬宅，樽前顧曲憶周郎。鱸魚斫膾蔗爲漿，恨君不留誰與嘗。殿前春風君射策，漢庭諸公必動色。故人若問黄初平，將作金華牧羊客。

〔一〕原注：「元翁，名壽。」

〔二〕客丁：四庫本作「客子」。

51 送昌上座歸成都 紹聖四年黔州作〔一〕

昭覺堂中有道人，龍吟虎嘯隨風雲。雨花經席冷如鐵，一縢日轉十二輪。寶勝蓬蒿荒小院，埋没醯羅三隻眼。箇是江南五味禪，更往參尋莫擔板。

〔一〕紹聖：原作「崇寧」，據黄罃《山谷年譜》卷二六改。按庭堅居黔州在紹聖二年四月至元符元年三月之間，崇寧四年已在宜州貶所，是年九月卒，作「崇寧」顯誤。《山谷外集詩注》原目録又以此詩繫于崇寧元年荆南作，乃是推測，似未可據。

52 題杜槃澗叟冥鴻亭 元豐六年赴德平作

少陵杜鴻漸，頗熏知見香。風流有諸孫，結屋廬山陽。藉交游俠窟，獵艷少年場。光怪驚鄰里，收身反摧藏。江湖拍天流，羅網蓋稻粱。安能衎衎飽，遂欲冥冥翔。畏影走萬里，不如就陰涼。亭東亭西渺煙水，稻田衲子交行李。古靈菴下倚寒藤，莫向明窗鑽故紙。

宋黄文節公全集·外集卷第八

詩

五言律

1 摩詰畫 元豐六年太和作

丹青王右轄〔一〕，詩句妙九州。物外常獨往，人間無所求。袖手南山雨，輞川桑柘秋。胸中有佳處，涇渭看同流。

〔一〕轄：四庫本作「丞」。

2 與胡彦明處道飲融師竹軒 元祐三年祕書省作

井寒茶鼎甘，竹密午陰好。瓜嘗邵平種，酒爲何侯倒。倦須槃礴羸，歸可倒著帽。欲去更少留，道人談藥草。

3　子瞻題狄引進雪林石屏要同作　元祐元年祕書省作

翠屏臨研滴，明窗玩寸陰。意境可千里，摇落江上林。百醉歌舞罷，四郊風雪深。將軍貂狐暖，士卒多苦心。

4　王彦祖惠其祖黄州制草書其後　元祐三年祕書省作

脱略看時輩，諸君等發蒙。董狐常直筆，汲黯少居中。鵬入遷臣舍，烏號厭世弓。平生有嘉樹，猶起九原風。

5　送徐景道尉武寧二首

李苦少人摘，酒醇無巷深。當官莫避事，爲吏要清心。葛藟松千尺，寒泉綆百尋。公朝有汲引，吾子茂徽音。

其二

黄綬補一尉，還依水竹居。身隨南渡馬，書寄北來魚。風俗諳鄰並，艱難試事初。官閒莫歌舞，教子誦詩書。

6 次韻謝公定世弼登北都東樓四首 元豐元年北京作

日著欄干角，風吹濯澣衣。喜同王季哲，更得謝玄暉。清興俱不淺，長吟無用歸。月明南北道，猶見驛塵飛。

其二

真皇多廟勝，仁祖用功深。卜宅遷九鼎，破胡藏萬金〔一〕。百年休戰士，當日縱前禽。欲斷匈奴臂，不如留此心。

其三

都城礙飛鳥，軍幕卧貔貅。紫葚知鼉老〔二〕，黄雲見麥秋。接天雙闕起，伏地九河流。耆老深望幸，鑾輿不好遊。

其四

漢皇勤遠略，晚節相千秋。不足中原地，猶思一戰收。聖朝方北顧，斜日倚東樓。廟算知無敵，寒儒浪自愁。

〔一〕藏：《外集詩注》：「疑作捐。」

〔二〕知蠶：《外集詩注》作「蠶知」。

7 呻吟齋睡起五首呈世弼〔一〕熙寧八年北京作

棐几坐清晝，博山凝妙香。蘭芽依客土，柳色過鄰牆。巷僻過從少，官閒氣味長，江南一枕夢，高卧聽鳴桹。

其二

學省非簿領，卧疴嘗閉關。雨餘樓閣静，風晚鳥烏還。賞逐四時改，心安一味閒。古人雖已往，不廢仰高山。

其三

蔬食吾猶飽〔二〕，曲肱哦古今。酒傾因好事，絃絶爲知音。妒蘗長春木，急巢喧暮禽。長懷阮校尉，北望首陽岑。

其四

已把社公酒，春寒那得嚴。厭聽鴉啄雪〔三〕，喜有燕穿簾。璞玉深藏器，囊錐立見尖。兒時愛談道，今日口如箝。

其五

牆下蓬蒿地，兒童課翦除。蔓萵隨分種，杞菊未須鉏。河水傳烽火，交州報捷書。無能落閒處，慙愧飽春蔬。

〔一〕原注：「世弼，名純亮，即公妹夫，所謂王郎者。」

〔二〕蔬：《外集詩注》作「疏」。

〔三〕鴉：《外集詩注》作「鴻」。

8 次韻師厚萱草 元豐元年北京作

從來占北堂，雨露借恩光。與菊亂佳色，共葵傾太陽。人生真苦相，物理忌孤芳。不及空庭草，榮衰可兩忘。

9 次韻師厚雨中晝寢憶江南餅麴酒

雨砌無車馬，風簾灑静便。忽思江外酒，準擬醉時眠。隱几唯觀化，開書屢絶編。遥知煙渚夢，遺騎唤漁船。

10 和外舅夙興三首 北京寓大雲寺作

瓜蔓已除壟，苔痕猶上牆。蓬蒿貪雨露，松竹見冰霜。卷幔天垂斗，披衣日在房。無詩歎不遇，千古一潛郎。

其二

風烈僧魚響，霜嚴郡角悲。短童疲洒掃，落葉故紛披。水凍食鮭少，甕寒浮蟻遲。朝陽烏烏樂，安穩託禪枝。

其三

暑逐池蓮盡，寒隨塞雁來。衣裘雖得暖，狐貉正相哀。僧汲轆轤曉，車鳴關鎖開。不因朝鼓起，來帙亂書堆。

11 答余洪範二首之一〔一〕 元豐五年太和作

道在東西祖，詩如大小山。一家同雪月，萬事廢機關。天上麒麟閣，山中虎豹閑。何時得丘壑，明鏡失朱顏。

〔一〕原注：「其二入七絶。」按第二首見《外集》卷十二。

12 次韻幾復答予所贈三物三首

石鐙檠

誰憐湖海士，白髮夜窗檠。風雨雞不已，詩書眼尚明。禪枝安宿鳥，僧粥吼華鯨。但滿五車讀，行看一座傾。

石博山

絶域薔薇露，他山菡萏鑪。薰衣作家想，伏枕夢閨姝。遊子官蟻穴，謫仙居瓠壺。當時有憂樂，回首亦成無〔一〕。

石刻

九原誰復起，糟魄未傳心。不取丁儀米，疑成校尉金。名從高位借，德有下僚沈〔二〕。筆削多瑕點，猶希畏友箴〔三〕。

〔一〕「薰衣」以下三聯：《外集詩注》校：「一作『稍薰衣一莞，似慰客心孤。遊子夢蟻穴，謫仙居瓠壺。霏霏麗絲網，清興可能無』。」

〔二〕僚：原作「潦」，原校：「一作僚。」《外集詩注》正作「僚」，據改。

〔三〕「名從」以下二聯：原校：「一本云『筆從高位曲，陸有德人沈。救俗規如此，慵疏廢古今』。」

13 靜居寺上方南入一徑有釣臺氣象甚古而俗傳謬妄意嘗有隱君子漁釣其上感之作詩 元豐六年太和作

避世一丘壑，似漁非世漁。獨吟嘉橘頌，不遺子公書。筍蕨園林晚，絲緡歲月除。安知治容子，紅袖泣前魚。

14 侯尉之吉水覆按未歸三日泥雨戲成寄之 元豐五年太和作

嘆息侯嬴老，尉曹鞍馬疲。山花迷部曲，江雨壓旌旗。越鳥勸沽酒，竹雞憂蹋泥。不知何處醉，遥寄解醒詩。

15 次韻知命入青原山口 元豐六年太和作

阬路羊腸繞，稻田棋局方。林間塔餘寸，風外竹斜行。吠客犬反走，驚人鳥坌忙。山形與祖印，岑絶兩相當。

16 次韻吉老知命同遊青原二首

洗鉢尋思去，論詩匡鼎來。鴉窺錫處井，魚泳釣時臺。垂足收親子，存身亘劫灰。僧雛守金鑰〔一〕，一爲道人開。

其二

至人來有會，吾道本無家。閲世魚行水，遺書鳥印沙。齋盂香佛飯，法席雨天花。時有清談勝，還同歎永嘉。

〔一〕守：《外集詩注》作「手」。

17 次韻十九叔父臺源〔一〕 治平三年作

聞道臺源境，鋤荒三徑通。人曾夢蟻穴，鶴亦怕雞籠。萬壑秋聲别，千江月體同。須知有一路，不在白雲中。

〔一〕原注：「叔父諱襄，字聖謨，號臺源先生。」

18 題吉州承天院清涼軒 元豐四年太和作

菩薩清涼月，遊於畢竟空。我觀諸境盡，心與古人同。僧髮侵眉白，桃花映竹紅。儻來尋祖意，展手似家風。

19 送高士敦赴成都鈐轄二首之二〔一〕元祐三年祕書省作

捧日高宣事，東京四姓侯。軍中聞俎豆，廟勝脱兜鍪。燒燭海棠夜，香衣藥市秋。君平識行李，河漢接天流。

〔一〕原注：「其一入七律。」按原第一首見本書《外集》卷十。原題無「之二」二字，徑補。

20 和師厚接花

妙手從心得，接花如有神。根株穰下土，顔色洛陽春〔一〕。雍也本犁子，仲由元鄙人。升堂與入室，只在一揮斤。

〔一〕《外集詩注》：「《纂異》：蜀本前四句作『妙得花三昧，誰明幻與真。家風穰下土，笑面洛陽春。』」

21 和師厚栽竹

大隱在城市，此君真友生。根須辰日斸，筍要上番成。龍化葛陂去，鳳吹阿閣鳴。草荒三徑斷，歲晚見交情。

22 和答李子真讀陶庾詩

樂易陶彭澤，憂思庾義城。風流掃地盡，詩句識餘情。往者不再作，前賢畏後生。君言得意處，此意少人明。

23 社日奉寄君庸主簿

花發社公雨，陰寒殊未開。初聞燕子語，似報玉人來。遮眼便書册，挑聾欺酒杯。傳聲習主簿，勤爲撥春醅。

24 伯父祖善耆老好學於所居紫陽溪後小馬鞍山爲放隱齋遠寄詩句意欲庭堅和之幸師友同賦率爾上呈 元祐三年祕書省作

樵入千巖静，松含萬籟寒。兒童給行李，藜蓧對衣冠。小檻聊防虎，時來即解鞍。阿翁吹笛罷，懷昔淚相看。〔一〕

〔一〕原注：「按畨注云：昔嘗聞諸先人，此詩蓋和曾伯祖祖善韻。曾伯祖序云：『老伯行年七十有六，同時兄弟名滿四海，墓木已拱合，令老夫老更狂耳。近築亭于馬鞍山，松聲泉溜，足以忘年。魯直九姪爲我乞詩朝中諸公，要驚山祇突兀出聽。』其詩云：『直木皆先伐，輪囷卻歲寒。時霑病者粟，倒着掛時冠。人樂觀魚尾，山齋跨馬鞍。朝中乞佳句，留與子孫看。』是時公所求朝士和篇甚多，今《張文潛集》中有和篇，末句云：『平生未識面，試作阿咸看。』即和此詩韻耳。」

宋黄文節公全集·外集卷第九

詩

七言律

1 徐孺子祠堂〔一〕熙寧元年赴葉經豫章作

喬木幽人三畝宅，生芻一束向誰論。藤蘿得意干雲日，簫鼓何心進酒樽。白屋可能無孺子，黄堂不是欠陳蕃。古人冷淡今人笑，湖水年年到舊痕。

〔一〕原注：「祠在城下。」

2 送徐隱父宰餘干二首〔一〕元豐五年太和作

地方百里身南面，翻手冷霜覆手炎。贅婿得牛庭少訟，長官齋馬吏争廉。邑中丞掾陰桃李，案上文書略米鹽。治狀要須聞豈弟，此行端爲霽威嚴。

其二

天上麒麟來下瑞，江南橘柚間生賢。《玉臺》書在猶騷雅，孺子亭荒只草煙。半世功名初墨綬，同兄文字敵青錢〔三〕。割雞不合庖丁手，家傳風流更著鞭。

〔二〕《外集詩注》：「山谷真蹟稿本：『地方百里古諸侯，嚬笑陰晴民具瞻。』『寒霜』改『冰霜』，又改『冷霜』。『皆廉』改『争廉』。第五句『樽前桃李親朋友』，注云：『改此。』次篇『瑞世』改『下瑞』，『同生』改『同兄』。」

〔三〕敵：《外集詩注》作「直」。

3 答德甫弟　治平四年第後歸家作

鳥啼花發獨愁思，憐子三章怨慕詩。鴻雁雙飛彈射下，鶺令同病急難時。功名所在猶争死，意氣相須尚不移。何況極天無以報，林回投璧負嬰兒〔一〕。

〔一〕自注：「時以父事，兄弟俱在縲紲。」

4 何造誠作浩然堂陳義甚高然頗喜度世飛昇之術築屋飯方士願乘六氣遊天地間故作浩然詞二章贈之〔一〕　熙寧元年赴葉縣作

公欲輕身上紫霞，瓊糜玉饌厭豪奢〔二〕。百年世路同朝菌，九鑰天關守夜叉。霜檜左紉空白鹿〔三〕，金鑪同契漫丹砂。要令心地閒如水，萬物浮沈共我家。

其二

萬物浮沈共我家，清明心水徧河沙。無鉤狂象聽人語，露地白牛看月斜。小雨呼兒蓺桃李，疏簾幃客轉琵琶。塵塵三昧開門户，不用丹田養素霞。

〔一〕術：《外集詩注》作「説」。

〔二〕麋：《外集詩注》作「靡」。

〔三〕紉：《外集詩注》作「紐」。

5 池口風雨留三日 元豐三年赴太和道經池州作

孤城三日風吹雨，小市人家只菜蔬。水遠山長雙屬玉，身閒心苦一舂鋤。翁從旁舍來收網，我適臨淵不羡魚。俯仰之間已陳迹，莫窗歸了讀殘書。

6 思親汝州作 熙寧元年初至汝州作

歲晚寒侵遊子衣，拘留幕府報官移。五更歸夢三千里〔一〕，一日思親十二時。車上吐茵元不逐，市中有虎竟成疑。秋毫得失關何事，總爲平安書到遲。〔二〕

〔二〕三千：《外集詩注》作「三百」。

〔三〕原注：「按當注載：玉山汪氏〔有〕公此詩真蹟，題云《戊申九月到汝州時鎮相富鄭公》，而首句與此不同，云『風力霜威侵短衣』。」

7　次韻戲答彦和〔一〕

本不因循老鏡春，江湖歸去作閒人。天於萬物定貧我，智效一官全爲親。布袋形骸增磈磊，錦囊詩句愧清新。杜門絶俗無行迹，相憶猶當遣化身。

〔一〕自注：「彦和年四十，棄官杜門不出。」

8　衝雪宿新寨忽忽不樂　熙寧四年葉縣作

縣北縣南何日了，又來新寨解征鞍。山銜斗柄三星没，雪共月明千里寒。小吏忽時須束帶〔一〕，故人頗問不休官。江南長盡稍雲竹，歸及春風斬釣竿。〔二〕

〔一〕忽：原校：「一作有。」

〔二〕《外集詩注》載：「《纂異》眉州本及黄氏本：『一夢江南據馬鞍，夢中投宿夜闌干。山銜斗柄三星没，雪共月明千里寒。俗學近知回首晚，病身全覺折腰難。江南長盡捎雲竹，歸及春風斬釣竿。』又按黄氏《年譜》云：「案《垂虹詩話》，山谷尉葉縣日，作《新寨》詩，有『俗學近知回首晚，病身全覺折腰難』之句。傳至都下，半山老人見之，擊節稱歎，謂黄某清才，非奔走俗吏，遂除北京教授。與國史本傳不合。」

9 郭明父作西齋于潁尾請予賦詩二首

食貧自以官爲業，聞説西齋意凛然。萬卷藏書宜子弟，十年種木長風煙。未嘗終日不思潁，想見先生多好賢。安得雍容一樽酒，女郎臺下水如天。

其二

東京望重兩并州，遂有汾陽整綴旒。翁伯入關傾意氣，林宗異世想風流。君家舊事皆青史，今日高材未白頭。莫倚西齋好風月，長隨三徑古人遊。

10 戲詠江南土風

十月江南未得霜，高林殘木下寒塘〔一〕。飯香獵户分熊白，酒熟漁家擘蟹黄。橘摘金苞隨驛使，禾舂玉粒送官倉。踏歌夜結田神社，游女多隨陌上郎。

〔一〕木：《外集詩注》作「水」。

11　和答孫不愚見贈

詩比淮南似小山，酒名麴米出雲安〔一〕。且憑詩酒勤春事，莫愛兒郎作好官。簿領侵尋台相筆，風埃蓬勃使星鞍。小臣才力堪爲掾，敢學前人便掛冠。

〔一〕麴：原作「淘」，據《外集詩注》改。

12　次韻裴仲謀同年　熙寧二年葉縣作

交蓋春風汝水邊，客牀相對卧僧氈。舞陽去葉纔百里，賤子與公俱少年〔一〕。白髮齊生如有種，青山好去坐無錢。煙沙篁竹江南岸，輸與鸕鷀取次眠。〔二〕

〔一〕俱：《外集詩注》作「皆」。

〔二〕原注：「酱注：時仲謀爲舞陽〔尉〕，去葉縣纔百里，故詩中有『賤子與公俱少年』之句。」

13　次韻寄滑州舅氏　熙寧三年葉縣作

舫齋聞有小溪山，便是壺公謫處天。想聽瑣窗深夜雨，似看葉水上江船。瞻相白馬津亭路，寂寞雙鳧古縣前。舅氏知甥最疏懶，折腰塵土解哀憐。〔一〕

〔一〕原注：「按營注載：《宋史》是年四月壬午李公擇落祕閣校理，降太常博士，通判滑州。舅氏即公擇。」

14 病起次韻和稚川進叔倡酬之什 元豐三年赴太和道中作

池塘夜雨聽鳴蛙，老境侵尋每憶家。白髮生來驚客鬢，黄粱炊熟又春華。百年不負膠投漆，萬事相依葛與瓜。勝日主人如有酒，猶堪扶病見鶯花。

15 稚川約晚過進叔次前韻贈稚川并呈進叔

人騎一馬鈍如蛙，行向城東小隱家。道上風埃迷皂白，堂前水竹湛清華。我歸河曲定寒食〔一〕，公到江南應削瓜。樽酒光陰俱可惜，端須連夜發園花。

〔一〕我歸：《外集詩注》作「春歸」。

16 和答登封王晦之登樓見寄 熙寧四年葉縣作

縣樓三十六峰寒，王粲登臨獨倚欄。清坐一番春雨歇，相思千里夕陽殘。詩來嗟我不同醉，别後喜君能自寬。舉目盡妨人作樂，幾時歸得釣鯢桓。

17 伯氏到濟南寄詩頗言太守居有湖山之勝同韻和 元豐元年北京作

西來黄犬傳佳句，知是陸機思陸雲。歷下樓臺追把酒，舅家賓客厭論文。山椒欲雨好雲氣，湖面逆風生水紋。想得争棋飛鳥上，行人不見只聽聞。

18 同世弼韻作寄伯氏在濟南兼呈六舅祠部學士〔一〕

山光掃黛水挼藍，聞説樽前愜笑談。伯氏清修如舅氏，濟南蕭灑似江南。屢陪風月乾吟筆，不解笙簧醉舞衫。只恐使君乘傳去，拾遺今日是前銜。

〔一〕學士：原作「學鄂士」，據四庫本改，《外集詩注》無此二字。又光緒本原注：「濟南即齊州，蓋公擇自滑州通判，歲餘復職知鄂州，徙湖州，又徙齊州。」

19 世弼惠詩求舜泉輒欲以長安酥共泛一盃次韻戲答

寒甕薄飯留佳客，蠹簡殘編作近鄰。避地梁鴻真好學，著書揚子未全貧。玉酥鍊得三危露，石火燒成一片春。沙鼎探湯供卯飲，不憂問字絶無人。

20 次韻蓋郎中率郭郎中休官二首 元豐二年北京作

仕路風波雙白髮，閒曹笑傲兩詩流。故人相見自青眼，新貴即今多黑頭。桃葉柳花明曉市，荻芽蒲筍上春洲。定知聞健休官去，酒户家園得自由〔一〕。

其二

世態已更千變盡，心源不受一塵侵〔二〕。青春白日無公事，紫燕黄鸝俱好音。付與兒孫知伏臘，聽教魚鳥逐飛沈。黄公鑪下曾知味，定是逃禪入少林。

〔一〕自注：「郭文時御道巾野服，過親黨飯，頗爲分臺御史所訶。」

〔二〕原校：「一作『險阻艱難親得力，是非憂樂（按《外集詩注》作患）飽經心』。」

21 和張沙河招飲 沙河縣屬邢州，乃河北西路，去北京爲不遠。

張侯耕稼不逢年，過午未炊兒女煎。腹裏雖盈五車讀，囊中能有幾錢穿。況聞緼素尚黄葛，可怕雪花鋪白氈。誰料丹徒布衣得，今朝忽有酒如川。

22 閏月訪同年李夷伯子真于河上子真以詩謝次韻 元豐元年北京作。是歲閏正月。

十年不見猶如此，未覺斯人歎滯留。白璧明珠多按劍，濁涇清渭要同流。日晴花色自深淺，風軟鳥聲相應酬。談笑一樽非俗物，對公無地可言愁。

23 次韻郭右曹 元豐二年北京作

閲世行將老斲輪，那能不朽見仍雲。歲中日月又除盡，聖處工夫無半分。秋水寒沙魚得計，南山濃霧豹成文。古心自有著鞭地，尺璧分陰未當勤。

24 次韻元日 紹聖元年居鄉待命時作

會朝四海登圖籍，絳闕清都想盛容。春色已知回寸草，霜威從此霽寒松。飲如嚼蠟初忘味，事與浮雲去絶蹤。四十九年蘧伯玉，聖人門户見重重。

25 次韻答柳通叟求田問舍之詩〔一〕元豐二年北京作

少日心期轉繆悠，蛾眉見妒且障羞。但令有婦如康子，安用生兒似仲謀。横笛牛羊歸晚徑，捲簾瓜芋熟西疇。功名可致猶回首，何況功名不可求。

〔一〕求田問舍：《外集詩注》作「問舍求田」。

26 過平輿懷李子先時在并州 熙寧四年葉縣作　平輿縣屬蔡州

前日幽人佐吏曹，我行堤草認青袍。心隨汝水春波動，興與并門夜月高。世上豈無千里馬，人中難得九方臯。酒船魚網歸來是，花落故溪深一篙。〔一〕

〔一〕原注：「按《潛夫詩話》：山谷教人云：『世上豈無千里馬，人中難得九方臯。此可以爲律詩之法。』即此詩也。」

27 謝送宣城筆 元祐三年祕書省作

宣城變樣蹲雞距〔一〕，諸葛名家捋鼠須〔二〕。一束喜從公處得，千金求買市中無。漫投墨客摹科斗，勝與朱門飽蠹魚。愧我初非草《玄》手，不將閑寫吏文書。〔三〕

〔一〕蹲：原校：「一作尊。」

〔二〕捋：原校：「一作將。」

〔三〕原注：「按酱注載《成都續帖》有公手寫此詩，題云《謝陳正字送宣城諸葛筆》，跋云：『李公擇在宣城，令諸葛生作雞距法，題云草玄筆，寄孫莘老。』」

28 寄懷公壽 熙寧五年汴京作

好賦梁王在日邊，重簾複幕鎖神仙。莫因酒病疏桃李，且把春愁付管絃。愚智相懸三十里，榮枯同有百餘年。及身强健且行樂，一笑端須直萬錢。

29 讀曹公傳 並序　元豐二年北京作

曹公自以勳高宰衡，文對西伯，蟬蜕揖讓之中，而用漢室于家巷。更黨錮之灾，義士忠臣耘除略盡。獻、靈之間，北面朝者拱而觀變，漢、魏何擇焉。彼見宗廟社稷之無與也，執太阿而用其穎，以司一世之命，左右無不得意。引後宫于鈇鉞，如刈蒲茅。夫匹婦婢使得罪，家人猶爲謝過，而親北面受命之君，自以爲未知死所。嗚呼，「瘺憐王」〔一〕，其誰曰過言！雖然，終已恭讓，腹毒而色取仁，任丕以易漢姓者，何也？漢之末造，雖得罪于社稷骨鯁之臣〔二〕，而猶不得罪于民，故猶相與愛其名耳。余聞曰：道揆以上，惠不足而明有餘，不在社稷而數有功，粢盛殆其不繼哉！感之，作曹公詩一章。

南征北伐報功頻，劉氏親爲魏國賓。畢竟以丕成霸業，豈能于漢作純臣。兩都秋色皆喬木，二祖恩波在細民。駕馭英雄雖有術，力扶宗社可無人？

〔二〕癘：原作「厲」，據《外集詩注》《戰國策·楚策》四改。

〔三〕鯁：原作「鯾」，據《外集詩注》改。

30 懋宗奉議有佳句詠冷庭叟野居庭堅于庭叟有十八年之舊故次韻贈之〔一〕元祐元年祕書省作

城西冷叟半忙閒，人道王陽得早還。四望樓臺皆我有，一原花竹住中間。初無狗盜窺籬落，底事蛾眉失鎖關。每爲朝天三十里，時時驚枕夢催班。

〔一〕此下原題尚有「庭叟有佳侍兒，因早朝而逸去，其後乃插椒藩，甚嚴密」二十一字，《外集詩注》作題下注，今據删。此蓋山谷自注。

31 李濠州挽詞二首 元祐四年祕書省作

循吏功名兩漢中，平生風義最雍容。魚游濠上方云樂，鵩在承塵忽告凶。掛劍自知吾已許，脱驂不爲涕無從。百年窮達都歸盡，淮水空圍墓上松。

其二

禮數最優徐孺子，風流不減謝宣城。那知此別成千古，未信斯言隔九京。落日松楸陰隧道，西風簫鼓送銘旌。善人報施今如此，隴水長寒嗚咽聲。

32 衛南 元豐二年北京作 衛南屬澶州，與北京滑州皆爲比鄰。

今年畚鍤棄春耕，折葦枯荷繞壞城。白鳥自多人自少，污泥終濁水終清。沙場旗鼓千人集，漁户風煙一笛横。惟有鳴鴟古祠柏，對人猶是向時情。

33 奉送劉君昆仲 元祐三年祕書省作

遊子歸心日夜流，南陔香草可晨羞。平原曉雨半槐夏，汾上午風初麥秋。鴻雁要須翔集早，鶺鴒無憾急難求。欲因行李傳家信，姑射山前是晉州。

34 勸交代張和父酒 熙寧四年解葉縣尉作

風流五日張京兆，今日諸孫困小官。作尹大都如廣漢，畫眉仍復近長安。三人成虎事多有，衆口鑠金君自寬。酒興情親俱不淺，賤生何取罄交歡。

35 次韻寅菴四首〔一〕元豐元年北京作

四時説盡菴前事，寄遠如開水墨圖。略有生涯如谷口，非無卜肆在成都。旁籬榛栗供賓客，滿眼雲山奉燕居。閒與老農歌帝力，年豐村落罷追胥。

其二

兄作新菴接舊居，一原風物萃庭隅。陸機招隱方傳洛，張翰思歸正在吳。五斗折腰慚僕妾，幾年合眼夢鄉閭。白雲行處應垂淚，黄犬歸時早寄書。

其三

大若塘邊獨網魚，小桃源口帶經鋤。詩催孺子成雞柵，茶約鄰翁掘芋區。苦楝狂風寒徹骨，黄梅細雨潤如酥。此時睡到日三丈，自起開關招酒徒。

其四

未怪窮山寂寞居，此情常與世情疏。誰家生計無閒地，大半歸來已白鬚。不用看雲眠永日，會思臨水寄雙魚。公私逋負田園薄，未至妨人作樂無？

〔一〕《外集詩注》注：「寅菴，山谷兄大臨元明也。」

36 雙井湫廬之東得勝地一區長林巨麓危峰四環泉甘土肥可以結茅菴居是在寅山之頞命曰寅菴喜成四詩遠寄魯直可同魏都士人共和之〔一〕

一溪婉婉如平篆，四野青青似畫圖。阮客放船迷洞府，化人攜袂到清都。山中安用名丞相，天下于今得廣居。我即其間搆宫室，預愁帝夢有華胥。

其二

山前有路到華胥，下即乾坤極海隅。西接洞庭開曉楚，東傾彭蠡浸晴吴。四時更代觀形化，萬物推移見尾閭。此世人人少閑暇，每攜樽酒自看書。

其三

手把齊民種蒔書，莎衫臺笠事耘鉏。夏栽醉竹餘千箇〔二〕，春糞辰瓜滿百區〔三〕。早秫旋舂嘗麴糵，新梁炊熟自樵蘇。日西杖屨行山口，招得鄰丁作飲徒。

其四

招得鄰丁作飲徒，山家肴蔌蓋胥疏。就根煨筍連黄籜，和蒂栽瓜帶緑須。羹熟澤中親射雁，膾成溪上自罾魚。遠懷羊仲荒三徑，能似林間今日無？

〔一〕按《山谷外集詩注》卷五《次寅菴四首》題下注云：「寅菴，山谷兄大臨元明也。其詩序云：『雙井弊廬之東得勝地，結茅菴居，命曰寅菴。喜成四詩，寄魯直，可同魏都士人共和之。』」即約此題之文。據此，以下四首乃黄大臨之詩，山谷《次韻寅菴四首》即次其韻也。當作爲前篇之附録，此本作山谷之詩收録，誤也。

〔二〕原注：「五月十三日竹醉。」

〔三〕原注：「瓜辰日種。」

37 次韻張秘校喜雪三首

落月煙沙静渺然，好風吹雪下平田。瓊瑶萬里酒增價，桂玉一炊人少錢。學子已占秋食麥，廣文何憾客無氈。睡餘强起還詩債，臘裏春初未隔年。

其二

巷深朋友稀來往，日晏兒童不掃除。雪裏正當梅臘盡，民饑可待麥秋無。寒生短棹誰乘興，光入疏櫺我讀書。官冷無人供美酒，何時卻得步兵厨。

其三

滿城樓觀玉闌干，小雪晴時不共寒。潤到竹根肥臘筍，暖開蔬甲助春盤。眼前多事觀游少，胸次無憂酒量寬。聞説壓沙梨已動，會須鞭馬蹋泥看。

38 和師厚郊居示里中諸君

籬邊黄菊關心事，窗外青山不世情。江橘千頭供歲計，秋蛙一部洗朝酲。歸鴻往燕競時節，宿草新墳多友生。身後功名空自重，眼前樽酒未宜輕。

39 和師厚秋半時復官分司西都〔一〕

遥知得謝分西洛，無復肯彈冠上塵。園地除瓜猶入市，水田收秫未全貧。杜陵白髮垂垂老，張翰黄花句句新。還與老農争坐席，青林同社賽田神。

〔一〕原注：「《實録》：熙寧十年十一月，師厚詔復尚書都官郎中，分司西京，謝景初權蓄郡通判。」

40 次韻外舅謝師厚喜王正仲三丈奉詔禱南嶽回至襄陽捨驛馬就舟見過三首〔一〕熙寧十年北京作

漢上思見龐德公，别來悲歎事無窮。聲名籍甚漫前日，須鬢索然成老翁。家釀已隨刻漏下，園花更開三四紅。相逢不飲未爲得，聽取百鳥啼忽忽。

其二

能來問疾好音傳，蹇步昏花當日痊。烹鯉得書增目力，呼兒扶立候門前。游談取重甦犀首，居物多贏昧計然。惟有交親等金石，白頭忘義復忘年。

其三

語言少味無阿堵，冷雪相看有此君〔二〕。鐙火詩書如夢寐，麒麟圖畫屬浮雲。平章息女能爲婦，歡喜兒曹解綴文。憂樂同科惟石友，別離空復數朝曛。〔三〕

〔一〕原注：「正仲，名存。」又《外集詩注》「外舅」下無「謝師厚」三字。

〔二〕冷：原校：「一作冰。」

〔三〕原注：「按畱注載：《實録》熙寧九年十一月詔：安南行〔畱〕〔營〕將士病疾者衆，遣同知太常禮院王存禱南嶽，自京師十一月被命，至衡山回程。故後篇有『衡山返命』之語。又按《垂虹詩話》云：山谷《次韻謝師厚喜王正仲見過》詩『漢上思見龐德翁，別來悲歎事無窮』。張孝先光〔武〕〔祖〕云：曾見親〔札〕改作『歡』字，則覺語健，政如山谷改杜詩『少年〔合〕〔今〕開萬卷餘』，不可拘平側也。又按《後山詩話》云：謝師厚廢居于鄧，王左丞存奉使荊湖，枉道過之。師厚名景初。」

41 以十扇送徐天隱 元豐八年德平作

人貧鵝雁聒鄰牆，公貧豕詩聲繞梁。坐客有氈吾不愛，暑榻無扇公自涼。黨錮諸君尊孺子〔一〕，建安七人先偉長。遣奴送箑非爲好，恐有佳客或升堂。

〔一〕諸君：《外集詩注》作「諸生」。

42 聞致政胡朝請多藏書以詩借書目 元豐四年太和作

萬事不理問伯始，籍甚聲名南郡胡。遠孫白頭坐郎省，乞身歸來猶好書。手鈔萬卷未閣筆，心醉六經還荷鋤。願公借我藏書目，時送一鴟開鏁魚。

43 汴岸置酒贈黄十七 元豐三年授太和發汴京作

吾宗端居叢百憂，長歌勸之肯出遊〔一〕。黄流不解涴明月，碧樹爲我生涼秋。初平群羊置莫問，叔度千頃醉即休〔二〕。誰倚柁樓吹玉笛，斗杓寒挂屋山頭。〔三〕

〔一〕原校：「一作『百丈暮捲篙人休，侵星争前猶幾舟』。」

〔二〕原校：「一作『詩吟吾黨夜來作，酒買田翁社後篘』。」

〔三〕原注：「按嵤注載《王直方詩話》云：山谷謂洪龜父云：『甥最愛老舅詩中何語？』龜父舉『蜂房各自開户牖，蟻穴或夢封侯王』、『黄流不解涴明月，碧樹爲我生涼秋』，以爲深類工部。山谷云：『得之矣！』後一聯即此詩。」